JN038124
獄門撫子此処ニ在リ
ごくもんなでしこここにあり
GAGAGA
伏見七尾
[illustration] おしおしお
You alone will be burned and devoured in Naraka because of your own evil deeds. Your family, such as your children and brothers, cannot save you.

目を閉じると、
見慣れた色が網膜に蘇った。
獄門撫子
[ごくもんなでしこ]

赤々と踊る影、輝き——
それが荼毘の火の色だと、
撫子は本能的に知っている。

わたしと——を燃やした火。
今も肺腑に焦げ付いていて、息をするたび蘇る。

月光に照らされた微笑は曖昧で、
その心の機敏は
何一つ窺い知ることはできない。

瞳は、水のように透明な酒を
ひたと見据えている。
霧に淡く滲んだ月光が黒髪を濡らし、
白い横顔を浮き上がらせていた。

別に化物が好きなわけじゃない。
——化物が、私のことを好きなんだよ。

無花果アマナ
【いちじくあまな】

「いきはよいよい……！」
「か、え、り、は、こ、わ、い……！」
真上の天井板から赤い花弁がどうっと
大量に零れ落ちてきた。
花弁に触れた畳が白煙を上げ、
徐々に焼け焦げていく。
さらに別の天井板が即座に開き、
牙を剥いた大蛇が落下してくる。

「わたしは、鬼喰らう鬼――！」

ごくもんなでしこここにあり

CONTENTS

You alone will be burned
and devoured in Naraka
because of your own evil deeds.
Your family, such as your wife,
children and brothers,
cannot save you.

——わたしが初めて見たものは、荼毘(だび)の炎でありました。
——骸(むくろ)燃やす火の色を、わたしは何故だか覚えてる。

序　鬼は炎の夢を見る

『夕焼け小焼け……』と、ひび割れた防災無線が響いている。
どこか物悲しいそれは日没の到来と、やんわりとした警告とを人々に告げていた。
人が喰われる時が来た、と。
帰れなくなる前に帰れ、と。
夕闇へと溶けていくメロディを、少女はぼんやりと聞いていた。
輝く碁盤にも似た町を見下ろして——石畳を濡らす赤色を踏みながら。
「撫子……獄門撫子」
着流し姿の男に名を呼ばれ、少女は——獄門撫子は振り返る。
このうえなく美しい少女だった。
十六、七ほどに見える。背中に触れる程度のミルクティー色の髪。赤く澄んだ瞳。ナデシコの花を模した小さな髪留め。白磁のような肌に、セーラー服を纏っている。
その西洋人形の如き容貌は、今は赤く妖しく彩られていた。

「お前は人ではなく獣だったのか？」

「……酷いことをいうのね」

顔を濡らす赤色を指で拭うと、撫子は不服そうな顔でそれを唇に運んだ。

「わたしだって綺麗に済ませようとしたわ。けれども……」

濡れた指先に舌を絡ませながら、撫子はあたりを見回す。

場所は京都市外れ――忌火山。かつて鳥辺野と呼ばれた地のほど近く。鬱蒼とした山林は古くから鬼の住処と恐れられ、人が立ち入ることはない。

そんな場所に忘れ去られた鉄塔が防災無線を流し終え、撫子の背後で沈黙した。

「仕方がないじゃない。……これ、すごく暴れたんだもの」

撫子が示した先には、奇妙な亡骸が散乱していた。折れた角と、潰れた六つの眼窩と、引きちぎられた四本の腕とが、それがかつては超常のモノであったことを示していた。

「野良猫め……まったくお前は無作法だ」

着流し姿の男は大きく舌打ちして、樹木の陰からゆっくりと姿を現した。

――男が動くたびに、枯れ葉のような音がした。

「僕は『近所の化物を片付けろ』と言ったんだ。『散らかせ』とは言っていない」

長い茶髪に、仄暗い灰色の瞳。非常に背が高く、首筋には偏執的に包帯を巻きつけている。

その顔の左半分は、大量の呪符で隠されていた。

かさ、かさ、かさ——男が語るそばから、呪符は風もないのに揺れている。

「けだものめ……振る舞いだけでも人間らしくしておけと、さんざん教えたはずだぞ」

「ずいぶんな言いようね、桐比等さん……用がないなら帰ってくれる?」

男を——獄門桐比等を軽く睨むと、撫子は身を屈めた。転がっていた人外の頭や四肢を拾い上げると、手際よく一か所に寄せ集め始める。

「用事ならある。……残念ながら」

「それはそれは……つまらない話だったら容赦しないわよ」

「ふん……お前、タダで飯を食えるとしたらどうする?」

「食べる」勢いよく振り返った撫子に、桐比等は唇をひきつらせて笑った。

「よし……ならば、大食らいのお前にうってつけのうまい話がある」

そう言って、桐比等は一通の手紙を撫子に突きつけてきた。

品の良い封筒だ。宛名には、『獄門様』と流麗だが頼りない筆跡で書かれている。

「……うちに手紙を出すなんて、物好きな人もいたものね」

撫子はざっと内容に目を通した。そして、おもむろに便箋に鼻を近づける。

途端——赤い瞳が夕闇に光った。優美に吊り上がった唇から、異様に鋭い歯がかすかに覗く。

「ふぅん……そそるわね」

「そうだろう。これは、まったくお前向きだ」

吐き捨てるように言って、桐比等がせせら笑う。

「こんな胡乱な話は、お前のような下手物喰いにこそふさわしい」

「……ひどいわね。食に貴賤はないでしょう。大体、わたしだって好きでこんな――」

小枝の折れる音――途端、獄門家の二人は電光石火の如き速度で振り返った。

「おい、野良猫……生き残りがいるんじゃないか？」

桐比等が低い声でたずねる。ざわめく呪符の陰から、いくつもの眼光がぞろりと覗いた。

撫子は、無言で歩き出した。

さながら肉食の獣の如く――一切の足音も立てずに。

そうして見当をつけた藪を覗き込むと、かすかに息をのむ音が聞こえた。トレッキングの装いをした男が一人――血の気の引いた顔で、撫子を見上げている。

「あら、大変……大丈夫？　立てますか？」

差し出された撫子の手を、男は必死の形相で振り払った。

「来ないでくれ……ッ！」

男は弾かれたように藪から立ち上がると、死に物狂いで駆けていった。その背中が瞬く間に闇へと消えるのを、撫子は手を伸ばしたまま見送る。

「……おい。まさか『傷ついた』なんて面倒なことを抜かしたりはしないだろうな？」

けだるげな桐比等の言葉をよそに、撫子は手を下ろす。

そうして目を閉じると、見慣れた色が網膜に蘇（よみがえ）った。赤々と躍る影、輝き——それが茶毘（だび）の火の色だと、撫子（なでしこ）は本能的に知っている。
それは少し瞼（まぶた）を閉じるたびに蘇り、夢枕（ゆめまくら）にまで迫ってくる。
「…………何を今更」
少女の囁（ささや）きは、枯葉とともに秋風が攫（さら）っていった。

獄門撫子此処ニ在リ

伏見七尾
[イラスト] おしおしお
[題字] 蒼喬
[デザイン] AFTERGLOW

一　花天井の主

八裂島(やつざきじま)家は、戦前まではある筋で有名な家柄だった。

ある筋というのはすなわち無耶師(むやし)――いわゆる霊能力者の仕切る胡乱(うろん)な業界だ。八裂島家は、そんな輩(やから)を代々輩出する無耶筋(むやすじ)にあたる家柄の一つだった。

そして無耶筋の中でも、そこそこ悪名が高かった。

依頼で権力者を呪(のろ)う。依頼で一般人を呪う。依頼がなくとも気に入らないから呪う。

そんな風に、四方八方に呪詛(じゅそ)をまき散らした影響だろうか。

ある時、八裂島家の名はふつりと消えた。

人々はその末路を様々に噂(うわさ)したものの、いつしかその存在を忘れ去った。

――そんな幻のような一族の家を求め、撫子(なでしこ)は宇治(うじ)を訪れた。

いにしえの趣(おもむき)を今に伝える宇治橋を渡り、地上に現れた浄土の如(ごと)き平等院(びょうどういん)を通り過ぎる。

目的の邸宅は、どうやら宇治の最果てのような場所にあるらしい。

「……このあたりかしら」

撫子は地図を見ながら、ある住宅街の四つめの辻を曲がった。

途端、空気が変わるのを感じた。

褪せた白線、積もった枯葉、錆びた標識——あたりの景色に、あまり変化はない。

しかし、よくよく見ると標識の文字が崩れている。混沌とした文字は見ているだけで奇妙な寒気を煽り、脳髄をくらくらと揺らしてきた。

「なるほどね。道理で見つからないわけだわ」

狂った標識を見上げて、撫子はうっすらと唇を吊り上げる。

「——ここ、『はざま』にあるのね」

『はざま』——それは、人間の住む領域とそうでない領域の境界にあたる場所だ。

霊能のない常人には認識すらできず、無耶師であっても易々とは入れない。どうやら八裂島家は、このような不可視の領域へと身を潜めたようだ。

「忌火山と同じね。平等院のお膝元でよくやるものだわ、まったく——」

「——どこへ行くんだ、お嬢さん？」

艶やかなアルトの声が降ってきた。撫子は目を見開き、頭上を仰ぐ。

——目が、合った。

「見たまえよ。今にも雨が降りそうじゃないか」

歳は二十そこそこといったところ——このうえなく美しい女だった。

見事な黒髪を伸ばし、首筋のあたりで一つに束ねている。鼻梁は細く高く、眉もきりりと整っている。玉のような肌に珊瑚珠色の唇が映え、なんとも艶やかだった。

そんな絶世の美女が、どういうわけか樹上にいる。

女はにいっと唇を吊り上げて、閉じた黒檀の扇子を頭上に向けてみせた。

「傘がないのなら、寄り道はしないことだな」

「……雨？」「ああ、雨さ」

見上げた晩秋の空は薄青く、真綿のような雲が流れている。傾きかけの太陽の輝きに目を細めつつ、撫子は空気のにおいを嗅いだ。雨のにおいは、ない。

「氷雨になりそうだな。まァ、月が出るころには止むだろうが……」

扇子をぱちぱちと鳴らして、女は「参った」と言わんばかりにため息を吐く。

奇妙な女だ。あまり関わり合いになりたくはないが、ここにいる時点で只者ではない。

「……ご丁寧にどうも」

とりあえず、撫子は適当に話を合わせておくことにした。

「それで、そんな天気の日にあなたはどうして木の上にいるの？」

「私が物好きだからさ。たまには濡れるのも悪くない」

「……風邪引くわよ、おねえさん」

「冇問題。生憎と、そこまで軟弱じゃないんでな」

ひょいと肩をすくめる女を、撫子は用心深く観察する。

女性的な魅力に溢れた体つきだ。撫子よりも背が高く見える。太い枝に足を伸ばし、背中を幹にもたせかけている。ずいぶんと居心地が良さそうだ。

黒のロングコート、黒のブーツ、黒の肩掛け鞄。一見、奇抜なところはなにもない。

「あなたも、八裂島家の客？」

「………ン。まぁ、そんなものだな」

控えめな肯定とともに、女はおもむろに立ち上がった。

漆黒のコートが翻る。次の瞬間には、女の姿は地上にあった。

「あの屋敷に行くということはアレか。君もいわゆる無耶師というものか。どう見ても可愛いお嬢さんなのに、ずいぶんと胡乱なバイトをしているものだな」

「あら……おねえさんは違うの？」

「違うさ。私は普通の人間だ。ただ屋敷に招かれただけの――ね」

女はからからと笑って、閉じた扇子を自分へと向ける。

琥珀色の瞳をしていた。左の目元には小さな黒子があり、それがまた女の艶を引き立てる。

「私の名前は……とりあえず、無花果アマナということにしておこう」

「『とりあえず』ね……」

撫子は腕を組み、アマナを観察する。そうして、薄紅の唇を蠱惑的に吊り上げた。

「わたしは獄門撫子。よろしくね」

「ナデシコ……撫子か。なるほど、名は体を表すとはこのことだな。名の通り可憐だ」

「――――え？」

撫子は、思わず赤い瞳を瞠った。アマナは怪訝そうに片眉を上げる。

「ン？　どうした？」

「……あなた、獄門の名を知らないの？」

「知らないが……それがどうかしたのか？」

「いえ……別に、構わないのだけれど。……もしかして、本当に一般人なの？」

「だから、そうだと言っているだろう？　私はどこまでも普通の人間だ」

アマナはあっけらかんと笑って、ぱんっと扇子を広げた。

「こんな……常人にはおよそ入れない場所にいるのに？」

「招かれたからな。招待されたのならば、入れない道理はないだろう。それで、せっかくだから観光して回っているわけだ。――どうだ？　実に小市民的だろう？」

優雅に扇子を揺らす手を止め、アマナはにやりと笑った。

美しい――しかし、胡散臭い微笑だ。落ち着きなく首筋をさすりつつ、撫子は眉を寄せた。

「……木の上にいたのも観光ってこと？　斬新ね」

「そうとも。普段は入れない場所だ。縦横無尽に堪能してみたいじゃないか。――と、そろそろ雨が降りそうだな。君はもう行くといい」

言う側からすたすたと歩き出すアマナの背中を、撫子は鋭いまなざしで見つめる。

「あなたは、これからどうするの？」

「私はもう少し見て回るさ。雨に濡れるのは嫌いじゃない」

アマナはひらひらと扇子を揺らした。その背中は、瞬く間に辻の向こうに消えた。

撫子はしばらくその方向を見ていたが、やがて小さく鼻を鳴らす。

「……何の術かしら。あの女、体臭そのものがないわ」

意識を集中すれば、アマナが纏っていた香のにおいをかすかに感じた。

しかし、肝心のアマナ自身からは、なんのにおいもしなかった。香炉から漂う煙が人の形を成しているように――そこには、肉体が存在していない。

「これじゃ人か化物かもわかりゃしない。……あら？」

じわりと空気が潤うのを感じて、撫子は空を見上げた。

にわかに日が翳りつつあった。太陽を覆う雲は嵩を増し、空は鉛色へと色を変えている。そのうちに、氷のように冷たい雫が撫子の鼻先を濡らした。

「………胡乱だわ、あの女」

撫子は大きくため息を吐き、駆けだそうとした。しかし、ふと自分の唇に触れる。

「――可憐、ね」

◇　◆　◇

しとしとと、雨が降っている。

「……消えた一族だと聞いたけど」

折りたたみ傘を軽く後ろへと傾けて、撫子はやや呆れ顔で眼前の門を見た。

これ自体が城郭のような門だ。立派な表札には、『八裂島』の文字が太く書かれている。

「めちゃくちゃはっきり存在しているじゃない」

薄紅の唇を歪めながら、撫子は呼び鈴を鳴らした。

いくらか間があった。やがて、「はい……」という返事とともに門扉は開いた。

「霊能力者の方でしょうか……？」

そろりと隙間から覗いたのは、気の弱そうな眼鏡の男だ。よれよれのスーツを纏った体は針金のように細い。撫子の姿を見た途端、男は戸惑いの表情を浮かべた。

「遅れてごめんなさい。わたし達はどうにも『招待』という行為に慣れていなくて……」

「や、しかし、あなたはどうみても……」

眼鏡の男がまごつくのも無理はない。

鮮やかな赤のマフラー、駱駝色のダッフルコート——加えて、校章のついたセーラー服。

目の前に立つ少女の装いは、明らかに学生のそれだった。

撫子はすました顔で、招待状を眼鏡の男に示す。

「呼んだでしょう？　――獄門家を」

そこからの流れはスムーズだった。撫子は男に続いて、八裂島邸の門を潜った。

いかめしい門扉を抜けると、寂然とした庭が目の前に広がる。

正門の左手には鯉の泳ぐ池があり、正面には石畳の小道が延びている。辺りには白い玉砂利が敷き詰められ、細かな市松模様を砂上に刻んでいた。

墓場めいて静まりかえった小道の先――左右には、厳めしい五段重ねの石灯籠が二つ。

それらを抜けた先に、城郭を思わせる物々しい邸宅があった。

隣で案内する眼鏡の男は、消え入りそうな声で『二階物也』と名乗った。

「この家にいらっしゃるということは、あなたも無耶師なの？」

「いやぁ、私はただの雑用ですよ。一般人です、一般人。何も見えないし、聞こえません。今回の件も、私には正直何がなんだかさっぱりで……」

いかにも気弱そうな男だった。ろくに視線を合わせることもできないらしく、話す時は俯き気味だ。その視線はずっと、撫子の手のあたりに向けられている。

そんな物也に適当に相槌を打ちながら、撫子は何度か空気のにおいを嗅いだ。

撫子の嗅覚は鋭敏だ。

「――時に。一つうかがってもよろしいかしら」

「は、はいっ！　私に答えられることならなんでも……」

「御夕飯は、何時から？」

「……お、御夕飯？」

「そう、御夕飯はいつ？　さっきから良いお出汁のにおいがしてまったく落ち着かないの」

「えーっと……も、もろもろの打ち合わせが円滑に進めば、大体十九時から……」

「承知しました。それだけ聞ければ十分です」

「そ、そうですか、はぁ……」

落ち着きなく物也は頭を掻くと、玄関の扉を開いた。

内部はモダンな造りだ。天井は高く、間接照明の柔らかな光が灯っている。

「至らぬ点などがありましたら申し訳ありません……」

心底申し訳なさそうに物也は身を縮めた。相変わらず、視線は撫子の手の位置だ。

「なにしろ名簿に名前のある方に片端から連絡したもので……正直なところ、一体何人の方がいらっしゃるかもわかっていないのです。無耶師の作法などもサッパリですし……」

「そうですか。大変ね」

「ええ……一応、頃合いを見て締め切る予定でございます。獄門さんのように、直接いらっしゃる方々には申し訳ないと思いますが――」

「撫子」「は、はい？」

大量の靴の隅に自分のローファーを並べつつ、撫子は優雅に微笑む。

「わたしのことは、どうぞ『撫子』と。『獄門』なんて、可愛くないでしょう?」

「は、はぁ……では、撫子さん……」

おずおずといった物也に撫子はうなずき、廊下を数歩進む。

が、突如勢いよく振り返った。物也は「ひっ」と思いっきり後退した。

「何人来るかわからないのなら食事の数に不足が出るのでは」

「じゅ、十分にご用意しておりますから大丈夫ですよ。お腹いっぱいになると思います」

「おなかいっぱい……まぁ、そうなるといいのだけれど」

撫子は曖昧に答えつつ、あたりを見回す。

造花にしか見えない芳香剤。ひっそりとしたスリッパ掛け。カラフルな現代絵画——。

「……八裂島家は、失われた無耶筋の大家だと叔父から聞いたわ」

生活感の溢れる品々を見つめつつ、撫子はいった。

「確か、死霊や化物を操る術に長けていたとか。……その八裂島家が、他の無耶師に化物退治を依頼するとは一体何が起きたのです?」

「さぁ……私にも、詳しいことはさっぱりです」

物也は肩をすくめると、ずれた眼鏡の位置を直した。

「ただ、旦那様曰く……『もう八裂島にまじないの力はない』とのことで……ああ、客間はこちらになります。あとの事は、旦那様がご説明いたしますので……」

控えめに案内を再開する物也について歩きつつ、撫子はすんと鼻を鳴らす。

霊能の喪失——無耶師がなによりも恐れる現象だ。それが八裂島家でも起きたのなら、彼らが唐突に霊能界から姿を消したのもうなずける。

しかし、どうにも腑に落ちない。

四方八方を呪った八裂島家。彼らを呪い返そうとした者は腐るほどいたはずだ。そんな狂気じみた連中から逃げ切ることが、果たして可能なのか。

加えて——撫子は無意識のうちに首元に触れつつ、柳眉を寄せた。

「……どうにも、臭い」

視界全てを屍に囲まれている——。

そんな錯覚を抱くほどの死臭が、邸宅一帯に立ちこめている。

芳香剤ではとうてい掻き消せない。さながら壁やら床やら天井やらに、隙間なくびっしりと死体を並べているような——それほどに鮮烈で濃密なにおい。

それが四方八方から、腐りかけた手を伸ばしてくる。撫子は、肩をすくめた。

「……まぁ、うちほどじゃないけれども」

物也が扉を開く。途端、まるで仮装行列の如き光景が目の前に広がった。

ビジネスマン風の男、顔面にびっしりと経文を彫り込んだ僧侶、ゴシックロリータの老婆、熊の頭を被った男、蛍光色の巫女――。

さして広くもない客間で、そんな面々が一斉に振り返る様はカラフルな悪夢のようだ。

撫子はとりあえず会釈して、最後列の一番端の席に着いた。

じっとりとした視線を無数に感じる。恐らくはこの場の全員が、目障りな商売敵を呪い殺すためのきっかけを血眼で掴もうとしているのだろう。

大人って厭ね――心の中で撫子が呟いた時、客間の扉が悲鳴のような軋みを立てて開いた。

「……たいへん、お待たせいたしました」

抑揚のない声とともに、一人の男がゆっくりと客間へと入ってきた。

白髪交じりの髪。鼈甲縁の眼鏡。痩せた体にぶかぶかのポロシャツ。肌は土気色で、表情には生気がなく、黒い目は穿たれた穴のようにさえ見える。

明らかに、病んでいた――あるいは、呪われていた。

男はずるずると客間を進むと、正面の肘掛け椅子に崩れ落ちるように着席した。

慌てて物也が駆け寄り、水差しとグラスとを主人に用意する。

「私は……八裂島陰実……八裂島家現当主でございます……このたびは……蔵の方を……なんとかしていただきたく……」

「蔵ァ？　蔵がどうしたってのよォ！」――甲高い女の声が急(せ)き立てる。

陰実(かげみ)は、深くため息をついた。眼鏡の奥の奈落(ならく)が、居並ぶ無耶師(むやし)達をうつろに映している。

「――鬼が、いるのです」

ぞろぞろと――客間の無耶師達が身じろぎする。撫子(なでしこ)は、赤い瞳(ひとみ)を細めた。

曰(いわ)く――八裂島(やつざきじま)邸には、屋敷を囲むように三つの蔵がある。

南に一つ、東に一つ、西にもう一つ。いずれも先祖代々伝わる大きな蔵だが、内部は整理もろくにできていない。様々な書物や品物がそのままだという。

「……つまり、まじないやってた頃のまんまってわけやな？」

「え、ええ、はい……私も確認しましたが、よくわからない道具がたくさんありました」

スカジャンを着た男の問いに、物也(ものなり)が困ったような顔で答えた。

「ふふん、お宝がぎょうさんってわけや――それで？　その蔵に鬼が出たんやな？」

歯を剝(む)き出してせかす無耶師にうなずきつつ、物也は話を続けた。

八裂島家はしばらく前に霊能を失った。そのためこれらの蔵も使いようがなくなり、取り壊すことにしたらしい。そこで、蔵の内部を数十年ぶりに確認したところ――。

「鬼が……現れたのです……」

ぼんやりと天井を見上げ、陰実が蚊の鳴くような声で囁(ささや)いた。

「それから……あれから……ずっと……鬼が、私を苛(さいな)むのです……」

「――どのような鬼が出るのです？」

二列目のビジネスマン風の男から問いが飛んだ。

ぱりっとしたスーツに身を包み、銀縁のシャープな眼鏡をかけている。その位置を軽く直しながら、スーツの男は冷徹な視線を陰実に向けた。

「失礼。私は最近神田（かんだ）で憑物（つきもの）落としを始めた者でして……この場の皆さんよりも経験が浅いのです。なので、鬼の具体的な特徴をうかがいたいのですが……」

「大きく……そして、醜い……」

陰実の視線は、上から動かない。霊魂が抜け落ちたような目をしていた。

「ぞろぞろと、ぞろぞろと音を立てるのです……脳髄にまで突き刺さるような音だ……私を嘲（あざわら）っている……今も……ぞろぞろと……ぞろぞろと……」

土気色の顔を恐怖に染め、陰実が痙攣（けいれん）する。まるで怪物を眼前にしているかのようだった。

「八裂島さん？」

「……ああ……申し訳、ない……」

陰実は何度も首を振りつつ、グラスを手に取った。しかし全身が震えているせいで、彼はその水のほとんどを零（こぼ）してしまった。

「このとおりです……あれは、私を支配している……もはや、どうしようもないのです。お願いします……どうか……お救いくださいませ……」

抑揚のない声を延々と垂れ流しながら、陰実は骨張った肩を不規則に震わせた。

ガスマスクを被った老人が、くぐもった声で嘲笑した。

「まったく哀れだ……これが一時は我が一族ともしのぎを削った八裂島の末路か」

「申し訳……ございません……」

「良い良い。救ってやろうではないか。ただし、報酬はこちらの要求に従ってもらうぞ。なにせ鬼だ。かつてこの地を騒がせた橋姫ほどではなかろうが、どのみち厄介な存在だ……」

「そうですわァ！　ギャランティーの方しっかりしていただきたいわねェ！」

金切り声を上げたのは、最前列中央辺りに座る蛍光色の巫女だ。

カラフルなツインテール。星形のサングラス。虹色のユニコーンのぬいぐるみ――。

この客間で一番異様で、そして一番目に痛い風体をした女だった。

「……おい。アレは確か、芸能人の……」

「朝からうるっさい声で星座占いやってたエセ占い師や……」

無耶師達がざわめく。世情に疎い撫子でも、この巫女の名前はうっすらと知っていた。

「グラタン★さといも……」

「グラジオラス★さとこですわァ！」

派手なツインテールを振り回し、グラジオラス★さとこは憤然と振り返る。

間違いない。先日まで画面の向こうにいたはずの芸能人だ。

「聞こえましたわよォ、そこの非芸能人少女A！　このグラジオラスの『モーニング★ボンバー占い』でお馴染(なじ)みのあたくしをご存じないなんてェ！　ありえませんわァ！　まったく信じられませんわァ！　どういう教育を受けてらっしゃるのかしらァ！」

「……マジでうるさいな実物」

「テレビでもこいつが喋(しゃべ)る時だけはミュートしとったわ……」

キンキンと響く叫びに、無耶師達は競合関係さえも忘れて口々にぼやいた。

「あたくしはねェ、芸能生命が懸かってんのよォ！」

グラジオラス★さとこは喚(わめ)き、ユニコーンのぬいぐるみを振り回す。

『ちゃぽ』と水の音が聞こえた。どうやら、ぬいぐるみに何か仕込んでいるようだ。

「霊視と霊水でネタ系からガチ系にランクアップするわけェ！　そんでゴールデンに冠番組作るのッ！　そのためには一切気が抜けないのよォ！　なのにあんたのせいで精神の統一が乱れたわァ！　非芸能人少女A、起立！　名を名乗れェ！」

撫子は、ひとまず立ち上がった。

「ごめんなさいね。悪気はなかったの。芸能人には詳しくなくて――」

「御託はいいのよォ！　あんたの顔と名前を覚えてやるって――ああもうッ！　ムカつくくらいキレイな顔してるわねェ！　いいから名乗りなァ！　非芸能人美少女A！」

「わたしは獄門(ごくもん)撫子。式部女学院(しきぶじょがくいん)の一年生よ」

瞬間――空気が凍りついた。そうして、さざ波のようにどよめきが走る。

獄門、獄門、獄門――。

「鬼の末裔……」「嘘やろ」「あの呪われた一族の……」「……十数年前に滅んだはず……」「獄門なら首に特徴が……」「『獄門からは手を引け』と死んだ大旦那が……」「うちの曾祖父が生皮をはがされ……」「あの昭和の大鬼女の……」「獄門御前……」「獄門は禍事の先触れ」

獄門、獄門、獄門、獄門――！

「え……な、何？　一体なんなの、この反応はァ……？」

戸惑う巫女を置き去りに、人々は次々に振り返った。

驚愕の眼、戦慄の眼、猜疑の眼、好奇の眼、忌避の眼――獄門撫子という少女の存在は、水に投げ込まれた小石の如く無耶師達に波紋を広げていく。

「……有名人って厭ね」

まるで鼠の巣に迷い込んだ子猫の気分だ。鮮やかな真紅の瞳を伏せ、撫子は苦笑した。

その時、玲瓏とした女の声がどよめきの中に響き渡った。

「――一つ、うかがいたいことが」

聞き覚えのある声だった。撫子は目を見開き、思わず振り返った。

一体、いつからそこにいたのか――無花果アマナが、扉のそばで腕組みをしていた。

「大家好。私はティナ・ハーと申します。しがない学生です」

涼しい顔でまったく違う名前を名乗りながら、アマナは歩き出した。

「本日は香車堂大学文学部の蒼堂次郎教授の代理で参りました」

最後列にたどり着くと、アマナは撫子の隣の席の背もたれに頬杖を突いた。

「先生は精力的な方でして。今回の依頼への参加も熱望しておりましたが、生憎と外せない用事と重なってしまいましてね……それで、代わりに私が推参した次第です。いやァ、申し訳ございませんね。私などは本当に門外漢ですのに」

流れるような長広舌とともに、アマナは撫子の肩をぽんぽんと叩いてきた。

赤い瞳を見開いたまま、撫子は女の横顔をまじまじと見つめる。無耶師達の反応を知ってか知らずか、アマナの手と態度はどこまでも馴れ馴れしい。

そのうえ、この距離からでも女からはにおいがしない。

白檀のような伽羅のような――そんな香木を焚いたような甘い香りはする。けれども、アマナ自体の体臭がまるっきりしない。まさしく煙だけがそこにあるかのようだ。

胡散臭い。得体が知れない。気味が悪い。

しかし――何故だか、その手を振り払う気になれなかった。

「なんなの、あなたは……？」

「で、大事な質問があるのですが――」

少女の密やかな戸惑いなどどこ吹く風で、アマナはぱんっと黒い扇子を広げる。透かし模様の入ったそれを揺らめかせ、愉しげに琥珀の瞳を細めた。

「夕食の時間はいつくらいになるのでしょう……？」

……どこかで聞いたような質問だった。

夕食の会場となったのは、八裂島邸の大広間だった。

優に百畳以上はある空間の正面には、能舞台まで用意されていた。

そのうえ朱と金の彩る格天井には、天井板の一枚一枚に季節の花が描かれている。桜、椿、芍薬、牡丹、桔梗――数限りない極彩色の草花が咲き乱れていた。無意識のうちに自分と同じ名前の花を探していた撫子は、少し頭が痛くなってしまった。

給仕は物也をはじめとした八裂島邸の使用人達が行った。

みな暗い顔をして、そうして無口だった。

そのうえ、茶碗に盛られた飯には一膳の箸が突き刺さっていた。

完全に死者を弔う枕飯の状態だ。しかし、だいたい無耶師の家にはそれぞれ奇妙な風習や作法があるので、いちいち文句を言う無耶師はいなかった。

なにより、文句も言えないくらいに料理が美味だったのも大きい。

海老芋饅頭のあんかけ。艶やかな野菜の炊いたん。甘鯛の焼き物。歯ごたえも軽やかな天ぷら。松茸の香りを纏わせた湯葉の吸い物、香り豊かな宇治茶——。

いずれも逸品揃いだ。いつもの撫子なら、大喜びで食いついただろう。

しかし、今日は箸が進まなかった。結果、三人分を食べただけで撫子は席を離れた。

原因はわかっている。一つ目は、無耶師達の視線だ。

「小娘とて獄門よ」「人喰い鬼……」「……まだ食うのか?」「無限におかわりしやがる……」

こうも全員にひそひそと囁かれながらでは、食欲も失せる。

二つ目は、八裂島邸に充満した死臭だ。

「……よくもまぁ、こんな臭いところで食事ができるものだわ」

死臭は、八裂島邸を完全に支配している。どこもかしこも肺が腐りそうなにおいがした。

そして三つ目にして最大の原因は——まさに撫子の後ろにいる。

「呑み足りないなァ……」

間延びした声に、撫子は足を止める。小さくため息をつき、じとっとした目で振り返った。

「……どうしてついてくるの?」

「あの大広間は、私には居心地が悪くてな」

無花果アマナは、にやけた顔で小さく肩をすくめた。

コートは脱ぎ、白いチャイナシャツに黒のパンツという装い。艶やかな唇は、相も変わらず薄く笑っている。この中途半端な微笑がまた腹立たしい。

「私はこんなにも美しいから、注目されるのは仕方がない。しかし、こうも視線を感じると酒の味がよくわからなくなる。そこで、同じ立場の君に付き纏ってみることにした」

「…………何が同じよ」

なにも知らないくせに——撫子は、心の内で密かに毒づいた。

「それで、お嬢さん？　君はこれからどうするんだ？」

扇子を揺らしつつ、アマナはにいっと笑った。

誤解されていると思った。この女はきっと、撫子のことをどこにでもいるような少女だと思っている。撫子はきつく眉を寄せると、おもむろに手を伸ばした。

「おっと……」「——あなた、普通の人なんでしょう？」

アマナの襟首を強引に引き寄せると、撫子は琥珀の瞳を覗き込む。

赤い瞳がぼうっと光る。牙の如く鋭い歯がちらりと覗く。声に火花がぱちりと弾ける。

「…………喰われるわよ」

アマナが、わずかに目を見開く。撫子は、突き飛ばすようにして彼女を解放した。

「ここは普通の人間がいていい場所じゃない——とっととおうちに帰りなさいな」

少し、胸が痛むような心地がした。

しかし、それを振り払うようにして撫子は踵を返す。

ひたすらに廊下を突き進み、めったやたらと角を曲がった。そうしてアマナからいくらか遠ざかったところで、撫子は足を止めた。

「……このあたりでいいかしら」

油断なくあたりに視線を配りつつ、撫子は右手を伸ばした。

ちゃりっと音を立てて、一本の鎖が袖口から零れ落ちる。鎖の先端には、刃を噛む髑髏をモチーフとした錘がぶらさがっていた。

錘との接合部分にあたる箇所には、『餓』の一文字が刻まれている。

「六道鉄鎖――餓鬼道、欲御手」

瞬間、鎖から透明な炎が溢れ出した。それは無数の手の形へと変異し、辺りへと伸びていく。

壁を、床を――あらゆるものをすり抜け、透明な手の群れは無音で広がった。

やがて、髑髏の錘がかたかたと音を立てた。鎖は震えているが、それ以上の動きはない。

「……何かに邪魔されてる？　難儀ね」

撫子はため息をつき、六道鉄鎖を袖の内に収める。

そうして顔をあげると、正面の壁に掛けられた額縁が目に入った。額に収められているのは古い地図で、見慣れた街の昔の姿が記されている。

羅城門――鬼の住処と語られたそれが、碁盤の如き都市の玄関だ。

そこから中央を南北に貫く朱雀大路を北上すれば、宮城を護る朱雀門に辿り着く。

そして、朱雀門の先には――。

「――完璧（かんぺき）な風水都市だな、平安京」

真後ろから響いたにやけた声に、撫子（なでしこ）は反射的に肘打（ひじう）ちを繰り出した。

「っと――危ないじゃないか、お嬢さん。あばらを持っていかれるかと思ったぞ」

「あなた……バカなの？」

「御覧の通り、私はどこまでも普通の人間なんでな」

睨（にら）みつける撫子に、無花果（いちじく）アマナはにやけた顔で扇子を揺らめかせた。

「化物（ばけもの）も恐ろしいが、頭のネジが外れてる無耶師（むやし）連中もおっかない。なら、顔見知りで――そのうえ、それなりに話が通じそうな君についていった方が安全そうだ」

「……正気で言っているの？」

「私ほど正気な人間がこの世にいるものか」

「……わたしは、獄門（ごくもん）家の人間よ？」

赤い瞳（ひとみ）をぼうっと光らせ、撫子は鋭い犬歯も隠さずにせせら笑う。

「無耶師達の反応を見たでしょう？　うちって嫌われているのよ。『禍事（まがごと）の先触れ』『獄卒の系譜』ってね。わたしに付き纏（まと）っても、ろくなことはないわ」

「――――お可愛（かわい）らしいことだな」

撫子は言葉を失った。喉（のど）を鳴らすようにして笑って、アマナは扇子を閉じる。

「丁寧なご忠告をどうも。鬼の末裔（まつえい）だとか言うわりに、実に素直で可愛らしい。この胡乱（うろん）な浮（うき）

世において、君はまさしく野辺に咲く撫子の如くだな」

「……………からかっているの？」

「純粋な称賛だ。素直に享受したまえよ」

アマナは扇子をそっと唇に触れさせながら、どこか婀娜っぽく瞳を細めた。

「私は好きにする。君も好きにすればいい。——それだけだ。シンプルだろう？」

にやけた琥珀の瞳が、いびつな撫子の像を映していた。

この瞳から逃れることは難しそうだ——呆れを通り越し、撫子はもはや感嘆さえ覚えていた。

「……ひひっ」と、撫子は顔に似合わない笑い声を漏らす。

そうして、ふいっと視線をそらした。鬱陶しそうに前髪を払い、アマナに背を向ける。

「…………後悔してもしらない」

「それでいい」——アマナはにたりと笑って、扇子を閉じた。

撫子は、ひとまず三つの蔵を順に見て回ることにした。
雨はやみつつあった。仄かな月光に瞳を光らせつつ、撫子は霧に煙る闇を行く。
「冷えるなァ……もう秋も終わりだな」
のんきなアマナの声は若干気に障ったが、無視することにした。

南の蔵は、やや小高い場所にあった。古い卒塔婆(そとば)が大量に散らばる道の先には、すでにガスマスクの無耶師(むやし)集団が張り込んでいる。

「……鬼が出るのは深夜二時頃。それに合わせて行動を開始するって話だったけど」

「今は十時……気の早いことだな」

スマートフォンを確認し、アマナがにやけた顔で肩をすくめる。

「さてさて、抜け駆けか？　それとも決行のために何かを仕込んでいるのか……」

「どうでもいいわ」

「この分だと蔵に近づけないが……さっきの鎖は、ここでも使えるのか？」

「……覗(のぞ)き見してたの？　趣味が悪いわね」

「おいおい、見えてしまったものは仕方がないだろう。――それで、どうなんだ？」

撫子(なでしこ)は小さく舌打ちをしつつ、餓鬼道の鎖を確かめた。鎖はただ、細かく震えるばかりだ。

そして――撫子はすんと鼻を鳴らすと、目を見開いた。

「――どういうこと？　この蔵、人間のにおいしか……」

「おいおい、油断していると――っと」

風を切る音が響く。アマナはとっさに後退し、撫子は少しだけ首をひねった。

直後、二人の背後の木にボウガンの矢が突き刺さる。

「雑魚無耶師が！」「はよ去(い)ねやァ！」「こちとら哭壺(なきつぼ)やぞ！」

次々に怒号が飛んできた。ひらひらと扇子を揺らし、アマナが細い眉をひそめる。

「血の気が多いな……」

「このアマ！　哭壺家を知らんのか！」「あの大妖【鉑】も追いつめた蠱毒の大家や！」「身の程知らずも大概にせぇ！　邪魔するンならお前らから呪い殺したるぞ！」

「……見たことも聞いたこともないな。もしかして、業界では結構有名なのか？」

「……私も知らない。とりあえず退きましょう」

東、西の蔵でも収穫はなかった。どれも鬼が出るとは思えぬほどに平凡な蔵だった。

むしろ、いずれの蔵も道中の方が異様だった。

東の蔵は大量の地蔵に囲まれ、西の蔵は夥しい数の鳥の羽根が辺り一帯に散らされていた。

「さて、どういうことかしらね」

八裂島邸の裏庭園で、撫子は首筋をさすった。

正面の石庭とは異なり、この庭は松や苔によって豊かな緑に彩られている。大きな池が掘られ、それを覗くような形で東洋風の東屋があった。

『巨椋庵』という扁額の下で、撫子とアマナは足を休めることにした。

「いやな気配はする。でも、どの蔵にも鬼の気配がない……」

土、苔、雨――そして、死臭。死体の朽ちるにおいはするのに、鬼の影も形もない。

そして、屋敷に一歩足を踏み入れた瞬間から違和感が消えない。

空間に透明なひずみが無数に生じている気がした。世界を構成するなにかが明らかにズレているのに、捉えきれない。そうして、どこかに淡い悪意が潜んでいる――。

「…………難儀だわ」

「おやまァ、ご機嫌斜めだな。――まァ、座りたまえよ。良い仕事は良い休憩からだぞ」

アマナはというと、すっかりくつろぐ構えだ。

黒い鞄から酒瓶と錫の杯とを取り出す彼女に、テーブルに着いた撫子は唇をへの字にした。

「……呆れた人。こんな場所でよく呑めるわね。それ、屋敷から持ってきたの？」

「まさか。これは私が持参した酒だ。飲み慣れた酒がないと、どうにも落ち着かなくてな」

アマナは流れるような所作で、杯を唇へと運んだ。

酒を呑むだけでも絵になる女だ。その様子に、撫子は思わず口を開く。

「あなた……普通の人間と言ったわよね」

「ああ。私はどこまでも普通の人間だ」

「……無耶師でもないくせに、なんでこんな場所に来たの？」

「ン……さっきも言ったとおりだ。うちの教授の代理だよ。教授が『タダで酒が飲める話に興味はないか？』と聞いてきたものでな」

……どこかで聞いたような話だ。

こめかみを押さえる撫子をよそに、アマナはまた酒に口をつける。月光に照らされた微笑は曖昧で、その心の機微は何一つ窺い知ることはできない。

「酒には目がないんだ。身共に浮世は冷たくて、酔っていなけりゃやってられんよ」

「てっきり、化物好きの命知らずかと思ったわ」

「違うな」

短い一言に奇妙な力を感じた。髪留めをいじっていた撫子は、アマナに目をやる。

アマナは、水のように透明な酒をひたと見据えていた。

淡い月光が黒髪を濡らし、曖昧な微笑を仄白く照らしている。黄昏の空を思わせるその瞳は、いまは月影よりも深い暗がりに沈んでみえた。

「別に化物が好きなわけじゃない」

「――化物が、私のことを好きなんだよ」

ざわり、と――撫子は、己の心にさざ波が立つのを感じた。

胡乱な女だと思っていた。どうかしている女だと辟易していたはずだ。だから、さっきまでの撫子はなるべく早く彼女から離れたいと考えていたはずだった。

なのに、どうしてしまったのだろう。

――あの瞳の暗がりが映すものを、知りたいと思ってしまった。

ぐらぐらと揺らぐ心を押し隠そうと、撫子は落ち着きなくマフラーをいじった。

アマナは目を伏せ、首を振る。そうして、扇子で周囲を示してみせた。

「時に、君……あの屋敷、面白いと思わないか？」

「どこが？」

表面上は退屈そうな風を装ってたずねる撫子に、アマナはにたりと笑った。

「――――階段がどこにもないんだ、あの屋敷」

アマナの言葉を受け、撫子は邸宅の方に目をやった。

夜霧の中に佇む八裂島邸は、巨大な墓石のようにも見えた。一階とは対照的に暗闇に包まれてはいるものの、二階にあたる部分には間違いなく窓が存在している。

「……少なくとも、あの建物には二階があるように見えるけれど」

「二階はある。しかし、どれだけ探しても昇降手段がない」

「あなたが見つけていないだけじゃない？」

「実を言うとな、私は君が来るよりも先にこの屋敷をいくらか回ったんだ。ところが、階段だけが見つからなかった。階段なんて、普通は使いやすい場所に作るだろう？」

「……八裂島家は無耶筋の大家」

一方の撫子は、首をさすりながら眉を寄せる。

「もしかすると、屋敷全体になにかの呪術を仕込んでいたのかもしれないわ。おかげで索敵の調子も悪いわ。なんだか敷地内全体がおかしい感じがするのよ」

「屋敷全体に呪術をなァ……なら、あの微妙な庭にも意味があるのかな」

「微妙な庭……玄関の先にあったあれのこと?」

「ああ、あの妙にご立派な正門を抜けた先だ。全体的に左右対称の庭なのに、左手にあった小さな池のせいで構成がどうにもアンバランスだ。それに石灯籠(いしどうろう)も逆だった」

「逆?　何がよ?」

「君が見たかどうかは知らないが、あの石灯籠にはそれぞれ文字が刻まれていたんだ」

アマナは酒に口をつけつつ、閉じた扇子を左右に揺らしてみせた。

「門から見て……左の石灯籠には『東』、右の石灯籠には『西』とあった。この屋敷の門は南にあるから、これでは実際の方角と逆になる」

「……よくそこまで見てるわね」

「ン、これでも字書きなものでな。いろいろと物事を観察するクセがあるんだ」

「字書き……小説家ってこと?」

「そうさ。『無花果(いちじく)アマナ』という名前で、いろいろと書いている」

「ペンネームってわけね。じゃあ、さっき名乗ってたティナ・ハーが本名?」

「まさか。あいにく君と違って、呪(のろ)いなんかを商売にしてる連中に本名を教えるような度胸は私にはない。あれは私が一時期海外にいた頃に使っていた英名だ」

「ふうん……胡乱(うろん)ね」

撫子が嘆息したその時、屋敷の方がにわかに騒がしくなった。

「……おや、なんだろう?」

首を傾げるアマナにつられて、撫子も屋敷に目を向ける。

転びそうになりながら、何者かが半狂乱で飛び出してくるのが見えた。振り回されるツインテール、闇にも鮮やかな蛍光色の袴――見間違いようもない。

「あれは確か、グラタン★さといもさん……」

「……いや、そんな美味しそうな名前ではなかっただろう。グラジオラス★さとこだ。――ンン? なんだ? どうも様子がおかしいぞ」

「目が合った目が合った目が合った目が合った……!」

金切り声とともに、グラジオラス★さとこは髪を振り乱す。

サングラスがない。血の気の引いた顔に、薄青い瞳がぼうっと光って見えた。

「どうしようどうしようどうしよう! このままじゃ……! あたくし見ちゃったッ! 見られちゃったッ! どうしようッ! どうすれば……ッ!」

危うい足取りで彷徨いつつ、グラジオラス★さとこは己の目元をがりがりと掻き毟る。

「おい、さとこさん! 一体どうしたんだ?」

アマナが声をかけると、グラジオラス★さとこが髪を振り乱して振り返る。

――化物のにおいが、した。

鮮烈だった。あまりにも暴力的な香気に、撫子は眩暈さえ覚えた。

夜の露と、湿った土、芳醇な血――そんな化物特有のにおいが、巫女から漂ってくる。

「……どこにいたの？」

唾液が湧く。内臓が唸る。指先に震えが走る。

見開かれたままの赤い瞳を夜霧に光らせて、撫子はかすれた声でたずねた。

「ねえ、さとこさん……どこにいたの？」

「ひっ……！」――グラジオラス★さとこが凍りついた。

限界まで見開いた目元を掻き毟りながら、彼女はじりじりと後ずさる。

皮膚は裂け、爪は血に濡れている。しかし、もはや痛みすらも感じていないようだった。

「さとこさん？」アマナが柳眉を片方上げる。

蛍光色の巫女は蒼白の顔を振り、震える指をこちらへと向けた。

「にんげんじゃない……！」

甲高い悲鳴とともに、ツインテールが翻った。

「ばけものッ！　ばけものッ！　ばけもの――ッ！」

転びそうになりながらも立ち上がり、蛍光色の巫女は夜霧の向こうへと駆けていった。

伸ばしかけていた手を降ろし、アマナはむうっと唇を尖らせた。

「……人の顔を見て化物(ばけもの)とは失敬な。そう思わないか?」

「さあ、どうだか……」

——にんげんじゃない……!

撫子(なでしこ)は首を振ると、涼しげな表情を装って髪を整えた。

「……ひとまず、追いかけた方がよさそうね」

「そうだな。いくらなんでも様子がおかしい」

「——お二方」

男の声に、東屋(あずまや)から出ようとしていた撫子とアマナは動きを止める。

夜霧の中から、あのスーツ姿の無耶師(むやし)が現れた。

歳(とし)は三十代前半程か。背が高く、引き締まった体つきだ。黒髪を撫(な)でつけ、清潔なスーツに身を包み、そうして腰には一振りの太刀を佩(は)いている。

銀縁の眼鏡の位置を整えると、彼は撫子とアマナに鋭いまなざしを向けた。

「グラジオラス★さとこさんを見ませんでしたか? 取り乱した様子でしたので……」

「つい今し方までここにいたよ。で、向こうに走っていった」

「……ふむ、玄関の方向ですね」

「どうやら良くないモノを見たようでな。ちょうど私達で追いかけようとしてたところだ」

「いえ、それには及びません。さとこさんは私の方で保護しましょう。他の無耶師達のいざこざに巻き込まれてしまってはいけない」

「ンン……その方がいいか。ここの連中、妙に気が立っているし」

「仕方がありません。この場に集まっているのは、いずれも歴史はあれども継承や財政になにかしら問題を抱えた無耶筋ばかりです。全員、狙いは八裂島家の秘伝でしょう」

「なるほど……力量もなければ、あともない連中ばかりというわけだ」

「――ですから、何が起きてもおかしくはない」

アマナと会話をしながらも、男の視線は撫子に注がれていた。

どうやら警戒されているようだ。撫子はすました顔で、軽く会釈した。

するとスーツ姿の無耶師はやや驚いたような顔をしつつ、一礼を返す。そうして最後にアマナに視線を向けると、彼は少しだけ眉を寄せた。

「屋敷内はすでに一触即発の状態です。くれぐれも用心するように。――それでは」

そうしてスーツ姿の無耶師は踵を返し、闇に消えた。

「……あの人、知り合いなの？」

「まァ、そんなものだな。何度か顔を合わせている。信用はできる男だ。――さて、さとこさんは彼に任せるとしてだ。私達はこれからどうしたものだろう」

「………まだ付き纏うの？」

「当たり前だろう。このか弱き乙女を、血に飢えた無耶師達の群れに放置するつもりか？」

わざとらしく肩を震わせて見せるアマナに、撫子（なでしこ）は深くため息をついた。

「……少し休みたいわ。いったん屋敷に戻りましょう」

——炎を見ている。

瞼（まぶた）の裏に在る炎は時折まどろみを超え、こうして夢にまで延焼してくる。

見慣れた景色だ。しかし不意に、聞き慣れない音が炎を遠ざけた。

はじめは雨音のように思われたが、どうも違う。夥（おびただ）しい芋虫が板を跳ねているような——

あるいは大量の指が板を叩（たた）いているような。そんな音だった。

加えて、なにかが這（は）いずるような音もそこに混ざって聞こえてきた。

無数の小川が大河に行き着くように、音はやがて一つの流れへとまとまっていく。

ぞろぞろと。ぞろぞろと。ぞろぞろと。

とん。とん。とん。——うたたねしていた撫子は、顔を上げた。

ここは客室だ。客室といっても午前二時までの待機場所なので、簡素な設備しかない。撫子は硬いマットレスの上に座り、アマナはベニヤの机に突っ伏している。

「英語……マークテスト……一列ずれ、て……」——なにか恐ろしい夢を見ているようだ。

再び、控えめなノックの音が響いた。

ドアを薄く開くと、気の弱そうな物也の顔が覗く。彼は一瞬あちこちに視線を彷徨わせた後で、結局ドアノブを握る撫子の手にさっと視線を落とした。

「ごくも——撫子さん。そろそろ、お時間です……」

「わかりました。すぐに準備を整えます」

撫子はドアを閉めた。強張った体をほぐした後、撫子はふと壁に耳を当てる。

「南の蔵を割り当てられたはず——！」「分家の分際でよくも——！」「身の程を——！」

無耶師達の怒号が聞こえた。撫子は、肩をすくめた。

そしていまだ魘されているアマナのもとに近づくと、机を軽く揺すってやる。

「う……英語……時間……」「起きて。英語はもう諦めなさい」


深夜を迎え、夜霧はますます深まったようだ。

鬱蒼と茂った雑木林を霧が覆い、視界は茫漠としている。一定間隔で裸電球が灯っているものの、それが逆に霧の夜の心細さを際立たせた。

「……東の蔵に向かうのが私達二人だけとは寂しいな」

「仕方がないでしょう。東の蔵に充てられた連中が全員いなくなっちゃったんだから」

くじ引きの時の無耶師達の顔を思い出す。

それは夕食の前に行われた。撫子が『東』と記された木札を引いたのを見た瞬間、同じ蔵を割り当てられた無耶師達は全員表情が引きつっていた。

「……連中、逃げたのか？」

「たぶん、他の蔵に紛れているんじゃない？　顔形をごまかしたり、気配を消して紛れ込んだりするくらいはそれなりの無耶師ならできるでしょう」

やがて、朽ち果てた地蔵の群れが撫子たちを出迎えた。

無表情の地蔵がぞろりと並んだ向こうに、東の蔵が聳えていた。扉は開け放たれ、夜よりも深い闇が二人の眼前でぽっかりと口を開いていた。

「……鬼は執着するものだと聞いた」

扇子で唇をなぞりつつ、アマナが囁いた。

「人、場所、習慣……鬼は特定の何かに執着する。それを損なおうとするものに対しては執拗に攻撃を繰り返し、対象が消滅するまで許さないそうだ。たとえば大江山の鬼群を率いた酒呑童子ならば『同胞』、信濃の紅葉御前ならば『故郷』といったところか」

撫子は何も言わなかったが、そこそこげんなりしていた。

というのも、これはさんざん桐比等から聞かされた話だったからだ。あの陰気な声音と抑揚のない口調を、脳内でそのまま再現できるくらいには――。

『鬼は執着する』

『我々にも、そんな鬼の執着心はいくらか受け継がれている』

『故にあまり妄りに心を寄せないよう……』

ここまで完璧に思い出すと、撫子は深いため息とともに叔父の像を脳内から追い払った。

「そして『伊勢物語』にもある通り、蔵というものは鬼が好む根城の一つだ……」

アマナの言葉を聞き流しつつ、蔵に向かって一歩踏み出す。

不意に、肩を掴まれた。振り返れば、アマナの琥珀の瞳が自分を見下ろしていた。

「『鬼はや一口に食ひてけり』……用心しろよ、お嬢さん」

伊勢物語――芥川の段。蔵に隠された女は、鬼に一口で喰い殺されてしまった。そんな話を持ち出して、アマナは警戒を促した。――鬼の家の子に。

撫子は鼻先で笑って、アマナの手を振り払った。

真っ暗闇だ。扉の正面に立っても、蔵の内部の様子がろくに見えない。鬼の住処というよりも、奈落の入り口といった方がふさわしい。

「……やっぱりおかしいわね」

「なにがおかしい？」

「どの蔵も同じ……化物のにおいがしない。人間のにおいしかしないのよ」

アマナは首を傾げると、撫子の側に立った。

近場に転がっていた地蔵の頭に堂々と足を掛け、じいっと蔵の中を睥睨する。

「ン……人間のにおいは問題ないが、鬼のにおいがないというのは奇妙だ」

「そのにおいにしても、どうも変なのよね。なんというか……人間がひしめいているような感じがするの。大勢の人が、ぎゅうぎゅう詰めになっていうような……」

感覚的には、満員バスを前にしたものに近い。

狭い窮屈な箱の中に、限界まで人間を詰め込んでいる。肉がはちきれ、骨が軋み、空気さえも人に押し潰されていくような——そんな光景が脳裏に浮かぶ。

「それはまた胡乱なことだ」

「胡乱なことばかりよ、この屋敷は……もう、いやになっちゃうわね……」

思わず本音を零してしまった。撫子は、慌てて赤いマフラーで口元を隠した。

とはいえ、うんざりする状況なのは確かだ。

残る死臭。階段のない屋敷。東西を間違えた石灯籠。殺風景な庭。夕食の枕飯。鬼のいない蔵。怯えた巫女。辛気くさい使用人。生気のない館の主——。

「明確に何かが起きたわけじゃない……でも、この屋敷は何かがおかしいのよ……」

「いやはや、五里霧中といったところか。困ったものだな」

アマナは嘆息すると、唇に扇子を触れさせながら辺りに視線を向けた。

「しかし、なんだ……さっき見た時にも思ったが、ここはまるで化野だな」

「……化野？」

「ン、知らないのか？　いや、そんなはずはないだろう。京都の三大風葬地の一つだ。ほら、西の化野、東の鳥辺野、北の蓮台野……」

「知っているわよ。なんなら鳥辺野は近所だし。でも、なんというか……」

平安時代——都で出た死人は、貴族でないものはそれらの地で風葬に付された。今でもそこには、広大な墓地や寺が残っている。それくらいは撫子も知っている。

そして、化野には無縁仏を弔うための数千の石仏が並ぶ寺院がある。

——この蔵も、大量の地蔵に囲まれている。

「例えば……もし、ここが化野を模しているのなら……」

「ン……その説は面白いな。それなら、残り二つの蔵も風葬地を模していることになる」

「そう。たとえば、西の蔵は鳥辺野かしら」

「なるほど。散乱するカラスの羽根は、あそこで鳥葬を行ったことを示しているのか。ならば残る南の蔵は蓮台野……ああ、それなら道中に遺棄されていた卒塔婆の意味は」

「おおかた千本通に擬えているんでしょうね」

千本通は京都市を南北に貫く長い通りだ。

通りの名の由来は様々に語られているが、その中には『蓮台野へ送られる死者の供養のために卒塔婆を千本並べた』という説もある。

「……なるほど、悪くない線だな。俯瞰した時、八裂島邸はほぼ左右対称だった。例えば玄関を朱雀門か応天門とみなし、北にある邸宅を大内裏だとみなせば……いや、駄目だな……」

閉じた扇子を口元にあて、アマナは眉を寄せる。

「東の蔵は化野、西の蔵は鳥辺野、南の蔵は蓮台野……これでは実際の方角と逆になる」

「逆……逆、ねぇ……」

逆。反対。間違い。この屋敷には、そんなものがもう一つ——否、もう二つなかったか。

アマナの否定は、撫子の脳裏に透明なさざなみを走らせた。

「——ひひっ。とんだ事故物件ね」

小さな笑い声とともに、赤いマフラーが翻った。

そのまま躊躇いもなく、撫子は来た道を戻り始めた。

「ン……？　おい、どこに行くんだ？」

「鬼はここにはいない。三つの蔵は罠よ」

「待て、せめて説明しろ、どうしてここに鬼はいないと——」

瞬間、ガラスの割れる音が空気を切り裂いた。

思わず振り返る撫子の眼に、同じように後方に視線を向けるアマナの姿が映った。

——その眼前に、黒く細長い腕が迫る。

目の前で揺れるアマナの束ね髪を、撫子はとっさに引っ摑んだ。

「ぎぇっ——！」

思いっきり後ろ髪を引かれ、アマナが背中から地面に倒れ込む。

漆（うるし）を塗り固めたような指先は、それまで彼女の頭があった虚空を虚（むな）しく摑んだ。人の腕を異様に長く引き伸ばしたような形をしたそれは、蔵の窓から伸びている。

「ズルイ……」――か細い声が聞こえた。

割れた窓の向こうに、黒い人影が大量に並んでいる。姿形も茫漠（ぼうばく）としている。しかし、人間の目があるべき場所に口を持っているのだけははっきりと見えた。ひび割れた歯をがちがちと鳴らして、それらは囁（ささや）きを漏らした。

「ズルイ……ヨ……ォ……」

暗闇（くらやみ）に包まれた蔵の中で、ずるりと影が鳴動する。

そうして黒い蛇がとぐろを解いたかのように、幾本もの腕が伸びてきた。

風切り音がひうひうと響く中、撫子はアマナの前に立ち塞（ふさ）がる。

赤い瞳（ひとみ）を細め、撫子は唇を挟んで二本の指を当てた。冷たい空気を一気に吸い込む。鼓動が早まる。胸の内がごうっと熱くなる。

吐息――劫火（ごうか）。晩秋の闇が、燃え上がった。

「好勁（ホウギン）(すごい)……！」

赫々（かっかく）とした熱に瞳を輝かせ、アマナが感嘆の声を漏らす。

撫子が噴き出した炎が腕を焼き払い、そのまま一気呵成（いっきかせい）に蔵をも包み込んだ。

霧の夜に、断末魔の叫びがこだまする。のたうち回る影の形は、人間のようで人間でない。

「見事なものだ。しかし……どうやら、あれらは鬼ではないようだな」

「ええ……たぶん、人間だったものよ」

よろよろと立ち上がるアマナに、口から手を降ろした撫子は淡々と答えた。

「わたし達よりも前にここに来て……蔵に入ってしまった人達。もはや人間じゃない。次の犠牲者をおびき寄せるための撒き餌にされたの」

「ン……なるほど。だから『ずるい』というわけだ。私達は引っかからなかったから」

「そういうこと。巻き込もうとするから……終わらせてやった」

口元に触れつつ、撫子は赤く輝く目を細めた。常は瞼の裏で燃えている炎の影が、今は目を開いていてもちらちらと揺れている。

「わたしの炎は火葬場の火……あの手の連中にはてきめんでしょうね」

「おやまァ……おっかないな」

「行きましょう。……ここには、もう用はない」

燃え盛る蔵に、撫子とアマナは背を向けた。

物言わぬ地蔵の群れを踏み越えて、暗い晩秋の夜を突き進む。

「三つの蔵が三大風葬地というのはあたりなの。つまり、蔵は人間を弔う場所――わたし達を処理するための場所。御夕飯が枕飯だったのも、その為の仕込みだったんでしょうね」

「だが、三つの蔵を風葬地とみなすなら位置が逆だと……」

「――ひっくり返すのよ、全部」

雑木林に足を踏み入れた途端、明かりが一斉に消えた。

しかし、二人は動じない。撫子は指先に炎を点し、アマナはスマートフォンを取り出した。

「八裂島邸はね――邸宅ではなく、外界を大内裏に見立てて構成されているの」

言いながら、撫子は炎の揺れる人差し指をくるりと回す。

「例えば外に面した正門はそのまま平安京の朱雀門。石庭を貫く道は朱雀大路で、石庭の市松模様は条坊――碁盤目の区画を表してる。そして、邸宅の前にあった石灯籠は――」

「……なるほど、西寺と東寺か」

西寺と東寺は都の鎮護のため、平安京の南端に建立された。しかし八裂島邸では、これを模した石灯籠を敷地内では北端にあたる邸宅の前に置いている。

「平安京では長安に倣い、都の北側に宮城を置いている……」

アマナは思案顔で、スマートフォンのライトを雑木林のあちこちに向けた。

「即ち天子南面――北から南を見渡す天子の視点では左は東となり、右は西となる。故にこの街では都の東側を左京と呼び、西側を右京と呼んだ。そして、この理屈で八裂島邸の門を朱雀門だと見做すならば、その左横にあった池はさしずめ――」

「神泉苑に擬えているんでしょうね」

禁苑――天皇の為の庭園である神泉苑は、平安京遷都と同時に造営された。

位置は大内裏に接して南東――八裂島邸で言えば、あの池のあった位置に符合する。

「ならば、裏庭の池は平安京の南にあった巨椋池の再現か。そういえば、東屋にも巨椋庵と書かれていたな。ン……これで、ここに逆さまの平安京が再現されたわけだ」

雑木林を抜けた二人を、寂しい月光が迎えた。

残る二つの蔵もそう距離は離れていないはずだが、あたりは奇妙な静けさに包まれている。

「平安京は四神相応……四方に隙のない風水都市だ。その構図を逆転させれば、化物にとってさぞ居心地のよい空間となるだろう。しかし、目的は？」

スマートフォンをポケットに収めつつ、アマナが首を傾げる。

「外界を大内裏と見做すのも奇妙だ。普通、邸宅の方を宮殿に見立てそうなものだが……」

「――ここは、すでに鬼の領域よ」

月下の八裂島邸を見据えたまま、撫子は両手を緩く伸ばした。

じゃらっ！　と音を立て、六道鉄鎖が伸びる。左に三、右に三――計六本の鎖を確かめるように手繰りながら、撫子は赫々と輝く目を細める。

「人の世界は人の道理で動くけど、鬼の世界は鬼の道理で動いてる。……あったでしょう。平安京で、鬼が住むのにおあつらえ向きの場所」

「……ああ、羅城門か」

にいっと笑うアマナにうなずいて、撫子は月光の照らす屋敷へと歩き出した。

◇　◆　◇

霧は、晴れていた。

寂しい石庭は、薄闇にうっすらと白く浮かび上がってみえる。細く延びる玉砂利の道の向こうに、撫子はよろめく影を見出した。

艶のない白髪、古ぼけた眼鏡、痩せこけた体——八裂島陰実だ。

「おやまァ、お出迎えか？」

相変わらず軽い調子のアマナをよそに、撫子は足を止めた。

「うれしいです……」——かすれた声が、秋の夜風とともに流れてきた。

五体を引きずるようにして、陰実は歩いてくる。撫子達へとむけられた土気色の顔は口元がぐにゃりと歪んでいた。どうやら、笑っているようだった。

「うれしい……うれしいのです……わたしは、うれしい……」

「……ずいぶんとお喜びの様子だな」

アマナは片眉をあげ、扇子を閉じた。

珊瑚珠色の唇は、相変わらず曖昧な笑みを浮かべている。しかし、撫子は背後に立つ彼女の気配が少しだけ張りつめるのを肌で感じた。

「——な、撫子さん……！　アマナさん……！」

切羽詰まった男の叫び声が響き渡る。直後、邸宅の扉が開いた。

邸宅から物也が転がり出てくる。見れば、抱えた左腕から血を流していた。

「お、お助けください！　旦那様が、乱心なさいました……！」

必死の物也には目もくれず、陰実は両手を伸ばした。

ずっと笑っている。枯れ木のような喉からは、絶えず虚ろな歓喜の声が漏れている。

「ほんとうに、わたしは、うれしい……」

「お、鬼です！　全て、鬼の仕業です！　お助けを……！」

背後で、アマナがやや身構えるのを感じた。一方の撫子はただ、じっと陰実を見つめた。

陰実はもう、数歩の距離だ。笑いながら、両手を伸ばしてくる。

「ごくもんさま………」

虚ろな目は、ただ撫子の瞳を見つめていた。撫子はゆっくりと首を傾げ、口を開いた。

「――あなた、もうずいぶん前に死んでいるでしょう」

陰実が歩みを止めた。邸宅内では死臭で嗅ぎ取れなかったにおいが、今ならわかる。

「あなたからは焦げた骨と、焼け残った脂のにおいがする」

返事はない。呼吸音さえも聞こえない。

「八裂島家はとっくのとうに滅びてる。そして、死後も鬼に支配されてる――違う？」

「――あげな、ければ……」

かすれた声とともに、陰実の体がぐらりと傾いだ。

足、腰、腹――見る見るうちに肉と骨とが融け、黒ずんだ泡となっていく。

「あげなければ……ああ……にかい、に……にかいに、さえ……」

うわごとを繰り返す顎も崩れ去り、白く濁った眼球もどろりと流れ落ちる。

そうして――八裂島陰実は黒い泥に成り果てた。

「ン……かわいそうに。骸さえ残らないとは」

扇子で口元を隠し、アマナが気の毒そうに陰実の残滓を見下ろす。

玉砂利の上にわだかまるそれをじっと見つめた後で、撫子は視線を邸宅の方に向けた。

「あ、ああ……どうしましょう……どうしましょう……」

二つの石灯籠のちょうど中央で、物也が震えていた。憔悴しきった瞳で自らの傷ついた左腕を見つめ、その手首をきつく握りしめている。

「なんということだ……や、八裂島家が……これから私は、どうすれば――」

「白々しい……」

物也がびくっと震える。アマナが目を細める。

撫子は首筋をさすりながら、呆れ顔で物也の青ざめた顔を見つめた。

「大したものだわ。よくもまぁ、そんな風に堂々と振る舞えるものね」

「な、撫子さん……？　一体、何のお話をしているのです？」

「鬼に横道なし――鬼は虚飾や欺瞞が嫌いなはず。でも……成り立ちが違えば、鬼としての在り方も違うのかしら。わたし達と――あなたでは」

ぼうっと光る赤い瞳を前に、物也は眼鏡が吹き飛びそうな勢いで首を振った。

「わ、私は鬼ではありません！　人間です！　言ったでしょう、私には霊感なんて――ッ！」

「――なら、どうして私を『アマナ』と呼んだ？」

瞬間、物也は雷に打たれたかの如く震えた。撫子はちらと背後に視線を向ける。

アマナは微笑んでいた。しかし、琥珀の瞳はどこまでも冷たい。

「私はこの邸宅では『ティナ・ハー』という名前を名乗った。『アマナ』の名を知っているのは撫子だけだ。それにお前……さっきは扉を開ける前に、私達の名を叫んだな？　これでは、まるで私達がここに戻ってくるのを知っていたかのようじゃないか……」

パチン――扇子を閉じる音がひときわ高く響いた。

物也は、がたがたと震えている。傷ついた左腕を握りしめる手は、もはや皮膚に食い込んでいた。ぼたぼたと、玉砂利に赤い血が滴る。

うろたえた男に向かって、アマナは愉しげに扇子を向けた。

「二階物也――二階のモノよ。この偽りの羅城門で、ずうっと私達を見ていたんだろう？」

「――なんで」

物也は、がっくりとうつむいた。

ため息を吐きだしたその唇が、十字状に裂けた。

「なんで、戻るかな……」

眼鏡が落ちる。ミシミシと音を立てて、物也の顔が裂けていく。

さながら、それは開花だった。赤い粘膜は花弁、ぞろりと生えた牙はその斑点を思わせる。

「蔵なら、楽に死ねたのにさぁ……なんで戻るのかなぁ……ほら、言うだろう？」

裂けた頭部を振り振り、物也が大股で歩き出した。

緩やかに伸ばされた左腕から、白い棘状の骨が無数に飛びだしてくる。それは瞬く間に一つの形にまとまって、たちまち白色の肉厚な刃を形成する。

「行きは、よい、よい……帰り、はァ――」

口ずさむ物也を前に、撫子は右手から一つの鎖を投げ打つ。

錘の形は剣を握る手――『人』の一文字を刻まれた鎖は、虚しく空を切った。

まばたきするほどの間で、物也は一歩で距離を詰めていた。狙いを外した鎖は左の脇腹をわずかに掠め、彼の背後に聳える片方の石灯籠へと命中する。

針金細工のような体が大きく捻られ、湾刀に変じた左手が振り上げられる。

しかし撫子は表情も変えず、拳を握りしめた。

「人間道――荊道」――果実を潰すような音が響いた。

「お、ご……っ」

左の湾刀を振り上げたまま、物也の体が大きく震える。その脇腹には、刺々しく変異した鎖の棘が深々と突き刺さっていた。

赤黒い血がシャツに滲む。それでも物也は無理やり湾刀を動かそうと、体を震わせた。

「――人間道は求道の鎖」

撫子はくっと指先を折り曲げた。途端、鎖が唸りを上げた。

伸張しきった鎖が火花を散らす。物也の肉を削り取りながら――戻っていく。

「ぎ、ぃ、あああ……！」

掌に戻った錘を右手に握りしめると、撫子は体勢を崩した物也めがけて踏み込んだ。

「できることは至って単純。鎖自体が変形するだけ……でも、それで十分なの」

鎖が溶けるように形を変え、細い掌を覆っていく。

化物の頭部が動く。おぞましく開花した顎の根元で、血走った眼球がぎょろぎょろと蠢いている。その醜い花に向かって、撫子は右の拳を突き上げた。

「人間道――鉄蓮華」

爆散。赤い血肉と白い骨片とが吹き飛び、玉砂利の上にぼろぼろと散った。

頭部を失った物也の体が、一拍遅れて地面へと倒れ伏す。

「……こんなところね」

突き上げた拳を、撫子はゆっくりと降ろす。

人間道の鎖は、まさしく鉄でできた蓮華の如き形の籠手に変異していた。

「……こいつが鬼か？」

門の陰から、いつの間にか隠れていたアマナがしれっとした顔で現れる。口元を扇子で覆いながら、彼女は爪先でちょんと物也の屍をつついた。

「……いや、違うな。いくらなんでも弱すぎるか」

「ええ。せいぜい分身といったところよ。本体は別だわ」

籠手から滴る雫を舐め取りながら、撫子は八裂島邸を睨む。

屋敷はしんと静まり返っていた。人の気配は――生きているものの気配は、ない。

「……この分だと、首魁は二階だな」

「そうね。『二階に上げなければ』って陰実さんも言っていたわ。おおかた、大昔に八裂島家が招待してしまった迷惑な客でしょうよ。庇を貸して母屋を盗られたの」

「迷惑にも程があるな……顔面にぶぶ漬けでも叩き込んでやるか」

「もったいないでしょうが――それよりも」

邸宅の敷居をまたぎかけたところで、撫子はアマナに鋭いまなざしを向けた。

「来るの？　ここから先は、何が起きるかわからないわよ」

「もちろん……言っておくが、私はまったく戦う気がないぞ。普通の人間というものは戦わないものだからな。せいぜい君に茶々を入れるくらいだ」

「……死んでもしらない」

「君を盾にするから大丈夫」

淡々と最低なやり取りをかわしながら、二人は邸宅へと足を踏み入れた。

薄暗い廊下のあちこちに、黒ずんだ泡や泥の塊が散らばっていた。恐らくは、八裂島邸の辛気くさい顔をした使用人達だろう。彼らも元々は無耶師だったのかもしれない。

「おやまァ……様相が変わってきたぞ」

アマナのため息の通り、扉を開けるごとに屋敷は真の顔を現しつつあった。

進むたび──戻るたびに、空間が朽ちていく。

褪せた壁紙が剝け、蜘蛛の巣が張り、天井からは鮮血が滴り落ちる。枯れた仏花が足元に散り、床には不気味な顔面にも似た模様が浮かび上がっていた。

「幻術の類いではなさそうだな。空間全体を作り替えていたようだ」

「……道理で臭いわけだわ」

降り注ぐ鮮血を躱しつつ、撫子は廊下突き当たりの大扉を開く。

目の前が一気に開けた。畳、能舞台、花天井──夕食の宴が行われた大広間だ。

「……何もないな。ここも外れか？」

アマナの言葉をよそに、撫子はゆっくりと視線を滑らせた。

百畳をゆうに超える畳。金と緑で彩られた舞台。煌々とした明かり。極彩色の花天井──

乱れた膳の側には、ライターだのスマートフォンだのといった忘れ物がちらほらと。

そうしてユニコーンのぬいぐるみが、無造作に転がっていた。

撫子はゆっくりと、それを拾い上げた。ふわふわの感触だが、見た目よりもずっと重い。そして、中からは小さく水の音がした。

「……いいえ、ここよ。ここなの」

──あたくし見ちゃったッ！　見られちゃったッ！

けたたましい叫びを思い出しながら、撫子はぬいぐるみの首をひねった。

「──ここで見たのね、さとこさん」

仕込まれた水筒の蓋が開く。撫子は思い切り振り被り、それを天井めがけて投げつけた。

首を失ったぬいぐるみが凄まじい勢いで飛ぶ。

そうして花天井に、内部の青い水を──巫女の霊水を盛大にぶちまけた。

ジュウッと肉の焼けるような音とともに、白煙が上がる。霊水のぶちまけられた箇所の像が黒ずみ、臓物や白骨の像へと変貌していった。

「ぎゃ、は、は、は、は──！」

哄笑──そして、かたかたと音を立てていくつかの天井板が開く。

板の向こうには、黒々とした闇がある。そこに巨大な目が四つ、二人を見下ろしていた。

金の眼球、赤い虹彩、十字状の瞳孔──鬼の目だった。

「愚か者め！　大人しく彷徨っていれば楽に死ねたのになぁ……！」

「羅城門の鬼……」

撫子はその名を囁き、小さく喉を鳴らす。

かたん！　と再び天井板が開く。そうしてそこから、鋭い爪を備えた異形の腕が伸びた。

「気づいたからには逃がさない……お前達もここで贄にする……」

異形の腕がぱちりと指を鳴らした途端、背後の扉がひとりでに閉じる。障子や窓もぱんぱんと音を立てて閉じ、そうして夕空にも似た赤色に染め上げられた。

能舞台の鏡板では松の絵が枯れ、禍々しい鬼の腕の絵へと変貌していく。

「嗚呼……いいなァ……お前らの腕ェ……白くて、細くて、滑らかでさぁ……」

四つの目が恍惚に細まる。鬼のため息が空気を震わせた。

「なァ……腕だけはおれにくれよ……足りないんだ……いつまでも、腕が……」

ぞろぞろと――ざわめく音が頭上で響いた。

撫子は眼を見開き、膳を蹴散らして横っ飛びに転がった。直後、真上の天井板から赤い花弁がどうっと大量に零れ落ちてきた。

花弁に触れた畳が白煙を上げ、徐々に焼け焦げていく。

さらに別の天井板が即座に開き、牙を剝いた大蛇が落下してくる。

「人間道――護法剣ッ！」

鎖が瞬く間に独鈷杵へと変じた。その先端に付いた刃を、撫子は思い切り振り抜く。

顎から尾の先まで――勢いのままに、大蛇が滑らかに切り裂かれていく。

「いきはよい、よい……！」

哄笑とともに、足元の畳が吹き飛んだ。

しかし寸前で撫子は高く跳躍し、とっさに能舞台へと飛びつく。

ところが着地した瞬間、足を置いた床板がすこんと抜けた。舌打ちしつつ、撫子は駆ける。

そのうちに、禍々しい鏡板の正面へと辿り着いた。

「か、え、り、は、こ、わ、い……！」

げらげらと笑う声とともに、鏡板が弾かれたように二つに裂けた。

闇の向こうからまさに描かれていた絵と同じ鬼の腕が伸び、撫子を殴り飛ばす。

首から解けたマフラーが、宙をふわりと舞った。

「腕、腕、腕、よこせ……！」

天井板がカタカタと開く。吹き飛ばされる撫子めがけ、無数の人間の腕が伸びてくる。

しかし、撫子は空中で器用に体勢を整えた。

鬼の腕に殴り飛ばされる寸前で、先にその場を飛び退いていたのだ。

指を唇に当て、炎を吐く。火炎は奔流と化し、迫り来る腕をことごとく飲み込んだ。

しかし、炎は天井に達する前で透明な障壁に阻まれて四散した。

「……結界か。面倒ね」

苦い表情で、撫子は畳の上に着地する。晒された首には、白い包帯が巻かれていた。

「ざァんねんッ！　おれの羅城門に炎は無意味ィ！」

休む間もなく、真上の天井板がガタンと音を立てた。降り注ぐのは、刀や槍——切断された人間の腕が握りしめたままのそれを、撫子はステップで回避する。

「——ははあ。羅城門の鬼だけに、羅城門にいる限り無敵というわけか」

悠然と畳に座ったアマナが肩をすくめる。相変わらずにやけ面だ。優雅に扇子を揺らす彼女の横顔を、撫子は俊敏に動き回りながら睨んだ。

「気楽なものね、おねえさん」

「くつろがせてもらっているぞ。それで攻略法はあるのか」

「………なにもかも全て吹っ飛ばすのはどう？」

「却下だ。もっと励みたまえよ、お嬢さん」

撫子は舌打ちする。実際のところ、アマナに言ったことは半ば本気だった。この八裂島邸があの鬼の領域だというのならば、この建物を破壊すればいいのだ。

しかし——『修』の鎖をちらりと見て、撫子は眉を寄せる。

破壊は、可能だ。問題は手加減ができないこと。ここにまだ生き残りの無耶師がいる可能性はあるし、ムカつくとはいえ普通の人間であるアマナを巻き込むのはやはり気が引ける。

そのうえ――『ぐう』と腹が鳴った。

「……………おなかすいた」

空腹だ。耐えがたいほどの飢餓状態だ。

涼しい顔をしてはいるが、口の中には唾液が無限に湧いている。そうして、先ほど連発した火炎放射のせいで、四肢にもあまり力が入らない。

降り注ぐ刀剣を躱した瞬間、足元の畳が再び跳ねあがった。

今度も撫子は軽やかに避け、猫の如き身のこなしで別の畳へと着地する。

しかし――開かれた畳から、黒い手の奔流が迸るのを見た。

蔵で見た手だ。夥しい数の手がいびつに伸び、黒い蛇の群れの如くアマナに迫る。

――考えるよりも早く、体は動いていた。

渾身の力を足に込め、撫子は畳に大穴を穿ちつつ突進する。そうして手の群れとアマナとの間に割り込み、空腹の底からありったけの炎を噴き出した。

炎が影を焼却する。全てを焼き尽くす刹那に、撫子は嘲笑を聞いた。

背後で、鏡板が爆ぜる音を聞いた。振り返った撫子の視界を、鬼の指が遮る。鬼の腕はそのまま少女の矮軀を握りしめ、渾身の力を以て大広間の後方へと投げつけた。

――――目が、合った。

壁へと叩き込まれる寸前に撫子が見たのは、自分を見る琥珀色の瞳だった。

その表情を見る間もなく、撫子は壁に叩き込まれた。勢いは止まらず、そのままいくつもの壁や襖を砲弾の如く打ち壊していく。

「ぎゃはは、やった、やったァ！　一人潰したぞォ……！」

けたたましい喝采が響く。天井板のそこかしこから人間の手が現れ、拍手の雨を降らせた。

「……………ムカつく」

いくらか離れた広間の瓦礫の下で、撫子は唸った。

体を確かめる。どこにも問題はない。せいぜい、首の包帯が解けてしまったくらい。

己の頑丈さに半ば呆れつつも、撫子はなんとか身を起こそうとした。

「――おい、そこの鬼っころ」

冷ややかな女の声に撫子は動きを止める。

無花果アマナが立っていた。

黒檀の扇子で口元を覆い、じっと花天井を見上げている。

「お前、ここが羅城門だと言ったな……それは真か？」

今更、なんのつもりか――。

その問いかけを口にすることは、撫子にはできなかった。黄昏の空を思わせるアマナの瞳には、言葉さえ躊躇わせるような影が滲んでいた。

「どうした、女ァ！　気でも狂ったか？　安心しろ、今すぐお前も殺してやる！」

「その前に確認させてくれ――本当にここは羅城門なのか？　私が思うに、あの池は神泉苑というにはお粗末だ。そのうえ西寺ではなく、東寺が崩れているんだぞ？」

その言葉に、撫子は先ほど片方の石灯籠を破壊したことを思い出す。

史実上――失われたのは西寺だ。東寺の五重塔は、現在も千年の都を見下ろしている。

「これでは到底――羅城門とはいえないな」

「笑わせてくれる！　ここは羅城門だ、おれの城だ！　そして、お前の死に場所だ！」

「いや……違うな。やはり、ここは羅城門ではない」

ぎゃらぎゃらと響く笑い声をよそに、アマナは鞄から大学ノートを取りだした。

そして開いたノートに、さらりと扇子を走らせる。

すると、どういうわけかそこに線が描かれた。不思議な色の線だ。群青に金の粒子が散るさまは、どこか宇宙の闇を思わせた。

――世界が、ぐらりと揺れた。撫子は目を見開き、辺りを見回す。

「……そういえば、あの都にはもう一つ有名な門があった」

アマナが扇子で一つ線を書くたびに、透明な波紋が空間に広がっていく。それが一つ広がるたびに、この空間を形成していた何かが塗り替えられていく。

「朱雀門と朝堂院の狭間……絢爛たる大内裏に聳え立つ……そう、この門の名は――」

畳が、朱塗りの膳が、能舞台が、屍山血河の天井が――蜃気楼のように揺れている。

揺らぐ世界の中心で、アマナは最後の点を刻み込む。

「――――ここは、応天門(おうてんもん)だ」


『應天門』――アマナは鬼よりも遥(はる)かに邪悪な顔で、その三文字を掲げた。

揺らぎが消えた。そうして、板と梁(はり)とが引き裂かれる音が響き渡った。極彩色の天井が無残にも破れ、何かが耳障りな悲鳴をあげながら畳へと落下する。

ぞろぞろと、ぞろぞろと――塵煙(じんえん)の向こうで、巨影が呻(うめ)いた。

「おやおやまァまァ不思議なことだ」

広げた扇子でアマナが口元を覆う。しかし、琥珀(こはく)の瞳(ひとみ)には隠せぬ冷笑が浮かんでいた。

「羅城門(ラジヨウモン)の鬼(オニ)が応天門にいるなんて！　内裏もすっかり廃れたものだな！」

「女ァ……！　一体何をした……！」

「何――まじないを書き換えただけさ。ここは羅城門ではなく、大内裏の内部だと。まさか、ここまでうまくいくとはな。しかし……お前、なかなか無様な姿をしているな」

塵煙から現れたのは、『鬼』という言葉から想起されるものとはかけ離れた姿だった。

腕、腕、腕――人間の腕が蛆(うじ)の如(ごと)く群れを成し、蠢(うごめ)いている。

巨大な腕が手遊びの如く指先を絡ませ、顔のような形を成していた。四つの輪を成す指の内に眼球が収まり、上部から伸びた指と爪がどうやら角の形を模している。

そうして、ざわめく人間の腕に埋もれて、鬼本来の双腕が揺れていた。

「聞いたぞ、お前……」

枯れ木のようにしなびた鬼の腕を見上げて、アマナは扇子越しに笑う。

「頼光四天王の渡辺綱に腕を切り落とされたんだってな。それで七日目の晩にようやく取り返したとか……なのに、まだ腕を欲しがるのか。この業突張りめ」

「黙れ、黙れ、黙れェ……！」

咆哮とともに、無数の腕を足代わりにした巨体が浮き上がる。

そうして振り上げられた鬼の腕を見て、アマナは「哈哈哈」と笑った。

「……そろそろ働きたまえよ、お嬢さん」

「やかましい……」

轟音とともに瓦礫が吹き飛んだ。

見開いた瞳から赤い残光を引き、撫子は鬼の眼前へと一気に躍り出る。唸りを上げて払われた剛腕めがけ、思い切り自らの拳を叩きつけた。

噴水の如く血を噴き上げ、鬼の腕が千切れ飛ぶ。目玉を血走らせ、鬼は絶叫を響かせた。

「う、腕……腕腕腕腕……！　おれの腕、おれの腕がァ――！」

血の雨に濡れながら、鬼が泣きわめく。そんな惨状を前に、アマナは唇を吊り上げた。

「やァ、お嬢さん――ご機嫌いかが？」

「………おなかがすいた」

ゆらりと――さながら幽鬼の如く、撫子は立ち上がる。

白磁で象られたかの如き首――青々とした静脈の透けるそこには、いっそ芸術的にも思えるような真紅の傷跡がジグザグと刻み込まれている。

切断した首を無理矢理に縫い留めればちょうどこんな風になるだろう。

ぞろり、と――撫子の傷跡を見た瞬間、鬼の纏った腕にさざ波の如き震えが走った。

「お、お前……お前お前お前ッ！　獄卒かッ、地獄の鬼の子か……！」

「あら……知らなかったの？　獄門が、何者か――」

――その血族は、地獄より塵界に現れたという。

呪詛を織り、怨嗟を紡いで、ついに人間も化物も悉く喰らう外道と成り果てた一族。

それこそが獄門――即ち、地獄の門を預かる者。

「厭な話だけど……わたしは、獄門の申し子みたいなものなのよ。一族の誰よりも、体が地獄の鬼に近いの。だから、地上の食事じゃ腹を満たすことが叶わない」

今日で一体、何度目か。『飯をよこせ』と腹が鳴る。

仔虎が唸るようなその音に撫子はわずかに頬を染めつつ、ゆらりと手を伸ばす。

「わたしは鬼喰らう鬼――化物を糧とする者。これからお前をいただくの」

殺意の冷笑ではない。憎悪からの嘲笑（ちょうしょう）でもない。

ただただ食欲の嬌笑（きょうしょう）で――鬼が人を見る顔で、少女は鬼を見た。

「や、やめろ……その目で俺をみるな――ッ！」

底知れぬ恐怖が空気をびりびりと震わせ、屋敷中の硝子（ガラス）を叩（たた）き割った。

ぞろぞろぞろと腕が蠢（うごめ）く、わななく。芋虫の如く鬼の体がうねり、地響きとともに転がった。

撫子は甘やかな声で笑って、手にした鎖を静かに地面に落とした。

「餓鬼道――灰掌（カイショウ）」

髑髏（どくろ）の錘（おもり）が、溶けるように地面へと吸い込まれた。

瞬間、轟音（ごうおん）とともに畳が引き裂かれ、灰と火とが噴き出した。

地の底から現われた無数の手が、羅城門（ラジョウモン）の鬼（オニ）の体へと縋（すが）りついた。熱い灰と赤い火とで形成された腕は鬼から生えた人間の腕を握り、焼き尽くす。

鬼の絶叫が響き渡った。獲物を捕らえた撫子は、ゆっくりと歩き出す。

「餓鬼道は渇欲の鎖。大欲に限りなく、満足を知らない――さぁ、食事の支度を始めましょう」

大量の腕で構成された顔面の前に立ち、撫子はにっこりと笑った。その足元に、鈍い音を立てて棘（とげ）だらけの鉄球の形に変異した人間道の鎖が落下する。

「待て、やめろッ、話を聞け、交渉しようッ、俺はお前達から手を引――ッ！」

「黙れ。わたしは肉とは話さない」

鬼が肉塊になるまで、さほど時間はかからなかった。

◇　◆　◇

撫子は、上機嫌で肉の山を屋敷の外に運び出した。

そうして、瑞々しいピンク色の肉を二十個ほどの小さな塊に切り分ける。それらを呪符をしたステンレスのバットに収めると、撫子は残った部分に炎を放った。

炎は瞬く間に、食べられない部位を消滅させていく。

次いで、撫子は調理に取りかかる。弾力のある肉を小さく切り、竹串を刺す。そうして常に持ち歩いている岩塩と黒胡椒とを振りかけ、鬼を火種にした焚き火で丹念に炙った。

「──さて、いただきます」

撫子は食前の挨拶を口にすると、即座に肉にかぶりついた。

一口嚙むだけで、しっかりとした歯ごたえが伝わってくる。じゅわりと染み出す濃厚な脂が塩と胡椒の風味と重なり合い、甘露の如く口に広がった。

「たまらないわね……」

「…………それ、美味いのか？」

うっとりとため息を吐く撫子に、アマナはどこか微妙な顔で首を傾げる。

「……なに？　下手物喰いとでも言いたいわけ？」

「まさか。君の食事だろう。存分に味わいたまえ。……私まで喰いたいとかぬかすなよ？」

「願い下げよ。これでもグルメな方なの」

撫子はそっぽを向く。再び串焼きを口に運ぼうとしたが、その手を止めた。

「………人は食べない」

「ン？」「だから、わたしは人は食べない」

串焼きから視線を上げ、撫子は扇子を弄んでいたアマナを見つめる。

赤い瞳は揺らぐことなく、まっすぐに琥珀色の瞳を射貫いた。

「どんなことがあっても、わたしは人は食べない。……それだけ。覚えておいて」

「………ン、そうか」

断固たる撫子に気圧されたのか。広げた扇子で口元を隠すと、アマナは視線を彷徨わせた。

「――お二人とも、ご無事でしたか」

聞き覚えのある声とともに、霧の中からあのスーツ姿の無耶師が現われた。スーツの上着はなく、シャツはあちこち血や塵に汚れているが無傷のようだ。

安堵のため息を吐く彼に、アマナが鷹揚に手を上げる。

「やあ。無事でなにより。いったい今までどこにいたんだ？」

「二階物也に感づかれましてね。さとこさんとともに閉じ込められておりました」

「ほー……さとこさんは無事か？」

「ええ、ずいぶん憔悴しておりますが――ところで、これは何を燃やしているのです？」

「屋敷にいた化物だ。この子が始末してくれたよ」

アマナが軽く自分のことを示してきたので、撫子は慌てて口の中の肉を飲み込んだ。

スーツ姿の無耶師は一瞬、目を見張った。しかし、すぐに表情を引き締める。

「失礼――私は冠鷹史と申します。祀庁の儀式官です」

「しちょう……京都市庁？」

「いえ、祀庁とは文部科学省の所轄で……さまざまな能力者の管理から、化物をはじめとした不可識災害の防止と駆除を担当する官庁です」

「ようするに公務員なんだよ、この人は。儀式官というのは、税金で化物退治してる連中だ」

「ふぅん……それじゃ、うちの悪い評判もご存じでしょう」

撫子は涼しい顔で肩をすくめつつ、後ろ手で竹串を火の中に放り込んだ。

しかし冠は胸に手を当て、恭しく一礼してきた。

「貴女は凶悪な怪異を解決してくれた。――祀庁を代表して、御礼申し上げます」

「お礼って……別に、わたしは……」

思ってもみない反応にまごつき、撫子は落ち着きなく首筋の傷跡をさすった。

そんな撫子に微笑して、冠は視線を炎へと映す。

「祀庁は万年人員不足でしてね。協力は非常にありがたい。今回の一件も、たまたま係の者に八裂島家からの手紙が届いたために露見したもので……」

　冠は眼鏡を押さえ、うつむいた。

　革手袋をはめた手で太刀の柄をさすりながら、彼はやや沈んだ声で言葉を続ける。

「……しかし、私は八裂島家の呪術を見破れなかった」

「…………悔やんだところで仕方がないだろう」

　広げた扇子で口元を隠しながら、アマナは言った。妙に淡泊な口調だった。

「それにさとこさんを追いかけてなかったら、あなたも死んでいた」

「……確かに。悔やむよりも、今は生き延びた人間としての責務を果たしましょう」

　冠は顔をあげ、霧に煙る八裂島邸に鋭い視線を向けた。

「夜が明け次第、私は他の職員とともに蔵と屋敷の調査を行います。貴女達からも話を伺うことになるでしょう。つきましては、連絡先を伺いたいのですが」

「わたしは、構わないけど……アマナは？」

　撫子は視線をアマナに向け——思わず息をのんだ。

　つい数十秒ほど前まで隣にいたはずの女の姿は、月下のどこにもなかった。

「……相も変わらず、奔放な方だ。困ったものです」

　冠のため息を聞きつつ、撫子は赤い瞳を夜霧に巡らせる。

「…………胡乱な人ね」

◆

——闇に包まれた大広間に、アマナはふらりと足を踏み入れる。

「……さて、と。私は私の仕事をしよう」

コートのポケットに手を突っ込んだまま、アマナは歩く。

そうして、ある場所で片膝をついた。ちょうど羅城門の鬼が落ちた場所だ。周辺には血が飛び散り、うっすらと塵が積もっている。

「ここにするか——【顕】」

揃えた指先で空を切ると、ぼうっとした青い光が闇を照らした。

さながら海蛍の群れのように、青い光の粒子がゆっくりと宙を舞っている。時折粒子の密度が高まると、それはぼっと青白い火を一瞬閃かせた。

「おお……これはなかなか活きがいい」

「お、ん、なァ……」——かすれた声が、青い光をざわめかせた。

ぼっと青白い火が燃え上がる。そうして、羅城門の鬼——その目玉の形を描き出した。

扇子で口元を隠し、アマナが目を丸くする。

「おやまァ、まだ話せるのか」

「化物はなァ……魂魄が残っている限り、何度でも蘇れるのさ……！　見てろよ……今に肉体を再構成して、あの娘ごと……！」

「——召魂（ショウコン）」

瞬間、鐘に似た音色が響いた。青い空間がぐらりと揺れる。

鬼の眼球が震えた。それは見る見るうちに端から崩れ、光の粒子となって散っていく。

「ぐ、う……！　お、おれの魂魄（こんぱく）が……！　き、きさま、何を——！」

「なに、大したことはないさ」

アマナは笑う。左手で縦拳（たてけん）を握り、まっすぐに突き出していた。

鐘の音が響くたびに、光の明滅が強くなる。それはやがて、渦を巻き始めた。

「あの子は肉にしか興味がないようだが……私は魂にめっぽう目がなくてな。こうしてわざわざ、お前を回収しに戻ってきたわけだ」

妖（あや）しく光るアマナの瞳（ひとみ）を見た瞬間——鬼の眼球は、激しい恐怖に瞳孔を開いた。

「き、ギ、さま……だ、ギッ、内裏にィ、ギ、い、た、ヒギッ……！」

「……何の話だ？　まァ、とりあえず」

苦悶（くもん）の叫びを上げる眼球に向けて、アマナは天女の如（ごと）く甘い声で囁（ささや）いた。

「——私のために死にたまえよ、君」

「めッ、ぎ、ぃ、イイイ——！」

断末魔の叫びが響く中、全ての光はアマナの左拳（ひだりこぶし）へと収束した。崩壊した大広間から光は絶え、あたりは再び静けさに包まれる。

「……悪くない。この純度のものが、こんなにも楽に手に入るとはな」

ゆっくりと左の掌を開き、アマナは唇を吊り上げた。

紺碧の珠が、白い掌の上に載っていた。ビー玉ほどの大きさで、内部には金や銀の粒子が渦巻いている。星空を凝縮したかのような珠だった。

「今までで、一番効率が良く、安全なやり方だな。――【封】」

囁きとともに、アマナの左掌に黒々とした穴が現われる。

奈落への覗き穴を思わせるそれに、青い珠は音もなく吸い込まれていった。珠を吸収した瞬間、穴は現れた時と同じように一瞬にして消失する。

感触を確かめるように、アマナはゆっくりと左手を開き閉じした。

「このやり方で霊魂を集めれば、私に危害はない。しかし……」

呟くアマナの顔に、笑みはない。白い横顔には、ただ憂鬱と疲労の影だけがあった。

重いため息を吐いたアマナは、ふとある物に目を止める。

撫子が首に巻いていた包帯だ。アマナはそれを拾い上げ、そっと指先に絡ませた。

「――まァ、いいか。悪く思うなよ、お嬢さん」

二　箱詰人身御供

獄門家——男女ともに容姿端麗。多くは灰色の瞳を持つ。

一様に美声。唯一獄門家の人間の肉声が記録されたレコードを解析したところ、全員の声からいわゆる1／fの揺らぎ（人間にとって心地良い音）が確認された。

生まれながらに首に奇妙な傷跡を持つ。

ほぼ全員が左利き。紅色の骨を持つ。首を刎ねられても死なない。人肉しか食べない。鮫のような歯を持つ。腕が四本ある。眼が六つある。鏡に映らない……。

「……失礼。途中から、化物の話になってないか？」

アマナが素直な感想を述べると、電話口の向こうで冠が嘆息する。

『……ともかく、獄門家というのはそれだけ謎の多い無耶筋なのですよ』

「へェ、祀庁でもわからないのか」

肩でスマートフォンを押さえながら、アマナは香を焚く準備を整える。

やがて、銅の香炉から薄青い煙が漂いだした。馥郁とした香りのそれは、部屋にぎっしりと詰め込まれた書物や蒐集品の狭間を細く流れていく。

玉杯、青銅の鼎、映画のパンフレット、様々な天然石、甲骨文の模写、ホロスコープ——。

——そして、ある少女が首に巻いていた包帯。

『少なくとも、平安の頃から彼らに苦労させられているのは確かですね』

「ン……それは知らなかったな」

アマナは赤い漆を塗った椅子に腰掛ける。その周囲にはランタンやらアンティークの鳥籠やらが吊され、異国の雑貨市のような様相を呈していた。

『獄門家についての資料は少なく、どれも信憑性に乏しい。現状、最も信頼できる資料は昭和の大鬼女——第九十五代獄門御前である華珠沙の肉声を収めたレコードのみです』

「よくそんなものを入手できたな」

『入手と言いますか……件のレコード、突然出現したそうです。時の長官の枕元に』

「それはそれは……八裂島邸にいた連中の狼狽ぶりもうなずけるな」

『無耶師にとってもタブーなんですよ。『虚村の撫で斬り』という事件が特に有名で——』

虚村家は、明治維新によって力をつけた無耶筋の大家だった。

昭和元年——そんな虚村家の当主は大きな宴を開いた。それはある大仕事を終えた記念の宴で、様々な無耶師が客として招かれたらしい。

しかし、唯一獄門家の当主だけが門前払いを受けたという。

「ン？　獄門家は招待されていなかったのか？」

『招待されていましたよ……ただ虚村家当主である玻璃子は、獄門家にだけ他とは違う形式の招待状を出したのです。それで『偽物の招待状を作った』と難癖をつけた』

　その頃の無耶師は、獄門家への恐れを忘れつつあった。

　虚村家はあえて獄門家を粗雑に扱い、報復の呪詛を破ることで力を示そうとしたらしい。

「――で、どうなったんだ？」

『……虚村の血族は宴席で刃物を吐き出して死亡。虚村玻璃子もまた、失踪しました』

「おやまァ……」あまりにも苛烈な報復に、アマナは嘆息する。

「それで？　私に、そんな個性的な家のお嬢さんを監視しろというのか？」

『その通り……獄門家には、様々な事件や天災に関わった疑惑が大量に存在しています。しかし獄門華珠沙が実の娘に殺された後は、その動向が一切不明で――』

「なるほど。つまり、撫子は久々に人前に現れた『獄門』というわけだ」

　茶杯の縁を指でなぞりつつ、アマナは椅子を傾ける。

「手出しはできないが、放置もできない。……だから、八裂島家の一件で繋がりのできた私を使って、獄門家の内情を探りたいわけだ」

『……引き受けていただけますか？』

「有問題。構わないよ。私も彼女には興味があるんだ」

『ありがたいです。すぐに連絡先を共有致しましょう』

「もう知っているから問題ない。あとで適当な時間にちょっかいをかけよう」

『……くれぐれも、振る舞いには気をつけるように』

「大丈夫だよ。心配しなくても、獄門家を怒らせるような真似はしな――」

『――貴女はある意味、獄門家よりも危険な存在だ』

ひらひらと手を振っていたアマナは、冠の言葉に動きを止めた。

『夏天娜さん……それとも、月下天娜さんとお呼びしましょうか。貴女は、ご自身が無害であると示し続ける必要があることをお忘れなく』

冠の淡泊な言葉には、微かにたしなめるような響きがあった。

『昨晩の八裂島邸でのことは不問にします……もっと行動に気をつけなさい。それでは』

電話は切れた。アマナは茶を飲み干し、空になった茶杯をテーブルに置いた。

「……好鬼煩(面倒極まりない)。まァ、私にとっては都合の良い話だな」

見上げた鳥籠のいくつかで、色鮮やかな羽が揺れている。中にいるのはいずれもカナリアで、黎明を迎えつつある部屋に澄んだ声を響かせていた。

椅子に頬杖を突き、アマナは囀るカナリア達を気だるげに眺めた。

「…………異常なし」

八裂島邸の一件から、ちょうど一週間後の夜明けのことだった。

――琴の音色が聞こえた。けれども、遠ざかった。

撫子は、目を覚ます。夜明け前の室内は、まだ薄闇に包まれていた。

少しだけ体を起こし、すぐそばのカーテンを開けてみた。冷えた窓硝子の向こうはミルク色の霧で覆われ、そこに薄青い山影が滲んでいる。

うら寂しき鬼の領域――忌火山。

獄門本家の根城であるこの地では、数百年にわたって凄惨な歴史が繰り広げられた。

老若男女の差別なく呪う。天上天下の関係なく呪う。

そんな獄門家では、一族郎党内でも常に殺戮が絶えなかった。

結果、心霊現象などはもはや日常茶飯事となっている。今聞こえる歌声も、その一つだ。

――じん、そく、ぜ、き。き、そく、ぜ、じん。

「……あの子ね」

か細い歌声とともに、乳白色の霧に細い影が揺れる。

この幽霊ともつかない少女は、時々夜明け前に現れる。姿は明瞭でなく、ただ死装束のような衣だけが時折見えた。恐らく、ここで死ぬか殺されるかした誰かだろう。

「……勘弁してほしいわね。最近は静かだったのに」

瞬間、煙る窓硝子に無音で手形が付いた。

無害な怪異だ。——二階で眠る人間に、こんなお茶目をしてくる以外は。

撫子はカーテンを閉め、横になった。

しかし、今度はけたたましい着信音によって叩き起こされた。呻きつつもスマートフォンを確認すれば、画面に浮かぶのは見知らぬ番号だ。

すぐに拒否しようとした。しかし、先日祀庁と接触した記憶が撫子の指を止める。

「…………はい」

『早晨。おはよう。飯は食ったか？』

玲瓏とした声——先週会ったばかりの女の声だ。撫子は眉を寄せた。

「……どうして番号を知っているの？」

『勘が鋭くてな。……おや、もしかして寝てたのか？』

「……切るわよ」

『まァ、待ちたまえよ。点心のうまい店に興味はないか？』

「…………どこなの？」

『四条の近く。知人の店だから、私と一緒だとちょっとまけてくれるぞ』

「……何時に待ち合わせればいいの？」

『十二時に、四条大橋においで』——電話は切れた。

「…………何をしているのかしらね、わたしは」

打ちひしがれつつも、撫子は布団からのそのそと這い出た。

傾斜した屋根と梁とを見上げるこの部屋には、可愛らしい調度品が揃えられていた。白い箪笥や小さな鏡台などが並ぶ中で、窓に残された鉄格子だけが物々しい。

撫子が暮らすのは獄門邸──の、敷地内に存在する土蔵だ。

小さいが内部は住みよく整えられており、窮屈には感じない。一階には、ささやかながらも台所と風呂がある。欠点は、これからの季節には恐ろしく冷え込むことだけ。

洗面所で髪と顔を整える。服装は、ブラウスとハイウエストのスカートとを選んだ。

そうして一通り支度を終えると、撫子は小さな冷蔵庫を開ける。

そこには呪符を張り付けたステンレスのバットが詰め込まれ、しんしんと冷えていた。

鬼の肉をおさめたそれを、撫子は一つ取る。それから戸棚から鍋と、いくつかの調味料と、小さなカセットコンロを取り出した。

「……あの鬼、図体のわりに食いでがそんなに──あら？」

何度つまみを回しても、コンロが着火しない。

予備のボンベを切らしていたので、撫子は仕方なく自分の火で肉を焼くことにした。

調理しているそばから、腹が空腹を訴えてくる。霊気の操作にもカロリーを消費するのだ。

そのため、よほどのことがない限り撫子はこの裏技を避けている。

「……いただきます」

自分以外誰もいない食卓で、撫子はとりあえず手を合わせておく。

テーブルに並ぶのは白飯と、吸い物、獄門家秘伝の漬物と、鬼の肉のステーキ。これらの品のうち、撫子にとって真に糧となるのは鬼の肉だけだ。

この世のあらゆる食物は撫子の空腹をろくに満たせず、その栄養分には意味がない。

化物（ばけもの）の肉だけが撫子の飢えを満たし、生命を漲（みなぎ）らせる。

「……確かにお米に備長炭（びんちょうたん）いれると美味（おい）しいわね」

それでも撫子は、無意味な食事が好きだった。

土蔵から出る頃には、時刻はもう十時になっていた。

透明な日差しが辺りを照らしている。この時間でも、忌火山（いみびやま）にはまだ薄く霧がかかっていた。

新鮮な空気を胸いっぱいに吸い込んだ撫子は、ふと気配を感じた。

屋敷の軒先に、こちらに背を向ける形で桐比等（きりひと）が立っていた。

足元では丸々とした立派な鶏が数羽、地面に散らばった餌（えさ）を突っついている。

「…………朝から顔を見せるな、鬼っ子」

「見てないでしょう、顔」

撫子が指摘すると、桐比等は背中を向けたまま小さく舌打ちした。

「……こんなに朝早くからどこに行く?」

「あら。桐比等さんがわたしに興味を持つなんて、珍しい事もあるものね」

「お前に興味はない。ただ、面倒な予感がしただけだ。お前が学校もない日に朝から……それも妙に色気づいて出かけるときたものだから」

「ちょっと。色気づいてるってなによ」

「薄化粧をしている……ああ、それに履いている靴もよそゆきだ」

桐比等は小さく鼻を鳴らした。ここまで振り返りもせず、まったく撫子を見ていない。

「色気づいている……気持ち悪い」

「桐比等さんって、人間が大嫌いなわりによく人のことを見てるわよね……別に大した用事じゃないわよ。この前会った女の人に食事に誘われただけ」

「ふん……食事に関しては節操がないな、この穀潰し」

「生活費はちゃんと納めてるじゃない。場所は四条なんだけど……行っちゃダメなの？」

「どうでもいい。お前がどこで野垂れ死にしようが構わない」

冷たく言い切りながら、桐比等はざるをひっくり返した。鶏達が歓声を上げる。

「好きにすればいいが、僕を面倒に巻き込むのだけはやめろ。……まぁ、そうだな。いやいやながらも十年近く共に暮らしたよしみだ。墓くらいは建ててやろう」

「……なんで死ぬこと前提なのよ？」

「最近、家の中がやかましいからな……ろくでもないことが起きる前兆だ」

撫子はちら、と屋敷に視線を向ける。

唐破風、雨樋、提灯、鳥居、高欄、ステンドグラス——そこにはあらゆる何かが無尽蔵に寄り集まり、無作為に組み合わさっている。建物というよりは化物といった風情だ。

獄門本邸——呪詛の違法建築にして、日本最凶の事故物件だ。

「そんなに最近うるさいの？」

「おかげで眠れたものじゃない……ああ、お前は入るなよ。事故物件といえど野良猫に跨がせる敷居はうちにはない。お前にはあの蔵がお似合いだ」

「いちいち罵倒しないと呼吸できないの？」

撫子は嘆息すると、付き合ってられないとばかりに桐比等に背を向けた。

「……おい、撫子」——珍しく、名前で呼ばれた。

振り返れば、桐比等は音もなく撫子の背後に立っていた。顔面の左半分を覆う呪符と、無機質な灰色の瞳とが、二メートルほどの高さから見下ろしてくる。

「人即是鬼、鬼即是人——わかっているな？」

夜明け前の少女も歌っていた言葉だ。撫子は赤い瞳を細めると、叔父を見上げた。

「『人は即ち鬼であり、鬼は即ち人である』……獄門御前の言葉」

獄門御前——それは、獄門家初代の女の名前だ。

彼女は、地獄より現れた獄卒を母として持つ半人半妖の女だったという。迫害の末に父母を失い、自らも首を刎ねられた彼女は、ついに大鬼女に成り果てた。

そうして人を忌み、鬼を崇める獄門家は興った。

そんな獄門御前の血を直系で継ぐ者は、現在は撫子と桐比等の二人しかいない。かつて日本で最も恐れられた無耶筋は、ほとんど滅亡していた。

「今さら、なに？　まさか、今になってわたしに御前を継承しろとか言わないでしょうね」

「――誰にも心を預けるな」

桐比等はわずかに身を屈めると、撫子に人差し指を突きつけた。

「誰も信じるな。誰にも気を許すな。お前以外は全てけだものだ……お前が『獄門』だと知って遠ざかる者も、『獄門』だと知って近づく者も、悉く人間じゃないと思え」

押し殺した声で言い聞かせてくる桐比等に、撫子は花弁のような唇をほんのりと綻ばせた。

「……お優しいのね、桐比等さん」

「勘違いするな。お前が面倒を運んでくるのが厭なだけだ」

「大丈夫よ。わたし、誰にも興味ないもの」

「なら、いい。ただ覚えておけよ、僕はお前が大嫌いだ。お前がこの先どんな面倒に巻き込まれようとも、僕は一切関わるつもりが――」

「…………き、り、ぃ」

か細い声がした。桐比等は口を噤み、左に視線を向ける。

「に、ちゃ……」「な、で……」「おは……」「は、よ……」――。

かすれた子供の声が、朝の空気を震わせる。撫子は視線を左側に向けて、首を傾げた。

「みんな、お元気？」

「……それなりに」

短く答える桐比等に撫子は微笑み、今度こそ背を向けた。

「じゃあ、行ってくるわね。桐比等さん」

「……願わくば二度と帰ってくるな、下手物喰い」

見送りの罵倒に肩をすくめ、撫子は獄門邸の正門に向かって歩き出した。

◇　◆　◇

時間よりも早く到着したので、適当にあたりをぶらついた。

書店、土産物屋、老舗の和菓子店、新しいカフェ――様々な店が軒を連ねている。

東に進めば八坂神社があり、四条大橋の方に行けば南座に行きつく。

抹茶ラテを買い、マニキュアを見て、わらび餅に迷い、桐比等への手土産を物色した。

ついでに好物の落雁を仕入れて、撫子は駅に戻った。

黒い扇子を手にしたアマナは、時間ちょうどにふらりと現れた。

「やァ、早いな」

「何を企んでいるの？」

「……まァ、ここではなんだ。店で話そうか」

否定も肯定もせず、アマナはにやけた顔で歩き出す。その背中をじとっとした目で見つめつつ、撫子はとりあえず最後の落雁をしっかりと腹に収めた。

アマナの案内した店は『条坊喫茶』という名前の喫茶店だった。

そこは日本茶と中国茶を主軸にして、世界各地の様々な茶や文化を扱う店らしい。和洋のアンティークを織り交ぜた、どこかレトロな店だった。

アマナは勝手知ったる様子で、通りに面した窓際の席に陣取った。撫子もそれに続いた。

「さァ、好きなものを注文するといい。おねえさんが奢ってやろう」

「……ますます怪しいわね」

「なんでもかんでも疑っていたら損をするぞ。……ほら、よりどりみどりだ」

アマナは笑って、身構える撫子の前に分厚いメニューを開いた。

「雁金玉露に宇治抹茶、紅茶ならダージリンから正山小種、水仙、東方美人、大紅袍、花茶も白茶も黒茶も上級者仕様のバター茶までお好きなように」

「ここまで充実してると目が回るわね……」

とりあえず撫子はセイロンと、一番安価なスイーツセットを選ぶことにした。

アマナの方は烏龍茶の水仙を選び、ランチセットを注文した。

「悪いな、昼飯がまだなもので」

言いながら、アマナは叉焼腸粉(チャーシューチョンファン)をはふはふと食う。『腸粉』という名前だが、これは米を原料にした生地のことらしい。これで叉焼をくるんだものが叉焼腸粉となる。

甘みのあるタレを纏(まと)った腸粉は艶(つや)やかで、さながら絹のようだ。

「…………おかまいなく」

どうにかして鬼の肉で腸粉を作れないかと考えつつ、撫子は淡々と答えた。

そうこうしている間に撫子の注文がテーブルに並ぶ。セイロンティー、ふっくらしたカスタード饅頭(まんじゅう)、艶やかなエッグタルト、魚の形のマンゴープリン。

「遠慮せずともいいのに。もっと豪勢なものを頼んでもよかったんだぞ」

「定番のものから始めたいのよ。点心は詳しくないの」

「そうか。なら、今度教えてやろう。——ところで君、祀庁(しちょう)に目をつけられているぞ」

唐突な言葉に、撫子は思わず動きを止めた。

「電話がかかってきてな。祀庁から、君のことを見ておいてほしいと頼まれたんだ」

「……どうして、わたしにそんなことを教えてくれるの？」

「決まっているだろう。うら若き少女を監視しろなどという無作法が許せなかったからだ。年頃の女の子を監視しろだなんて、デリカシーがないにもほどがある」

「本当のところは？」

「君の機嫌を損ねたくない」

アマナは曖昧な微笑を浮かべたまま、自分の茶に口をつけた。

「あの八裂島邸での一件を見たら当然だろう。君を敵に回すほど馬鹿じゃない」

「ふぅん……信じがたいわね」

「まァ、信じずとも構わないよ。ともかく私は祀庁の依頼を受けることにした。とはいえ、君を監視するつもりはない。好きなだけのびのびと過ごしたまえ」

「監視するつもりがないのなら、どうして祀庁の話を受けたの？」

「ンン……まァ、私個人の興味だ」

「獄門家に興味があるの？　どうかしてるわね」

「まァ、君の家にも興味はあるさ。失踪した虚村の当主をどうしたかも気になるし……」

「…………失踪？」

「でも、それ以上に——私は君に興味があるんだ、獄門撫子」

組んだ指の上に顎を載せて、アマナは微笑した。

唇は優しげな弧を描いているものの、琥珀色の瞳は虎視眈々と光ってみえる。

「……胡乱ね」

撫子は頰杖を突き、そんなアマナをじとっとしたまなざしで見つめ返す。

「わたしから獄門家の内情を聞き出したい……とか？」

「違うといっているだろう。私の焦点はあくまで君だ。——私は字書きだと言ったな？」

「ええ。あれからあなたのこと調べたけど、わりとすごい人なのね」

実際、アマナはそこそこ売れている作家だった。

ラブコメから純文学調まで、多様な作風を得意としているらしい。あまりにも作風に幅があることから、『複数人が同じ名義で書いている』とまで噂されていた。

「確か賞も取ってたわよね。『シャトーブリアン最高』みたいな本で」

「……『グラン・ブルテーシュのサイレン』のことか？」

「『無花果アマナは三人はいる』って噂は結局嘘なの？」

微妙な表情のアマナを気にせず、撫子は品よくエッグタルトを摘まんだ。

「…………御覧の通りだ」

アマナはにやりと笑って、緩やかに両手を広げてみせる。そのまま右手を伸ばすと、彼女は熱い茶を満たした茶杯に口をつけた。

「私は怪異には目がなくてな。いろいろと胡乱な話を蒐集しているんだ。幸い、化物に耐えられる霊能は持ち合わせているし、これを活かさないのは勿体ない」

「……そうね。あなたは八裂島邸での怪異を認識できていた」

化物は、人間とは異なる位相の住民だ。

同じ世界に棲んではいるものの、存在する『層』が違う。人間が水面や岸辺に住んでいるのならば、彼らは水底や地底の暗がりで蠢いている。

「羅城門の鬼を前にして、あなたは発狂もしなかった……確かに、並みの人間ではない」

人間は通常、彼らの存在を認識できない。

どうやら霊魂を守るために、脳髄がそのように適応しているのだという。

人間は、この世界に自分たち以外の住民がいることを本能的に知っている。けれども、ひとたびそれを認識すれば——もう二度と、まともに生きてはいけなくなる。

「いつから気づいていたの？」

「ン、物心ついた頃からわかっていた。周りの人間があの妙な連中を知らんぷりできているのが不思議でならなかった……おかげで苦労したさ、いろいろと」

黒い扇子をぱんっと広げつつ、アマナはわざとらしくため息をこぼした。

「だから私は、怪異を筆の糧にしてやりたいんだ。しかし、怪異の蒐集には危険が伴う……」

「……それで、わたしを使いたいということね？」

「察しがよくて助かるよ」

にいっと胡散臭い笑みを深め、アマナは広げた扇子を揺らめかせた。

「君にとっても悪い話じゃないはずだ。知っているぞ、獄卒の血を引く者は化物の肉でしか飢餓を満たせない。肉を摂取できなければ衰弱する……君もそうだろう？」

「……それも祀庁の人から聞いたの？」

「聞いてどうするんだ、そんなこと」

冷めた赤の視線と、にやけた琥珀の視線とがぶつかり合う。

「……私は君に肉の在処を教える。君は肉を喰えるし、私は安全にネタにありつくことができる。どうだ、悪い話じゃないだろう」

「話だけ聞いたら、確かにそうだけど……」

「それに化物がいなくなるので京都の人もハッピーだ。安心して山鉾の準備ができるぞ」

「ううん……たとえ人間が絶滅しても京都人は祇園祭をするから……」

アマナの話は確かに撫子にとって都合がいい。

実際、撫子だけで化物を探すのには限界があった。桐比等に頼めば肉を調達してもらえるかもしれないが、あんな性格なので頼りにはしづらい。

「……私は好きにする。君も好きにすればいい」

黒檀の扇子で口元を隠し、アマナが囁く。

濃厚な蜜の色にも似た琥珀の瞳が、撫子をじいっと見据えていた。

「他に望みがあるのなら、それも叶えてやってもいいぞ。さァ、さァ——どうする？」

八裂島邸でも感じたが——この女は時折、奇妙に妖艶な気配を纏う。

琥珀の瞳はどこか嫣然としていて、声は脳髄を蕩かすように甘い。それでいて、恐らく彼女の芯は氷よりも冷たいことが本能的に理解できる。

撫子は再びティーカップに口をつけると、紅茶を飲み干した。

「……そうやって、今まで何人を操ってきたの？」

途端、アマナは大きく目を見開いた。

いっそあどけなくも見える表情を見つめ、撫子は冷ややかな微笑を浮かべる。

「おあいにくさま。わたしは誰かに飼われる気は毛頭ないの。なんでも自分に都合よく事が運ぶと思っているのなら大間違い。思い上がりも大概にしたら、おねえさん？」

「………そうか。それは、そうだな」

どこか呆けた様子のアマナを鼻先で笑って、撫子は立ち上がる。

「……ある場所に、曰くつきのトンネルがあるんだが」

「興味ないわ。――それじゃ」

「……トンネルの近くに、鰻料理の隠れ家的名店がある」

その言葉に、財布を探していた撫子の手が止まる。

「うなぎ……」「そうだ。入り組んだ場所にあって……ちょっと発見が難しい……」

アマナが扇子を閉じた。撫子を映す琥珀のまなざしは、先ほどよりも遥かに真摯だった。

「鰻の旬はこれから――君はまだ、本当の鰻を知らない……」

撫子は、オオサンショウウオを模した財布をぱちぱちと鳴らす。

やがて一際大きな音を立てて、財布のがま口が閉じられた。撫子は瞑目し、天を仰いだ。

「ほんとうの、うなぎ…………」

◇　◆　◇

——事の起こりは、今年の八月のこと。

卒業を控えた女子大生四人が、五山の送り火を見るためにあるトンネルを訪れた。

東山にあるそのトンネルの先には、大の字が綺麗に見える穴場があるのだという。

女子大生四人が賑やかにトンネルに入った。

女子大生三人が賑やかにトンネルを抜けた。

走行中の車内から一人が消失した。その事実に、彼女達は送り火を見てから気がついた。

常人は、脳の構造によって化物を知覚できない。

化物が目の前で怪異を起こしても、多くの人間は気がつかない。

化物が認識を改竄することもあるし、それでなくとも脳が勝手に辻褄を合わせようとする。

そうしなければ、精神が保たないから。

パニックに陥った彼女達は祀庁の人間に保護され、治療を受けた。

——そして、事件は祀庁から二人へと託された。

——そして、その二人は早々にしくじった。

「……何がいけなかった？」

「わたしが聞きたいわ……」

胃の腑を炙るような苛立ちを感じつつも、撫子は視線だけを動かして周囲を確認した。

光源はなく、あたりは暗い。それでも、撫子の赤い瞳は闇を見通した。

上下左右四方八方――硬い壁に囲まれている。

さながら石棺だ。そのうえ、しんしんとした冬の冷気が肌を突きさしてくる。

かじかんだ手を動かし、撫子は壁を探ろうとした。途端、体の下にあるものがもぞりと動く。

「おい……あまり動くな」

「こっちのセリフよ。少しじっとしてなさい」

体の下にあるもの――アマナを叱咤しつつ、撫子は手近な壁に掌を当てた。

冷ややかな石の感触が伝わってきた。押しても、爪を立てても、びくともしない。

「まずいわ、完全に密閉されてるみたい」

「おやまァ……このままだとお互い窒息だな。さて、どうするか」

「ちょっと……動かないでよ」

「仕方がないだろう。どうにも首が窮屈で窮屈で……」

撫子とアマナは、ちょうど折り重なるようにして封じ込められていた。仰向けから軽く体を起こした体勢のアマナに、撫子が覆いかぶさるような形だ。

「……ねぇ、人の背中に手を置くのやめてくれない？」

「置き場所がないんだ。少し辛抱しろ、こっちは君より背が高いぶん苦労しているんだぞ」

「……仕方がないわね」

唇を歪め、撫子は少しでも楽な姿勢をとろうと努力した。

撫子はやたらと凸凹としたアマナの体の上にいるため、どうにも不安定だ。しかし、これが逆だったなら華奢な撫子は彼女に潰されていたかもしれない。

いくらか試行錯誤を繰り返しているうちに、撫子は据わりのいい位置を見つけた。いい感じに柔らかい場所だ。凸凹でいえば凸の部分だが、ここならとても心地が良い。

「……まさか、三回見たら駄目なタイプの怪異だったとはな」

「わたしは一回しか見てないわ」

「ンンー、どうも私が見た二回が加えられているらしい。途中で、二人とも法則に気がついて目を閉じただろう。だから合算したんだろうな」

「……こんな雑な計算がまかり通っていいのかしら」

「まかり通すのさ。君も言った『人の世界は人の道理、鬼の世界は鬼の道理』というヤツだ」

「それにしたって滅茶苦茶でしょうよ……」

沈黙が訪れた。どちらも酸素の枯渇を恐れているため、必然的に口数は減る。

「……今のところ、相手に動きはないな」

「そうね。……閉じ込めるだけで満足したのかしら？」

聞こえるのは二人分の息遣いと、耳元で響くアマナの心音だけだ。

鼓動はごくごく規則的——この女、どうやらあまり動揺していないらしい。

「さてな。ひとまず猶予があるうちに状況を整理するか。我々は午後十一時に、問題のトンネルに到着した。——間違いないな？」

「そうね……日付が変わる前だったわ」

撫子（なでしこ）は癖で首筋をさすろうとしたが、できなかった。代わりに、鋭い歯を舌先でなぞる。

「あれは、驚異的だったわね……」

◇

——日付が変わる前に、英国生まれの車はぽつんと灯（とも）った電灯のそばに辿（たど）り着いた。

「……こんなところで停めるの？」

「ああ。トンネルまでは歩きで行くぞ」

運転席から出るアマナに続こうと、撫子もドアを開いた。

隙間（すきま）から冷えた空気が流れ込んでくる。そのにおいを嗅（か）ぎ、撫子は動きを止めた。

「この場所……？」

「ン……どうした？　なにか気になることでも？」

首を振り、撫子は車から出た。墨を気化させたような暗闇からは、冬の気配がした。

「歩きで行くって言ったけど……車が来たらどうするつもりなの？」

「付近は祀庁が封鎖している。……どのみち、この道路はもうあまり使われていないがな」

「どうして使われていないの？」

「ン、国道が開通したからさ。滋賀に行きたいのなら、五条バイパスを使った方がずっと便利がいい。わざわざこんな古くて遠回りな山道を行く必要はない」

　確かにアマナの言葉通り、寂しい道路だった。

　アスファルトはところどころひび割れ、枯葉を被っている。錆びたガードレールの向こうでは、煌々とした古都の光明が夜闇を和らげていた。

　二人はより暗く、より静かな方へ向かって道路を歩いた。

　やがて大きなカーブを曲がり切った時、オレンジ色の光が二人を照らした。

　枯草色の山肌を貫いて、古びたトンネルがぽっかりと口を開いていた。外壁には紅葉の絵が描かれていたが、今やすっかり色あせてしまっていた。

「ここが、問題の場所だな——刀途山トンネル。開通は一九二六年。老朽化の影響で、一九七〇年に改修した。全長三五〇メートルで、この先をしばらく進めば滋賀に出る」

　アマナの説明を聞きながら、撫子はトンネルの正面に立った。

　オレンジの明かりに白い肌をほんのりと染めながら、空気のにおいを嗅いだ。

「………淀んでいる」

周辺の空気が、どろりと水糊の如く重い。

トンネルから吹き出てくる風は、何故だか死にゆく生物の息吹のように感じられた。

「どうした？　何か臭うのか？」

「いいえ……でも、この場所は空気も霊気もよくないわ。さっきから、少し変だと思ってはいたのよ。このあたりは、特にひどい感じ……」

「ン……興味深いな。八裂島邸に近い感じか？」

「いいえ、あの屋敷とは仕組みが違う気がするわ。八裂島邸は呪術によって作り出された場だったけど、ここは元からダメというか……なんというか……」

トンネルを照らす暖色の電灯は、この無音の夜闇では妙に禍々しく見える。向こう側からこちらをじいっと見られているような錯覚を覚えた。

沈黙するトンネルを睨みつけ、撫子はゆっくりと口を開いた。

「――この場所、なにかを間違えてしまった感じがするの」

「間違えた？　何を？」

「さぁ……はっきりとしたことはわからないわ。ただ『この場所は本来、ここまでひどい場所ではなかった』――そんな気がするだけ」

「ンン……間違えた、ね。なるほど、なるほど……――道理で」

広げた扇子の影でなにやら囁きつつ、アマナは琥珀の瞳をちらちらと四方に向ける。そして一際高く音を鳴らして扇子を閉じると、彼女はそれでトンネルを示した。

「ひとまず、進もう。あまり長居しないほうがよさそうだ」

「そうね。さっさと終わらせましょう」

そして、二人は刀途山トンネルへと入った。

コンクリートで形作られた喉の如きそれは、獲物を無言で迎えた――。

現在――冷たい石箱の中で、撫子はほうっとため息をついた。

「本当に驚異的だったわ……うなぎ……」

「…………そろそろ鰻とお別れしろ。また食わせてやるから」

うっとりと目を閉じる撫子を、アマナが軽く小突いた。

軽く石壁に頭をぶつけ、撫子は少しだけ気分を害した。しかし、おかげで先ほどからじわじわと迫りつつあった眠気は遠ざかったのでよしとする。

「トンネルに入るまでは、特に何事もなかったな。地縛霊は道中にわんさかいたが」

「そうね。たくさんいたわ」

「……あの地縛霊ども、今回の怪異に関係あると思うか？」

「どうかしら。少なくとも原因ではないと思うわ。数こそ多かったけど、特に脅威は感じなかった。多分、ここから抜け出せずにいるだけじゃないかしら」

「ンン……しかし、周辺から流れ着いたにしても結構な量だったぞ」

「このトンネルで昔、なにか大きな事故があったとか？」

「わからないな。スマホがあれば確認できるんだが、あいにくとポケットの中で……ン……こら、人の体をまさぐるな。ここで取り出したところで使えないだろう」

「じれったいわね。手がかりになるかもしれないのに……」

背中を軽く叩かれ、撫子はぎゅっと眉を寄せる。

そんな撫子の頭に堂々と顎を載せ、アマナが「ングー」ともどかしそうな声を上げた。

「こんな時こそ泰然と構えねば……精神こそが無耶師の要だろう？」

「………精神が要、ねぇ」

再び眠気が忍び寄ってくるのを感じつつ、撫子はアマナの言葉を繰り返した。

◇　◆　◇

――トンネル内は煌々としていた。

しかし、鬼灯の如きランプの色は、むしろ夜の闇をいっそうに深めているような気がした。

音はトンネルの壁に反響し、さまざまな角度から返ってくる。

餓鬼道の鎖は試してみたものの、反応は鈍い。

こうなれば、自分の感覚が頼りだ。撫子は油断なく辺りに視線を向け、慎重に歩を進めた。

「……そういえば君、歳はいくつなんだ？」

一方、背後からついてくるアマナは相変わらず暢気な調子だ。

「来年の三月で十六歳」

「ン、それじゃ高一か。いつ無耶師になったんだ？」

「……あなたと無駄話する暇はないんだけど」

「つれないなァ……呪術というのは、精神が物を言う世界なんだろう？」

アマナの顔は見えない。が、声からしてにたりと笑っていることがわかる。

「気合、根性、想像、狂気、直感……柔く淡い霊魂を彩る数多の心象。それらが頭蓋骨を飛び出し、現実にまで作用するようになったのが人間が霊能力と呼ぶものだ。そして、呪術とはこれをより簡易に扱えるよう体系立てた技術……」

ぱちぱちと扇を鳴らしながら、アマナは流れるような口調で語った。

「即ち精神こそが無耶師の要。しなりのない刃がたやすく折れるように、遊びのない精神はたやすく蝕まれるぞ。もっと泰然と構えたまえよ」

「……ねぇ。あなた、わたしに――」

かつん。背後で、音がした。

撫子は口をつぐむ。アマナの扇子の動きが止まる。二人は、無言で入り口側に目を向け――。

◇　◆　◇

現在――危なっかしく頭を揺らしていた撫子は、アマナによって揺さぶられた。

「おい、起きろ。ここで寝たら永眠だぞ」

「んっ……寝てないわよ……ただ、いろいろと考えていただけよ」

「なんだ？　なにか、有益なことを思いついたのか？」

「――あなた、わたしに嘘をついていない？」「は？」

撫子は小さくあくびをすると、アマナを見つめる。いまだまどろみにとらわれている甘やかな表情だったが、赤い瞳の輝きは鋭かった。

「精神は無耶師の要。万事泰然と構えること。――昔、叔父から同じことを教えられたわ」

桐比等は、撫子の師でもある。

当然あんな性格であるために教えは厳しく、鍛錬には情け容赦がない。

しかし、それを超えなければ――獄門家では、生き残れない。

「凄腕の無耶師である叔父と、普通の人を名乗るあなたの言葉がどうして重なるの？」

「そう不思議なことではないだろう。私はよく無耶師と接触する立場にあるからな。それに職業柄、胡乱な場所にはよく出入りしているし……」

「なら、八裂島邸でのあれは何？」

一瞬、沈黙が落ちた。

「…………見ていたのか。てっきり気絶していると思ったんだが」

「これでも頑丈なの。それで、あの術は何？」

「大したものではないさ。私にはあれくらいの小細工しかできないよ」

「……わたしを騙してない？　本当は何を企んでいるの？」

曖昧に笑うアマナの肩に、撫子は軽く指を食い込ませた。薄闇に赤い瞳がぼうっと光る。

「おやまァ……剣呑なことだ」

埋火の如く光る瞳を前にして、しかしアマナは薄く笑った。

「見誤るなよ、お嬢さん。我々は共存共栄だ」

駄目だ。役者が違う。くつくつと笑うアマナを前に、撫子は唇を噛んだ。

この局面でも、目の前の女は尻尾を出す気配がない。己のにおいを持たないこの女の企みは、彼女が纏っている香の煙のように摑めない。

「嘘も何もない。私の目的は怪異の蒐集。君に求めているのは私の護衛だ。……対価を受け取ったのなら、きちんとその役目を果たさなければならないな？」

このまま便利に使われるのは癪だ。

しかし、この怪異をどうにかしなければこの女と離れることもできない。

「不愉快だわ。あのインチキ化物のせいで……」

——そこには、サンダルがあった。

女物のサンダルが一足——ちょうど、爪先を撫子達に向ける形で置かれている。

「……仕掛けてきたわね」

「おい……近づいて大丈夫なのか……?」

妙に強張ったアマナの声を無視して、撫子はサンダルに近づいた。

厚底のサンダルだった。白のストラップに金の留め具が上品な印象を与える。

奇妙なにおいは感じない。撫子は爪先でサンダルをつつくと、身を屈めた。

「夏物ね。ちょっと高そうだわ。呪詛の類いは特に感じないけれど……」

サンダルを片方拾い上げた。

——夏空が、見えた。

産寧坂の雑踏を超える。抹茶ぜんざいを撮影する。清水の舞台に並ぶ。揃いの御朱印帳を買った。車に乗る。トンネルに入る。白い衣の女。

コンクリート。コンクリート。コンクリート——。

「——撫子!」

アマナの鋭い声によって、脳を埋め尽くそうとしていた灰色は振り払われた。

サンダルを取り落とし、撫子はこめかみを押さえる。

「……ごめんなさい。サンダルの残留思念で、少し意識が飛んでいたみたい」

「それは……興味深いが……」

アマナの声は、いつになく硬い。琥珀色の瞳は、トンネルの壁際に向いている。

撫子は首を傾げつつ、アマナの視線を辿った。

――靴が一揃い、ある。

今度の靴は小さい。どう見ても、小学校低学年かそこらの子供用の運動靴だ。

「……からかわれているわね。上等よ」

撫子はぼやきつつ、運動靴に近づこうとした。しかし、その肩をアマナが摑んだ。

「……何？　どうしたの？」

「さっきから思っていたのだが……不用意に近づいていいのか？」

「近づかないと調べられないでしょう。サンダルから少しだけ残留思念を読み取れたし、あの靴にも何かあるかもしれない。ひとまずは情報を集めないと……」

「近づいて本当に大丈夫なのか？　――あの女に」

撫子は目を見開き、人間道の鎖を手に振り返る。

小さな運動靴は変わらず、そこにあった。トンネルには撫子とアマナの二人しかいない。

――少なくとも、撫子にはそのように見えている。

「……どこに、いるの？」

「何を言っているんだ？　さっきはそこで……」

アマナが扇子を揺らし、サンダルのそばを指した。そして、再び運動靴の方へと向ける。

「今はそこ。……女がずっと見ているだろう？　近づいていいのか？」

「…………アマナ。落ち着いて聞いてほしいんだけれど――誰もいないわ」

扇子の示す虚空を見つめたまま、撫子は慎重に答えた。

ぱち、と黒檀の扇子が鳴る。広げたそれで口元を覆い隠すと、アマナは首を傾げた。

「ン、ンン……ならば、あれは幻術の類いか？　いや、それにしては……」

「……どんな女？　まだ見える？」

「白い衣の女だな。死に装束のように見える。俯いていて顔ははっきり見えない。なにかして来る様子はないな。どうやら、地縛霊ではないようだが……」

白い衣の女――サンダルから読み取った残留思念にも、そんな情報があった。

「……わからないわね。どうして、直接仕掛けてこないの？」

この怪異は、人を攫う。

それも、走行中の車内から人を消失させるほど荒々しいものだ。

しかし、今のところ起きている怪現象は被害者のものと思わしき靴が現れただけだ。そのうえ例の女も、今のところアマナにしか見えていないのが奇妙だ。

「狙(ねら)いは何……？」

がりりと首筋を引っ掻(か)き、撫子は状況を振り返る。

自分達は怪異を解決するべく、この刀途山(とうずやま)トンネルに来た。車を少し離れた場所に停め、ここまで歩いて——撫子は、首を引っ掻く手を止めた。

「………アマナ。念のため確認しておきたいのだけれど、いいかしら」

「有問題(モーマンタイ)。なんでもどうぞ」

「八月にいなくなった女子大生だけど……トンネルでいなくなったのよね？」

「ああ。祀庁(しちょう)の連中がどうにか調べたところによると、彼女は助手席に座っていたらしい。けれども、トンネルから抜けた時にはいなくなっていた」

アマナの言葉を聞きつつ、撫子は先ほど読み取った残留思念を反芻する。

車。トンネル。白い衣の女——あれの、意味は。

撫子は、人間道の鎖を密(ひそ)かに掌(てのひら)の内に忍ばせた。できれば、新たに現れた靴からも残留思念を確認したいが、もう迂闊(うかつ)に動いてはいけない状況だ。

少なくとも——これ以上、視線を動かしてはいけない。

「……アマナ、今すぐ目を閉じて。どんな物音がしても、絶対に目を開けちゃ駄目。わたしが手を握って誘導するから、それに従って歩いて」

「……もしや、私は結構まずい感じか？」

「多分ね。……ともかく、今はわたしの言うことを聞いて」

とりあえず撫子は目を閉じると、アマナの手首をそっと摑んだ。思ったよりも華奢な手に若干戸惑う。一方のアマナも驚いたのか、体を硬くしたのを指先に感じた。

「大丈夫よ、落ち着いて……ひとまず、このまま入り口に戻るわよ」

「……君は目を閉じたまま動けるのか？」

「それなりに。……行くわよ。気をつけて」

「……頼むぞ」

嗅覚で、周囲の状況はある程度把握できた。それに加えて、撫子は他の感覚も常人よりはいくらか鋭敏だ。さらに桐比等からは、目隠しで戦う方法もさんざん仕込まれた。

とはいえ、今はアマナの手を引いている状態だ。あまり速く移動することはできない。

かつん。――靴音がする。撫子は無視した。

かつん。かつん。かつん。――どうやら、焦れているようだ。

正面に出現したはずの靴を綺麗に迂回して、撫子は慎重に進む。まぶたの裏の炎の幻覚を見つめたまま、自分が現在トンネルのどのあたりにいるかを脳裏に描く。

空気のにおいが屋外のそれに変わってきている。入り口はもう目の前だ。

「もう目を開けていいわよ」

アマナに囁いた。

撫子の声をした誰かが。

「アマナ！　今のはわたしじゃな――っ！」

思わず、撫子は目を開け――それを、見た。

「莫迦――ッ！」

アマナの切羽詰まった声は、耳に入らなかった。

眼前に、女の顔があった。大顎めいたトンネルの入り口――その上顎から白い衣を着た女がぶら下がり、逆さまに撫子の顔を覗き込んでいた。

笑っていた。裂けた口に歯はなく、撫子を見る目に眼球はない。

ぽっかりと開いた洞穴のような眼窩を見つめて、撫子は鋭い歯をわずかに剝き出した。

「…………上等よ」

吐息にはじけた火花は、目の前を塗りつぶす灰色に飲み込まれた――。

現在――撫子は、夢心地の状態で打ちひしがれていた。
石壁に頭をもたせかけ、アマナが気の毒そうなまなざしを向けてくる。
「…………君、素直だな」

「わかってる。反省してる……叔父にバレたらきっと折檻されるわ……というか、どうしてあなたは引っ掛からなかったのよ」

「用心深いものでな。しかし——あの靴の役割は、恐らくは視線誘導か」

「車で移動している相手なら、自分の姿を見せつけることは簡単でしょう。でも、わたし達は徒歩でここに来た……だから、どうにか姿を三回見せつけるために……あちこちに、靴を……」

撫子はきつく眉を寄せ、何度か頭を振った。

暴れたいほどの悔しさが胸を満たしているが、それでも眠気には抗えない。ついには一瞬がくんと力が抜け、アマナの柔らかな胸元に沈みかけた。

「おい……しっかりしろ。もう酸欠か?」

「違うわ……ただ……」「ただ?」

「……人間って、あたたかくて、やわらかいのね」

思えば、ここまで人間と接触したことが撫子にはなかった。柔らかなぬくもりに添われ、規則的な鼓動を聞いていると、どうしても瞼が重くなってくる。

「……そうだろう、そうだろう。私は人間だからな」

アマナの鼓動がやや早くなった。くつくつとした笑い声とともに、小刻みに体が震える。

この女はどういうわけか、なにかに喜んだらしい。

「さて——それはそれとして、だ。ここからは出なければならないぞ。この美しい私がこん

な冷たい箱の中で朽ちていくのは世界の損害だ。そう思わないか?」

「それはどうでもいいけど……でも、そうね……出る方法は考えないと……」

「何か良い手はあるか?」

「そうね……ちょっと焦げちゃうかもしれないけれどもいい?」

「駄目に決まっているだろう。このおねむちゃんめ」

再び瞼を閉じつつある撫子を肩で小突くと、アマナは琥珀の瞳を上に向けた。

「ン、ンンー、ンム……しかし……まァ、元はといえば私が君を巻き込んだようなものだからな。ここは、私がどうにかするのが筋なんだろうな」

「……あなた、普通の人間なんでしょう? そんなあなたに、何ができるの?」

「ククク……そうだ。私はまったくもって、普通の人間だ」

もぞりと体の下でアマナが動く。その拍子に頭を軽く石壁にぶつけて、撫子はうなった。

「──しかし、今は少しだけ『普通』をやめてやってもいい気分だ」

淡い金色の輝きが石の空間を満たした。

眩しさに目を細める撫子の視界に、久々にアマナの顔が映った。目元の黒子も、今ならはっきりと見える。そして、このうえなく吊り上がった珊瑚珠色の唇も。

「何をするつもり……?」

「いまの私は実に気分が良い。だから、特別にお膳立てをしてやろう」

視界が――世界が、ぐらぐらと揺らいでいる。

八裂島邸の怪異を破った時と同じ光景だ。ただ、あの時よりも巨大な力を撫子は感じた。思わず緊張するほどの霊気が、石造りの空間を揺るがせている。

蜃気楼のように揺らぐ世界の中で、撫子はアマナの指先が動くのを見た。

白い指が石壁をなぞる。その軌跡に、金色に光る線が刻まれた。

そうして記されたのはただ一つの文字――【開】。

「――さァ、役に立ちたまえよ」

金色の光が白熱する。真昼の陽光の如く、それは薄闇の石牢を塗り潰した。

◇　◆　◇

視界が、開けた。

重力が襲ってくる。撫子はなんとか足に力を込め、顔面から転倒せずに済んだ。すぐそばではアマナが思い切り四肢を伸ばし、胸いっぱいに空気を吸い込んでいた。

「ふぅ……すっかり体が強張ってしまったな」

「……あなた、結局何者なの？」

「ンン……見てわからないのか？」

わざとらしく唇を尖らせ、アマナは扇子を左右に振る。人によっては可愛らしさを感じそうな表情だが、撫子はただ『白々しい』という感想を抱いた。

「私は普通の人間だ。リッチで、才能いっぱいで、手先が人より特別器用。そして、めっぽう顔が良い……そんなどこにでもいるような人間さ」

「………普通の基準をインフレさせないで」

撫子はこめかみを押さえると、思考を切り替えるべく何度か深呼吸した。

「……ここはどこかしら？　あの女はどこに消えたの？」

古びたコンクリートの壁。土が剝き出しの地面。どこからか差し込むオレンジ色の光──。

そして、空間を埋め尽くすように物々しい石の箱が積み重なっている。

大きさは撫子が一抱えできるくらい。それらが積み上げられ、あるいは地面に転がっている。

鼻先に異臭を感じた。腐敗した肉のにおいが、石箱から漂ってきている。

「何……？」

ぎち、ぎち、ぎち──石箱に近づこうとした瞬間、異音が聞こえた。

「──撫子！　上だ！」

とっさに飛びのいた瞬間、粘性のなにかが天井から零れ落ちてきた。

赤い泥──それには、周囲にあるものと同じ石箱が無数に絡みついている。落下の衝撃によって石箱はいくつかがひび割れ、中身が見えていた。

「……おいおい、勘弁してくれよ。悪趣味だぞ」

扇子で口元を覆い隠し、アマナが嘆息する。

石箱の亀裂からは、奇妙に白いものが伸びていた。奇妙な角度に折れ曲がったそれは、どうやら皮だけが残された人間の腕のようだった。

「わたし達も、さっきまでこの中に閉じ込められていたようね……」

撫子は、別の石箱にちらりと視線を向ける。そこからは、干からびた人間の頭が覗いていた。きつく眉を寄せると、撫子は頭上に潜むものを睨み上げた。

「――――一体、今まで何人を箱詰めにしたのかしら」


ぎち、ぎち、ぎち……異音が響く。

高い天井には、赤い泥とともにおびただしい数の石箱が蠢いていた。

そして泥と箱の中央には、女の青白い上半身が植わっている。黒髪に脳と骨の破片とを絡ませ、眼窩に目玉はなく、剝き出しになった顎がぎちぎちと歯を軋ませている。

下半身は見当たらない。無残に引き裂かれた胸腔には、ただただ赤い汚泥が満たされていた。

「殯だ……」

「殯？　それがこの化物の名前なの？」

「ああ……主に人身御供の失敗で生じる化物であり、怨霊の集合体だ。他者を巻き込もうと襲ってくる連中なんだが、こんな形をしたものをみるのは初めてだな」

「ぞっとしないわね——っと！」

殯の喉から絶叫が迸った。同時に、無数の石箱が撫子めがけて降り注ぐ。

重量こそあるが、攻撃は単調だ。撫子は軽やかに後方に飛び、石箱の群れを回避する。

空中で素早く右手を振るうと、人間道の鎖が弧を描いた。

「人間道——撃星塊」

先端の錘が膨れ上がり、棘だらけの鉄球を形作る。

着地と同時に、撫子は勢いよく踏み込む。右手にありったけの力を籠め、握りしめた鎖を振り上げた。重い鉄球が唸りをあげ、天井の殯めがけて叩き込まれる。

赤い汚泥が流動した。瞬く間に石箱が集合し、盾の形を成した。

石の盾に撃星塊が激突する。それは亀裂こそ刻み込んだが、破壊には至らなかった。

「おいおい……さんざん女子大生のおっぱいを堪能しただろう。もっと頑張りたまえよ」

「やかましいわね！　今やって——っ！」

右足に冷感が走った。撫子は攻撃を中断し、とっさに大きく後退する。

直後——鈍い地響きを立てて、それまで立っていた場所に石の立方体が沈み込んだ。

突如として虚無から発生したそれに、撫子は大きく舌打ちした。

「やっぱり、特定の物体を生成できる怪異……！」

「油断するな！　まだ来るぞ！」

「わかってるッ！」

アマナに叫び返しつつ、撫子は舌打ちしながらも即座に身をひるがえした。

無数の石箱が、重い音を立てて地面へと沈み込む。

左足、右肩、腰——再び、凍てつくような寒気が走る。石箱の発生は思ったよりも早い。

撫子は、大きく宙返りして天井から降り注ぐ石箱を回避した。

その勢いに任せ、左手から新たな鎖を振り出す。

「……畜生道」

着地した撫子は、新たな鎖をゆらりと回した。

錘に刻まれた文字は『畜』——その形は、互いを喰らいあう二頭の犬。それが円を描くたびに、『ふおん……』と笛の音にも似た奇妙な音が響いた。

不吉な予兆を察知したのか。殯は即座に石箱を集合させ、さらに強固な防壁を形成する。

「不退転蟲……」

空中に、炎の輪が燃えあがった。

火輪の向こう側にはなにもない。ただただ、漆黒の闇ばかり。

そこに四つの赤い光が走り——次の瞬間、黒々とした甲殻が火の輪を突き破った。

『それら』は天井へと殺到し、たやすく石の盾を嚙み砕いた。

「……おや、まァ」

『それら』の正体を知った瞬間、アマナが扇子の向こうで顔を歪めた。

二頭の大百足だった。赤い眼を燃やし、具足にも似た甲殻が光っている。その大顎はたやすく石を削り取り、扁平な頭部は一気に亀裂へと潜りこんだ。

断末魔の絶叫――赤い汚泥が、肉片や破片とともに水音を立てて降り注ぐ。

「畜生道……本能に支配されたけだものの道」

悲鳴が、途切れた。押し合う百足の狭間から、半分嚙み砕かれた頭部が落ちてくる。

「……喰って、喰われて。厭な話だな」

アマナの囁きは、化物の頭蓋が地面を打つ音にかき消された。

殯はほとんど首だけになっていた。頭部も半分削れ、砕けた顎がぎちぎちと鳴っている。

それを目にした撫子は、畜生道の鎖を軽く振った。

『ふおん……』と、笛の音色が響く。大百足達の巨体が陽炎の如く揺らぎ、消失していった。

「一丁上がり――といったところか」

唇を吊り上げるアマナを無視して、撫子は殯の頭部へと歩いていった。

ぎちぎちと顎を鳴らす音が激しくなる。怨霊の集合体は頭部を揺らし、仄暗い眼窩に憎悪と殺意とを漲らせて撫子を睨み上げた。その周囲で、赤い汚泥がざわめく。

それを見下ろして、撫子は右手から新しい鎖を振り出した。

「いいぞ、平らげてしまえ。こんな夜だ。君もさぞかし腹が減っただろう」

「…………食べないわ」

「は？」と動きを止めるアマナを無視して、撫子は右手の鎖を握りしめた。

すると、溶けるように鎖が形を変えた。金の持鈴へと姿を変えたそれを、撫子はゆすった。

りぃー……ん。涼やかな音色に殯の頭部が大きく痙攣した。

「……あなたは死んだ。ここに在るべきではない」

再度、鈴の音が涼やかに響き渡る。わだかまった闇を清めるかの如き音色だった。

殯は顎をわななかせ、呆然と聞き入っていた。

「もはや苦しむ必要はなく、囚われる義務もない。――あるべき場所に、行くといい」

三度、持鈴が鳴る。響き渡る音色は、どこか夜明けの日差しを思わせた。

殯の仄暗い眼窩から、透明な雫が一筋零れた。

その雫が地面に落ちた瞬間に、殯は弛緩した。殯を形成していたもの――見えるもの、見えないものの全てから緊張が消えた。あらゆる障りが、消えうせた。

そして、さらさらと――殯の頭部が端から崩れ、白い砂塵と化して消えていく。

「――――ア、リ……ト……」

果たして最期に、何を言おうとしていたのか。

囁きにさえならない音を残して、殯の姿は崩れ去った。残された白い砂も消えていく。

撫子はそれを見送ると、六道鉄鎖を元の形に戻した。

錘の形は金の円環と蓮華――『天』の字が刻まれたそれを、右の袖口に戻す。

「……何をしているんだ？」

「成仏させてやった。……正確には死の錯覚を与えて、正しい形で死なせてやった」

「いや――あれは、人ではなく化物だろう？　何故喰わないいんだ？」

扇子を揺らす手を止め、アマナは目を見開いて撫子を見つめていた。珍獣を見るようなまなざしにいくらか憤慨しつつ、撫子はぎこちなく口を開いた。

「わたしは、人間は食べない。……人間に近いモノも、できるだけ食べたくない」

「どうして？　君は化物を食べなければいけないんだろう？」

「そうよ……それでも、人間の性質を強く残したモノは、食べたくない」

首筋の傷跡をさすりつつ、撫子は赤い瞳を伏せた。

羅城門の鬼のことを思い出す。あの鬼は図体のわりに、撫子にとっての可食部位が少なかった。つまり、ほとんどが人間の腕で構成されていた。

そして、殯――異様に変貌しているとはいえ、おおむね形は人間だ。

「わたしの流儀として、そういうモノは口にしないようにしているの」

「……己の生命よりも、大切な流儀などあるか？」

撫子を映すアマナの瞳は見開かれ、いつになく明瞭な感情に揺れている。こちらを嘲笑っているわけでも、咎(とが)めているわけでもない。ただ戸惑っているだけだ。

「確かに、そうね……わたしは化物の肉を食べなければ生きていけないわ。でも……わたしは、とても普通じゃないけれど……なんというか……すききらいというか……」

珍しく困り顔で、撫子は首筋の傷跡をさする。そして、おずおずとアマナの顔を見上げた。

「この方が、普通の人間みたいでしょう……？」

アマナは口を開きかけ、閉じた。落ち着きのない様子で髪に触れ、扇子を鳴らす。

やがて広げたそれで口元を覆うと、彼女は何度かうなずいた。

「……確かに。自分に近い形をしたものを食べるのは気分が悪い。人間に限らず、たいていの生物はそうだ。どんな生物も、よほど追いつめられていない限りは共食いは嫌がる……」

「…………アマナ？」

「——すまないな。失礼なことを言ってしまった」

いぶかしがる撫子に、アマナは扇子を閉じて礼をした。ちょっとした礼だったが、流麗で完成された動きだった。滲(にじ)み出る品格に、思わず撫子は口をつぐむ。

「次はもうちょっと人間離れした形の怪異を探そう。ツチノコなんてどうだ？」

しかし、次の瞬間にはアマナは元の胡散臭(うさんくさ)さを取り戻していた。呆気(あっけ)にとられる撫子をよそに、膝(ひざ)をついた彼女はなにやらごそごそし始める。

「さて、私の鞄(かばん)はどこだ？　見つからないと、いろいろ支障が……」

「……ねぇ。あなた、結局何者なの？」

もう何度目かの問いに、アマナは手を止めた。そして、にやけた微笑を向けてきた。

「何度も言わせるなよ。――私は、普通の人間だ」

「…………もういいわ」

撫子は、深いため息を吐いた。そしてアマナを手伝って、鞄を探し始めた。

「どーもどーも！　夜分遅くにご苦労サンです！」

「……君、今更来たのか」

ところは刀途山トンネル――と、かつて存在した『旧』刀途山トンネルの境界。

それまで撫子達がいたのは、この旧刀途山トンネルの内部だったらしい。老朽化によって埋められたそれは、一部が現在のトンネルに接する形で存在しているそうだ。

「なんか、新しいトンネルの方はぜんぜん問題ないっぽいんですよ」

金髪の女は語りながら、手際よく『立入禁止』のテープを大穴に張り巡らせる。

それは石箱で封じられていた穴だ。殯が消滅したことによって石箱の一部が崩れ、ここを通じて現刀途山トンネルとの出入りが可能になった。

今はその大穴から祀庁の人間が出入りし、殯の住処の検証が行われている。

撫子は瓦礫（がれき）に腰を下ろし、検証の様子を退屈そうに眺めていた。

「ただ古い方のは開通当時の大正十五年にいろいろあったみたいで……この山には人身御供（ひとみごくう）の伝説なんかもあるようですし、その影響ですかねぇ。おお、恐ろしやぁ……」

「それよりも、君は今までどこで何をしていたんだ？」

「あたしですか？　そりゃもう、バリバリ仕事してましたよ」

アマナと話しているのは、撫子よりも一つか二つほど年上の女だった。

クリーム色の髪を適当に伸ばしている。彫りの深い顔は幼げで、どうにも鋭さというものがない。小柄で、身長は撫子とさして変わらないようだ。

「お二人の勇姿、陰からしっかりと見守っておりましたよ。ええ……お二人が車を降り、トンネルで姿を消すまで……」

「消えた時点で助けたまえよ」

「あたしは荒事苦手なんですよぅ。あたふたしてるうちに全部終わっちゃって」

「……アマナ。この人、知り合い？」

撫子は小さくあくびして、アマナとやいのやいのと言いあう金髪の女に視線を移した。

「……祀庁の人だよ。冠（かんむり）さんの部下だ」

「どーも、二等儀式官（ぎしきかん）の四月一日白羽（わたぬきしらは）でっす。よろしくお願いしまぁす」

女は——白羽はにっこりと笑って、撫子に手を振った。

黒いスーツに、襟元にファーの付いたピンクのコート。耳には銀のピアス。

右肩には『災害対策』の黒い腕章。黒い名札には、『四月一日』と赤字で記されている。

「いやぁ、しかし……これはこれは……ほむ……」

「……な、なに？」

じーっと自分を見つめてくる白羽に、撫子は思わず首をすくめる。

「いやね、あの獄門家っていうから、もうちょっと化物みたいなの想像してたんですよ。でも、なんか思ってたよりも可愛らしくて安心しましたぁ」

「………可愛らしい」

撫子は少しだけうつむいて、落ち着きなくスカートの裾をつまんだ。

「はわわっ、メッチャ可愛いじゃねーですか。いいなぁ、こういう後輩欲しいなぁ……」

「──それで？　私達に、他にできることはあるのか？」

あっけらかんと笑う白羽に、アマナは短くたずねる。

「そうですねぇ。もう冠さんとユキ先輩には報告しましたし、なんかここはあたしだけで良さげな感じですし……あー……あはははっ！　もうなんにもありませんね！」

「……公務員ってそんなに軽くていいの？」

「今はここ、あたしが仕切ってるんで……つまり、あたしの天下なんで！　あとはなんかいい感じにしときますから、どうぞお気をつけてお帰りくださいまし！」

白羽はけらけらと笑いながら、ハンカチを振ってみせた。

撫子とアマナは、顔を見合わせた。

そして、疲れ切った足取りで出口へと歩き出した。

先ほどとは違って、刀途山トンネルの周辺はそこそこ賑やかだった。ところどころ車両が停められていて、腕章をした祀庁の人間が忙しなく行き来している。

彼らは赤いコーンに黄と黒のコーンバーを渡し、付近を閉鎖しているようだ。

それらの保安用品に、さまざまな霊符がさりげなく仕込まれているのを撫子は通り過ぎざまに見て取った。恐らく、あれらが人除けの作用を働かせるのだろう。

「家まで送ってやろうか？」

「途中まででいいわ。わたしの家は近くにあるし……それに、いろいろと複雑だから」

淡々と会話しながら歩く。そのうちに、人の声や物音が遠ざかっていく。

しかし撫子は眉を寄せ、うるさそうな顔であたりを見回す。

「……ここも、にぎやかね」

木に、街灯に、標識に――それらに寄り添うように、無数の影が見えた。

地縛霊だ。殯が消滅しても、それらはそこにいた。ただただ、光る目を向けてきている。

撫子は、足を止めた。アマナが怪訝そうな顔で振り返る。

「おい、撫子――？」

構わず、撫子は右手の袖から鎖を振り出した。それを再び、持鈴の形へと変じさせる。

「天道――迦陵頻伽」

りぃー……ん。清らかな音色が響き渡った途端、ざわめきが走った。

水に晒された墨絵のように、霊達の輪郭が希薄になる。そうして瞬く間に、消えていった。

「……お優しいことだな。毎回、こんなことをしているのか？」

「まさか。わたしはこの鎖の扱いが苦手なの。だから、こまめに使って練習しているだけよ」

「……それだけか？」

「そうよ。それだけ。いちいち幽霊を探して、成仏させてまわるような徳の高い真似はしていないわ。第一、あなたには関係のない話でしょう？」

「ン、まァ……そうだな……」

扇子を弄びつつアマナはうなずく。にやけてはいるが、あまり納得はしていないようだった。

二人はそのまま黙って、しばらく荒れた道路を歩いた。

やがて、車を停めた電灯が見えてきた。英国生まれの車は、変わらずそこにあった。

「…………地縛霊というのは、なぜ留まるんだろうな」

撫子は視線を上げた。琥珀色の瞳を伏せ、アマナは閉じた扇子の縁をなぞっていた。

「自分が死んだ場所に固執する意味がわからない。とっとと成仏すればいいものを」

「……多分、ここは場所が悪いのよ。人身御供が行われていたんでしょう？　それくらい場所そのものが悪いの。溜まりやすくて、抜けづらい。それに名前がよくないわ」

「刀途……三途の一つだな」

「そう……互いの肉を喰らいあう血途、業火に焼かれる火途、刃に苛まれる刀途。これら三つを合わせて三途と称する。悪業の果てに人間の落ちる世界よ」

撫子は指を三本立ててみせた。すると思案顔のアマナもまた、自分の指を三本立てる。

「……六道においては、三悪趣ともいうな」

「ええ。六つの道——即ち六つの世界における、輪廻転生の在り方」

撫子は六道鉄鎖を手繰った。両手に絡む鎖を一つ一つ掌に転がし、その重みを確かめる。

刹那の享楽の『天道』。悩み厭わしき『人間道』。憤怒と戦乱の『修羅道』。

浅ましきけだものの『畜生道』。欲の果ての飢渇『餓鬼道』。

——そして、応報する『地獄道』。

これこそが、六道。生者が死後に趣く輪廻の世界。

「本来なら霊魂は輪廻を繰り返し、より高い位階へと至ることが望ましいの。修羅道から人間道へ、人間道から天道へ……でも、なにかの障りで留まってしまう者たちはいるわ」

「天道の先には、何があるんだろうな?」

「知らないわ……そこから戻ってきた人はいないもの」

「——君の一族は、獄卒の血を引いているんだったな」

撫子は答えなかった。ただ赤い目を細め、いくつかの鎖の錘を弄ぶ。

「獄卒とは本来、地獄を管理する存在と聞く。それを鬼だという者もいれば、神だと語る者もいた。そして、君は一族の誰よりも獄卒としての形質が強いらしい……実際、ここにいたるまで君はさまざまな御業を私に見せた」

アマナは撫子を追い越すと、その前を塞ぐように立った。

「──君は神か？　それとも鬼か？」

問いかける唇に、いつもの笑みはなかった。琥珀色の瞳からは、なんの感情も窺えない。

黄昏を思わせる色をした瞳を見上げて、撫子はゆっくりと首を傾げた。

「……あなたは、どちらであって欲しい？」

神か。鬼か──アマナの問いかけを、撫子はそのまま返した。

ぱち、とアマナは扇子を鳴らす。広げたそれで口元を隠し、アマナは琥珀の瞳を細めた。

「何事も君の思うままだ……君の好きなように在ればいい」

途端、撫子は目を見開いた。水面に波紋が広がるように、美しい顔が戸惑いに染まる。

花びらのような唇が震え、拙く言葉を紡いだ。

「好きなように、って……」

「そうとも。君がどんな生き方を選ぶのであれ、私の役に立つのなら大いに結構。最低でも、私に迷惑がかからないようにしてくれれば十分だ」

「……あなたねぇ。本当に……」

「ククク……まァ、人間でいるのがまぁまぁマシだと私は思うぞ」

アマナは喉の奥で笑いながら、ポケットから車のキーを取り出した。そのまま電灯の下に停めた車に近づいていく彼女の背中を見つめ、撫子は深くため息をつく。

摑めない女だ。香炉から漂う煙のように、この女には何一つ確かなものがない。胡散臭い。得体が知れない。気味が悪い。

――しかし、この女は別にこれでいいような気もしてきた。

一瞬だけ、撫子は微笑む。けれども、その微笑は冷たい夜風に攫われるようにして消えた。

「……わたしは人とは違う生まれ方をした」

運転席のドアを開けたアマナが振り返る。撫子は、物憂げに彼女を見つめた。

「神であれ、鬼であれ……わたしは人としては生きられない」

それだけ言うと撫子は車に近づき、有無を言わさずに助手席に乗り込んだ。

目を閉じると、瞼の裏ではいつものように幻覚の炎が燃えている。音もなく燃え盛るそれをぼんやりと見つめているうちに、撫子はふと気がついた。

初めてだった。他人に、ここまで自分のことを話したのは。

「………人だろう、十分に」

夢に落ちる間際、アマナが小さく呟いた気がした。

◇◆◇

闇深き山林を抜け、寝静まった市街地に出る。

観光客の姿もなく、古びた寺社の群れは黙禱をしているかの如く静まり返っている。

そこで、撫子はふらりと車を降りた。

赤い瞳はとろんとしていて、常の鋭さがない。明らかに半分眠っている様子だった。

「…………本当に大丈夫なのか？　送るぞ、家まで」

「平気よ……言ったでしょう。わたしの家、いろいろと複雑だから……」

撫子は小さくあくびしながら、体を引きずるようにして助手席から降りた。なおも声をかけようとしているアマナに向かって、掌をひらりと揺らす。

「またね」「えっ……？」

風を切る音がした。息をのむアマナには目もくれず、撫子は姿を消した。

アマナは目を瞬かせ、運転席から外に出る。辺りを見回しても、もうミルクティー色の髪をした少女の姿は闇のどこにも存在しなかった。

「……鬼というよりは忍だな」

アマナは小さく笑うと、再び運転席に戻った。

「さて、草木も眠る丑三つ時……このまま帰ってもいいが……」

思案顔でスマートフォンを眺め、現在地周辺の霊園や斎場を調べる。

「このあたりは鳥辺野に近いからな……せっかくだ、霊魂の名残を少し集めていくか」

スマートフォンをスタンドに置き、アマナはアクセルを踏んだ。

ひとまず、清水寺周辺へ近づくつもりだった。

さすがに午前二時を迎えれば、道路もずいぶん空いている。厳かな知恩院や八坂神社の色鮮やかな楼門などを横目に、快適に車を走らせる。

しかし、アマナの表情は曇っていた。

「……生意気な」

赤信号に止められた時、アマナは小さく呟いた。

人気のない交差点を前にして、青く塗った爪でハンドルをかつかつと叩く。

「『人としては生きられない』とはな……生意気を言う……」

ボトルホルダーに手を伸ばし、すっかり冷めてしまった烏龍茶を一気に飲み干した。

そうして、空っぽになった助手席に目を向ける。

「………『またね』、か」

アマナは小さくため息をつくと、顔を上げた。

――違和感。

交差点にはアマナの車だけ。人気はなく、通りの店はすべてシャッターを下ろしている。

信号は相変わらず赤く染まり、『止まっていろ』と命令してくる。

「……いや、こんなに長い信号じゃなかっただろう」

左右を窺う。後ろを振り返る。一面、赤ばかりだ。車両用も歩行者用も——ありとあらゆる信号全てが、『止まっていろ』と光っている。

「勘弁してくれよ……撫子を帰らせたばかりなのに」

毒づきつつも、アマナは異常な信号を無視してアクセルを踏み込もうとした。

——かん、と音が聞こえた。

アマナは、反射的にドアポケットに収めた扇子に手を伸ばしていた。美しく整った顔からは一気に血の気が引き、にやけた唇は引き攣っている。

見開かれた琥珀色の瞳には、掌が映っていた。

車の正面に、着物の男が一人——突如として出現した彼が、左の掌をアマナに向けている。

長めの前髪が簾のようにかかり、男の顔は判然としない。

「な、んッ……！」

ろくに声も出せずにいるアマナの前で、掌がゆっくりと動いた。人差し指を立て、右側に向ける——『出てこい』ということらしい。

そうして男は数歩下がると、両腕を組んだ。今のところ、攻撃の意思はないようだ。

「……一、二、三、四……五人といったところか」

佇む男の姿を睨み、アマナは迷う。やがて扇子を握り、シートベルトを外した。

外に出ると、墓場のにおいを感じた。墓土と線香のにおいが、目の前の男から漂ってくる。

「……盛大なおでましだな」

アマナは薄く笑う。その手は、扇子を逆手に構えていた。

男は、なにも言わない。赤い信号の光を背中に浴び、長身はうっすらと影に沈んでいる。

「何者だ?」

「――獄門桐比等」

かさ、かさ、かさ――枯葉の擦れるような音とともに、陰鬱な声が響いた。

男は警戒するアマナに暗い視線を向けた。左の顔面を覆う呪符が、ひとりでに蠢いている。

「獄門……?　まさか、撫子の家族か?」

「違う。赤の他人だ……あいつの母親の弟というだけの」

『自分は一般的には叔父と呼ばれる存在です』と説明しつつ、桐比等はアマナの姿を眺めた。

「……私に、何の御用でしょう?」

「警告をしに来てやった。獄門にまとわりつく命知らずにな」

「『まとわりつく』とは人聞きが悪い。私はただ、撫子に創作的な興味を持っただけで――」

「……ヒヒッ、口が達者なことだ」

桐比等は、せせら笑った。表情筋の使い方だけは撫子とよく似ている。しかし、叔父は呪符のせいで顔が引きつり、はるかに凶悪な表情になっていた。

そんな笑みを一瞬で消すと、桐比等は物憂げな目で首に巻いた包帯をなぞった。

「獄門は、神仏に見放されている……そのうえ撫子は、うちでも特に厄介な存在だ。気安く使える代物ではない。安寧を享受したいなら、妙な真似は控えることだな」

「おやまァ、勝手なことを仰る」

大仰な所作でアマナは首を振り、払いのけるように扇子を揺らした。

「断るとしか言えませんね。すでに私と彼女との間で取引は済み、こちらは相応の対価を支払った。……貴方が口を挟む筋合いはありませんよ、姪思いな叔父さん？」

「……赤の他人だと言った」

桐比等はがりりと首筋に爪を立て、唇を歪めた。

「あの疫病神が、誰とどこでどうなろうと知ったことではない。ただ、それが原因で僕にまで面倒が及ぶようなら話は別だ」

「…………疫病神とは聞き捨てならないな」

アマナの唇から笑みが消えた。

高い音を立てて、扇子を閉じる。柳眉を吊り上げ、彼女は軽く桐比等を睨んだ。

「疫病神だなんてとんでもない。撫子は、こちらの期待以上の働きをしてくれた。到底手放す気にはなれないな。……そういうことだから、ここはお引き取り願おうか」

「……あの未熟者を、ずいぶん評価するものだな」

「当然の評価でしょう」

小さく鼻を鳴らす桐比等に、アマナは悠然と微笑んだ。

「何――ご安心を。私は今後も好きなように彼女を使わせてもらいますが、お宅に迷惑はかけませんよ。大勢でご足労いただいたところ、誠に残念ですが――」

桐比等は、腕を組んだ。呪符に埋もれた暗がりに、無数の光点が浮かび上がる。


「…………お前、憑物だろう」


黒檀の扇子が落ちる音が、妙に高く響いた。

落としたそれを拾うこともできず、アマナは立ち尽くす。細い肩が、小刻みに震えていた。

「虚偽と虚飾に生きる獣、王朝を惑わす妖星――撫子は、知っているのか？」

気だるげな問いかけに、答える声はなかった。

「我々は生来、嘘が嫌いだ」

桐比等は、ゆらりと踵を返した。獲物への興味を失った獣を思わせる所作だった。

その冷たい灰色の瞳は、最後までアマナの姿を見つめていた。

「お前の息の根を止めるのは、お前が気に入っている野良猫かもしれない。……ゆめゆめ忘

れるなよ。地獄の鬼の血は、お前が思うほどぬるくない」

かん――と下駄が音を立てた。そうして、桐比等の姿はもう交差点の何処にもなくなった。

墓場のにおいが夜風に攫われ、消えていく。

信号が青く点灯する。がらんとした交差点の中央で、アマナは荒く息を吐いた。

「――はっ、はっ……はは、は……恐ろしい男だな、まったく……」

珊瑚珠色の唇は、いつしか引きつった笑みを浮かべていた。冷たい汗に濡れた体をきつく抱きしめて、アマナは車体に体をもたせかけた。

「……仕方が、ないじゃないか……私にはこれしか……こうするしか、ないんだから……なにも知らないくせに、勝手なことを……それに……それに……」

うわごとのように言い訳を繰り返しつつ、アマナは力なく空を仰いだ。

痩せ細った月とともに、銀の星がしんしんと煌めいている。氷の粒を振りまいたような夜空を虚ろな瞳に映すと、アマナはまぶたを閉じた。

「――『またね』と、言われてしまったんだから……」

◆

刀途山トンネル――祀庁の現場検証は、夜を徹して行われた。
現場指揮を任された白羽は、トンネルの壁際に置いたアウトドアチェアに腰かけていた。うとうとしながら、湯気の立つトマトヌードルを延々とかき混ぜている。

　何度目かの大あくびをしたところで、一人の儀式官が声をかけてきた。

「……四月一日さん」

「あふ……はぁい？　なんですかねぇー？」

「詳細は解析にかけなければわかりませんが……恐らく、これも八裂島邸と同じです」

「……ほぉー？」

　途端、白羽の顔から眠気が吹き飛んだ。

　緑の瞳をしっかりと開くと、カップ容器を持ったまま壁の大穴を覗き込む。

　殯が巣食っていた旧刀途山トンネルの地面には、大量の石箱が散乱している。何人かの儀式官がこれらをブルーシートの上に並べ、番号札をつけていた。

「ここのも、ないの？」

「はい……露出しているものに関しては、全て」

　ミイラ化した腕。大量の毛髪。干からびた人間の皮。濁った眼球。腐敗した内臓――。

　白羽は眉を寄せつつ、伸び切ったヌードルを啜った。

「……なーんだって、骨だけがないのかしらん？」

【好き】
家族・子供・カレーライス・卵料理・キャンプ

【苦手】
満員電車・残業・賭博・酒

祀庁所属、一等儀式官。堅物で冷たい仕事人間に見られるが、口を開くと寛容で温厚。妻子あり。部下からの信頼は厚く、祀庁内にはひそかに『冠さんを定時で帰宅させる会』なるものが存在する。実は霊能はさほど高くなく、眼鏡は化物を視認するためのもの。

【好き】
家族・ラーメン・コメディ・ゲーム・弓道

【苦手】
感動系の話・勉強・掃除・湿っぽい空気

祀庁所属、二等儀式官（無耶師）。祖母が北欧の巫女の系譜に連なる血筋。軽妙気楽な口調の楽天家、けれどその笑いが心からのものかはわからない。宿舎の隣部屋が雪路で、こいつが毎休日稽古をつけにくるので辟易している。四月一日なのに二月生まれ。

三　あざなえの怪

——サ、ク、ラ、サ、ク、ラ……。

聞きなれた琴の音に、これがあの夢だと気がつく。

女が、一人——薄暗い座敷の奥で、琴を弾いていた。白髪を長く伸ばした女だった。黒地に鮮やかな花模様を散らした友禅の衣を纏(まと)っている。

どうしても、彼女に言わなければならない言葉があった。

けれども女を前にすると、どういうわけか決まって言葉が出せなくなる。

そのうちに、やがて景色が揺らぐ。女の姿が、遠ざかっていく。

そのうちに全ては闇(やみ)の向こうに消えて、ただ彼方から琴の音色だけが聞こえてくるのだ。

——サ、ク、ラ、サ、ク、ラ……。

◇

撫子(なでしこ)は、体を起こした。

窓からは透明な冬の朝日が差し込み、土蔵の天井をさんさんと照らしていた。

耳にはまだ、夢で聞いた琴の音色がしみついている。

「……また、言えなかった」

肩を落とす。しかし首を振ると、撫子は朝の支度を始めた。

身なりを整え、階段を降りる。そこで撫子は、玄関に小さな鍋を見つけた。

『小娘へ』と桐比等のひねくれたメモが添えられていた。

『聖護院大根を煮た。余ったから馬鹿舌な上に常時栄養失調の小娘にくれてやる。僕はしばらく庵で過ごすから絶対探すな。以上』

「栄養なんてわたしには関係ないって、いつも言っているのに……ほんと、素直じゃない人ね」

保温カバーに覆われた鍋を見下ろし、撫子は苦笑する。

桐比等は、忌火山のどこかに小さな庵を持っている。彼曰く『嫌悪感』が高まると、そこに身を隠す。そして、心静かに画業や陶芸に耽っているらしい。

世捨て人のような生活だ。しかし、彼はこの厭世的な創作活動で結構な金額を稼いでいる。

とりあえず気難しい叔父のことは忘れることにして、撫子は朝食の支度を始めた。

主役は聖護院大根の煮物。そして、化物の肉を使った時雨煮だ。

「…………いただきます」

一人きりの食卓で手を合わせ、撫子は食事を始めた。

甘辛く煮込んだ肉は、あたたかな白飯に複雑な風味を与える。細切れにもかかわらずしっかりとした存在感のある肉を、撫子(なでしこ)はしっかりと噛(か)み締めた。

聖護院(しょうごいん)大根の煮物は仄(ほの)かな柚子(ゆず)の香り。白い冬の滋味は、天女の羽衣の如(ごと)く柔らかだった。

そうして——撫子は、綺麗(きれい)に平らげられた食卓を名残惜しげに見回した。

「……これが最後の肉ね。ごちそうさま」

両手を合わせ、熱い番茶を口にする。そうして考えるのは、次の食事をどうするかだ。

「また、すぐに化物(ばけもの)が見つかればいいんだけど………」

かつては空腹の状態で、一週間以上を過ごすこともざらにあった。

化物の住処(すみか)を探り当てるのは、撫子一人では困難だった。嗅覚(きゅうかく)も、鎖も、反応する範囲には限りがある。そのうえ、撫子は交友関係もひどく狭い。

そこで、無花果(いちじく)アマナだ。

八裂島(やつざきじま)邸の件の直後に、アマナは刀途山(とうずやま)トンネルの怪異を撫子に伝えた。殯(モガリ)を喰(く)うことはできなかったものの、彼女はあれからも怪異の噂(うわさ)を拾ってきた。

空振りのネタもあったが、こうして撫子の食事へと結びつく情報もあった。

アマナの存在が、撫子にとって有益であることは明らかだ。

しかし——撫子は、オオサンショウウオのイラストが描かれたマグカップをそっとなぞる。

「……何者なのかしら、あの女」

普通の人間などと自称してはいるが、とてもそうは思えない。

『創作の糧にするために怪異を蒐集（しゅうしゅう）している』と彼女は言ったが、ほかに目的があるのは明らかだ。そのうえ、奇妙な術を使う。

出会って三週間が経過したが、彼女はいまだ謎（なぞ）が多い。

撫子は肩をすくめると、特別天然記念物がまどろむマグカップに口をつけた。

「さて——今日も人間の真似事、頑張りましょう」

撫子が通う式部（しきぶ）女学院は、女子大学の付属校だ。幼小中高一貫の教育を行うこの場所に、撫子は小学校三年生の頃から通っている。

その敷地の奥深く——深い森林の袂（たもと）には、旧校舎が存在していた。

一応は文化財にも指定されているこの瀟洒（しょうしゃ）な校舎が、撫子が小学校時代から通う場所だった。

「……おはようさん。今日も元気に始めよか」

撫子の担任は、お嬢様学校の教師とは思えぬほどに煤（すす）けた気配の女だった。

傷んだ赤髪。アンダーリムの眼鏡越しに、右目の傷跡が見える。耳には大量のピアス、指には大量の指輪。白衣に和柄のシャツ、ダメージジーンズという装いだ。

「華金やから、チャカチャカいこなぁ。朝日輝く一限目は社会となっておりまぁす」

「……数学じゃなかった？」

「数学は三限目にワープしました～。課題もろてくるの忘れててん、堪忍して」

「ちゃんとしなさいよ、螢火……」

帷子ケ辻螢火――それが、この虚ろな瞳をした女教師の名前だ。

自分のみを担当する教師であることもあって、撫子と螢火は通常の教師生徒間よりも気安い間柄だ。螢火が獄門家分家の人間ということも理由として大きい。

「ほら、今日の課題でございまぁす。キッチリ仕上げぇよ～」

「はいはい……早めに仕上げるわ」

撫子は簡素な冊子を開く。一方、螢火はさっそく教卓でスマートフォンをいじりだした。

「撫子、ちょっとガチャ回してみぃひん？」「回さない」

「この動画おもろいやん。撫子も見てみ？」「見ない」

「……最近、キリさんどうなん？　なんや、カノジョとか」「いるわけない」

――この学校の創立者は、もともと獄門家と親しい人間だったらしい。

そのため、獄門家所縁の人間を自らの学び舎に進んで受け入れた。獄門家の人間もまた式部女学院に腕のいい分家の人間を送り込み、学び舎の守護とした。

結果、撫子と螢火はこの京都有数のお嬢様学校でこうして過ごすことができている。

撫子は課題を着々と進め、今日一日分の授業を完了させた。

窓の外には、同じ制服を着た少女達の下校風景が見える。学校指定のジャージを着た運動部の生徒や、楽器等を抱えて移動する生徒達もちらほらといた。

冬休みを目前にして賑（にぎ）わう少女たちの姿を、撫子はぼんやりと眺めていた。

「――あんた、最近浮ついとるみたいやな」

螢火の言葉に、我に返る。視線を向けると、不良教師は堂々と煙草（たばこ）をふかしていた。

「……わたしのどこが浮ついてるって言うのよ？」

「見たらわかるわ。ずーっとぼんやりして。……なんや、恋でもしたんか？」

「バカなことを言わないで。あなたじゃあるまいし……」

「はん……まぁええけど」

煙草を咥（くわ）えたまま螢火は撫子の前に立ち、紫煙を吹きかけてきた。

「ちょっと、何よ……」

「――お優しいキリさんに代わって、ウチが釘（くぎ）を刺しといたるわ」

煙を鬱陶（うっとう）しげに払う撫子に、螢火は顔を寄せた。

『螢火』という名のわりに、レンズ越しに見える女の瞳は黒々としている。言動こそ軽いが、両の眼（め）に奈落（ならく）を秘めているかのような女だった。

「よう覚えとき……どうあがいても、獄卒の血はケッタイなもんから逃れられへん。ウチらの血筋は、ろくでもないモノばかり引き寄せる。平穏なんて望んだらあかん」

「……わかっているわよ」

「しっかりしいや。あんた、獄門のわりにだいぶ甘ちゃんなんやから——あん？」

不意に、螢火が右目を閉じた。しきりに首を傾げ、まぶたに刻まれた細い傷跡をなぞる。

そして目を開けると、螢火は窓の方を顎で示した。

「——あんたにお客様。正門に、えっらい美人が来とるわ」

思いつく顔は、一つしかなかった。

学校鞄を担いで、撫子は式部女学院の正門へと向かう。葉を落とした桜並木が寒々しい。顔も知らない生徒たちに交じると、妙に居心地が悪い。

撫子はややうつむき、少し足を速めた。

螢火の言うところの『えっらい美人』は——無花果アマナは、正門にいた。路肩に車を停め、門の脇にもたれている。これだけでも絵になる女だ。

そして、なにやら少女達と談笑している。

「——大学どこなんですかー？」「香車堂だよ」

「え、あたし、志望校です！」「へェ……まァ、がんばって？」

「うちらと同学年の子、待ってるんですよね？」「ああ。撫子って美少女、知らない？」

「そんな子いたかなぁ？　探しましょうか？」「有問題。ここで待つよ」

「中国の人ですか？」「生まれは横浜。あとは神戸香港ロンドン……まァ、流れ者さ」

「「すごーい！」」

瑞々しい歓声を前に、声をかけるタイミングを逃した撫子は立ち尽くす。

なにより、いつもとは違うアマナの姿に驚いていた。

琥珀色の瞳は伏せられ、珊瑚珠色の唇はアルカイックな微笑を湛えている。ちょっとした表情の変化や手の動きも、優雅で上品だ。いつもの胡散臭さがない。

しかし――枯れた木の陰に佇む撫子を見つけた途端、アマナは目を妖しく輝かせた。

「喂（やぁ）！　そんなところにいたのか、撫子！」

「え？」「誰？」「あんな子うちの学年にいたっけ？」「マジ美少女じゃん」

一気に数人分の視線を浴びせられ、さすがの撫子も首をすくめた。

「どうした？　早く来たまえよ、ほら」

アマナが車の扉を開ける。撫子はこのうえなく俊敏な動きで、さっと車に乗り込んだ。

「ねえ、あの……！」――誰かが、どちらかに声をかけようとした。

それを振り切るようにして、車は発進した。少女達の声が、一気に遠ざかる。

「シン……皆、元気がいいな」

ハンドルを握るアマナの唇には、いつものにやけた笑みが戻っている。

「お嬢様学校の生徒とはいえ、普通の女子高生とあまり変わらないんだな。元気で、しゃれてて、愛らしく、適度に軽薄。良いことだ。青春を謳歌している」

「……ちょっと観点が歪んでいるわね」

「ン？　そうか？　――それよりも話しかけてくればよかったのに。さては人見知りか？」

「なんでもいいでしょう――それで？　今度はどんな話を持ってきたの？」

「ン……その前に、聞きたいことが一つあるんだが」

赤信号――アマナは車を停め、チルドカップのコーヒーに手を伸ばした。それに口をつけつつ、彼女はちらっと琥珀色の瞳を撫子に向ける。

「今日も帰りは深夜になりそうだが――家族は心配しないのか？」

「……ひひっ、今更の話ね」

撫子は唇を引き攣らせるようにして笑うと、退屈そうな顔でドアに頬杖を突いた。

「わたしの一族は獄卒の系譜……闇とともに在る一族。ましてや、わたしは化物を主食にしているんだもの。夜明けまで帰らなくても問題ないわ」

「確か、叔父がいただろう。……今のところ、彼は君に何か言ったりしないのか？」

「あの人はいつも文句ばかりよ。今更、わたしを心配するわけがない。――これで満足？　うちではどれだけ帰りが遅くなっても、誰もなにも言わないわよ」

「…………そうか、わかった」

車を発進させるアマナは奇妙な表情をしていた。

たしかな安堵――しかし、一抹の不満が整った眉を曇らせている。撫子は首を傾げた。

「……どうかしたの?」

「ン、別に――ああ、そうだ。今回の資料は、そこに入れてある」

アマナに促され、撫子は座席の前にあるグローブボックスを開けた。確かにそこには茶封筒に収められた状態で、黒いバインダーが一冊入っていた。

「……香車堂大学考古学研究所? この大学って、確か――」

「ああ、そうだ……今回の依頼者は、私の通う大学さ」

あからさまに不服そうな表情を浮かべ、アマナはチルドカップのコーヒーに口をつけた。

◇

――香車堂大学。関西で名を轟かせる難関私立大学だ。

開国期にまで遡る歴史と格式とを誇り、学内施設のいくつかは文化財となっている。

そんな香車堂大学で、最近ある一つの寮舎を建て替えることとなった。

戦後間もなく建てられたその寮は、学内では比較的新しい部類に入る。しかし、キャンパス整備計画の一環として建て替えることとなったらしい。

夏季休暇の間に寮舎は更地となった。通常なら、そのまま地盤調査や基礎工事が始まる。

しかし、ここは京都。千年の都。

この碁盤の地下には、あまたの古き時代の名残が積み重なっている。

文化財保護法の観点から、こういった町では工事の際に発掘調査が必要となる。

すべては貴重な埋蔵物の記録を後世に残す為(ため)——そして、円滑な工事の為だ。

香車堂(きょうしゃどう)大学では、この調査を自大学の考古学研究所が主導することになった。

教授達が期待に胸を躍らせる中、発掘は始まった。

その時から、それは起きるようになった。

——表土が露出した当日。調査を手伝っていた文学部の男子学生。三回生。

左足首に赤い紐(ひも)を結わえつけられる。

——三日後。カフェテリアで談笑していた法学部の女子学生。一回生。

右の脛(すね)に赤い紐を結ばれる。

——五日後。友人とともに講義室を移動していた薬学部の男子学生。二回生。

腰に赤い紐を巻きつけられる。

紐、紐、紐——発掘調査が始まってからというもの、香車堂大学では人々の体のどこかに赤い紐を結ばれるという現象が起き始めた。

被害者は、いずれも結んできた相手の顔を見ていない。

そもそも、紐が結ばれたことにさえ気がついていない。どの被害者も、第三者から紐の存在を指摘されてはじめてその存在を認識する。

そして、つい二週間前——深夜二時。巡回していたある警備員の男が、右肩に強い痛みを感じた。痛みはやがて痺れへと変わり、警備員はたまらず守衛室へと戻った。

監視モニターを確認していた同僚は、彼の肩を見るなり顔色を変えた。

「…………その縄、一体どうしたんだ?」

——男の右肩には、赤い縄が括りつけられていた。

「……痛そうね」

バインダーのページをめくり、撫子は細い眉を寄せる。

綴じこまれていたのは、警備員の肩の写真だった。縄の跡が皮膚に刻み込まれ、赤紫色の模様のようになっている。血流が止まるほどの強さだったらしい。

「はじめが左足首、次が右の脛、そして腰で……二週間前に右肩……」

左手で首の包帯をいじりつつ、撫子は右手を体に滑らせた。赤い紐が結ばれていた場所を辿るうちに、少しずつ上昇していった。

そして——両手の指先を自分の首に触れさせると、撫子は赤い瞳をすっと細めた。

「……この分だと、次くらいで首かしら」

「同感だ。恐らく、今月内には首を吊るされる人間が出るだろう」

アマナはさっきから表情が渋い。

この怪異が原因なのだろうか——撫子は少しだけ不思議に思った。

「はじめのうちは悪戯だと思われていたようだが……それにしても奇妙だ。そのうえ、特に最初の一件などは人間には困難な位置だろう」

「そうね、足首なんて。位置がいくらなんでも低すぎるわ」

包帯の上から傷跡をさすりながら、撫子は最初のページへと戻る。

「……それに、だんだん強くなってきているわ。最初は緩く結わえつけていたのが、二週間前には血の流れが止まるほどの強さに。使われているものも、紐から縄に……」

「おかげで、今は調査も一時中断状態だ。大学側は悪質な悪戯があったとしている」

やがて、車は赤信号に止められた。

式部女学院から香車堂大学へは、これが最後の交差点となる。ハンドルを指先で軽く叩きながら、アマナは珊瑚珠色の唇を不服そうに歪めた。

「しかし、これ以上工事の延期はできない。そこで、大学側と研究所の両方に貸しを作っておきたいうちの担当教授がしゃしゃり出たわけだ」

「ふぅん……それで、その教授がアマナにこの件を押しつけて来たというわけね」

アマナも苦労しているようだ。撫子はちょっとだけ同情した。

「まったくひどい人だ……」

ハンドルの上で指を組み、アマナは深いため息を吐く。

「請け負わないと、私が去年、講義のノートを売り捌いていたことをバラすだなんて――」

撫子はバインダーを片付け、シートベルトを外した。ドアのロックを解除する。

「……ン？　おい、撫子？」

「短い付き合いだったけど元気でね。それじゃ」

「待て待て待てッ！」

慌ててアマナが運転席から身を乗り出し、撫子の片足を引っ摑んだ。

「待ってくれ！　ここまで来て見捨てるんじゃない！」

「退学になっても頑張ってね」

「悲しいことを言うな！　戻れ！　ほら、信号が青になる！」

結局、撫子は唸り声をあげながらも助手席に収まった。首筋の傷跡をがりがりと引っ掻きつつ、運転席のアマナに射殺すような視線を向ける。

「……人命の為だから。あなたの為じゃないから。そこのところ、忘れないで」

「ハイハイ。有問題。反省した。肝に銘じる。骨身に刻む」

「……というか、あなたってお金持ちなんでしょう？　そんな商売をしなくても、十分稼いでいるんじゃない。どうしてそんなことをしたの？」

「ンンー、ちょっとした小遣い稼ぎだよ。あとはまァ、その——人の弱味が欲しくて……」

くつくつと喉の奥で笑うアマナを白い眼で眺め、撫子はこめかみを押さえた。

そのうちに、二人はいよいよ香車堂大学へとたどり着いた。

「ひ、ひろい……」

青い夕闇が迫りつつある構内で、撫子は立ち尽くした。

瀟洒な煉瓦。清楚な白亜——城館の如き校舎の群れに圧倒される。そこにはガラスとコンクリートをちりばめた建物も交ざり、群れにモダンな彩りを添えていた。

「そこまで驚くほどか？　君の通う式部女学院も、結構なお嬢様学校じゃないか」

「でも……でも、ここまで大きくない……」

扇子を揺らすアマナに続きつつ、撫子はあたりをきょろきょろと見回した。

各所には見上げるほどに高い木が植えられ、空を掴むように枝を伸ばしている。それはきらびやかな電飾を施され、夕闇に色彩を添えていた。

カップルと思わしき学生達がその前で写真を撮っているのを、撫子は呆然と見つめる。

「イルミネーションなんてやってるの……？　ここ、学校でしょう……？」

「ン？　ああ、どこかのサークルの活動でな。クリスマスまでやっているんだ」

香車堂大学のキャンパスは、まるで小さな街のようだ。

街灯がある。ベンチがある。ポストがある。自動販売機がある。さまざまなところで自分よりも年上の学生達が談笑し、あるいは講義の内容に頭を悩ませている。

赤い瞳(ひとみ)を大きく見開いて、撫子は気になるものをいちいち指さしてアマナにたずねた。

「噴水があるわ……」

「どこかの華族の庭園から移築したものらしい。我々の憩いの場だな」

「大学なのにレストランがあるのね……」

「学外の人間でも入れるぞ。他にもいくつか食堂やカフェテリアがある」

「創立者の銅像……」

「………いや、それはそんなに珍しくないだろう」

頭がくらくらしてきた。視界に入ってくる情報はすべてが煌(きら)びやかで、鮮やかだった。

撫子はこめかみを押さえつつ、アマナの横顔を見上げた。

「……アマナは、大学で何を勉強しているの？」

「歴史だよ。文学部歴史学科東洋史専修。今はとりあえず中国古代史をやっている。講義の関係でいろいろと移動はするが……基本は、あっちの文学部棟にいるよ」

アマナが扇子で示したのは、ちょうど正門から入って目の前にあった建物だ。ちょっとした古城のように見えるそれを、撫子は何度も振り返って確認した。

「……大学って楽しいの？」

「まぁまぁだな。元々なじみのある分野だから……とはいえ、戸惑うことも多い。文献も難解だし、なにより教授が難解だ。それに——おっと。そろそろ例の現場だ」

香車堂大学の奥へ奥へと、二人は進む。その途中で、あるものが撫子の目を引いた。

「アマナ、あれは何？」

発掘現場のすぐ近くに、ささやかな休憩用のスペースがあった。ベンチとテーブルとが据え付けられ、頭上には藤棚が設けられている。

とうに花の時期を終えた藤に紛れるようにして、何かが電灯の光に煌めいていた。

「ン……？　ああ、鈴鳴りの藤だな」

アマナに連れられて、撫子は藤棚に近づいた。

金や銀の小さな鈴が、藤棚の柱や天井部分に赤いリボンで括りつけられている。風が吹くたびに、鈴はちりちりとかすかに音を立てた。

「昔、ここで恋愛映画を撮影したらしくてな。その映画で、離れ離れになるカップル二人がこの藤棚に鈴をつける場面があるんだ」

黒檀の扇子をひらひらと揺らしながら、アマナが語った。

「『鈴の音が鳴るたびに私を思い出して……』というロマンチックな話さ。そこから、ここの藤棚に鈴をつけると結ばれるというジンクスが生まれたわけだ。今は枯れているが、花の咲いている時期の景色はなかなか風流だぞ」

紫の花弁に交じって、金や銀の鈴が煌めく——確かに美しく、幻想的な風景だろう。

「……うちの門の鈴とは大違いだわ」

「ン、獄門邸の門には鈴が吊るしてあるのか？」

「ええ。鈴や風鈴がたくさん。私はその機能を実際には見たことがないけれど、他の無耶師が攻めてきたら鼓膜を破壊するようにできているんですって」

「……なかなかハイセンスだな」

二人は藤棚を後にして、いよいよ発掘現場に足を踏み入れた。

担当教授から鍵を預かっていたアマナが、扉を開錠する。フェンスを通り抜けた瞬間、撫子はうなじの毛がぞわりと逆立つのを感じた。

「さてさて……どんなものかな」

思わず撫子が周囲を見回す中で、アマナがいくつかの投光器を点灯した。

白い光に、仮設テントや重機類が照らし出された。地面は数メートルほど掘り下げられ、遺構と思わしきものの輪郭がうっすらと地上に浮き上がっている。

「……ここ、歩き回ってもいいの？」

「ああ。この辺りの出土品はすでに記録されているし、元々工事予定地だから大丈夫だ」

アマナの言葉を聞き、撫子は目の前の段差を降りた。

起伏が激しい。各所に様々な溝や、昔の柱跡と思わしき穴が残されている。

撫子は慎重に歩きつつ、空気のにおいを嗅ぐ。

湿った土のにおいしか感じなかった。それでも、撫子は奇妙な感覚を覚えた。

透明な異物が空気に溶け込んでいる。見えないところでからくりが動いている――場所は違うが、最近同じような居心地の悪さを別の場所で感じたことがあった。

「八裂島邸に似てる……？」

「――まじないの痕跡だな」

振り返るとアマナもまた段差を降りていた。白い指先で、さらさらと土を弄んでいる。

「かなり古いな。この辺りには貴族の邸宅があったようだから、そこにかけられていた呪術の名残が残されているようだ。恐らくは、魔除けの結界の類いだな」

「……わかるのね」

「ああ。八裂島邸のものほどスケールが大きくないから、まだわかりやすい。あそこの屋敷にかけられていた呪術は大きすぎて、正体が摑みづらかった」

「そうじゃなくて……あなた、普通の人間なのにまじないの痕跡とかわかるのね」

アマナは、動きを止めた。

若干慌てた様子で立ち上がる彼女の背中を、撫子はじとっとした目で眺める。

「……もう素直に無耶師って名乗ったら？」

「嫌だ。私は普通の人間だ。断じて無耶師などではない。ただ、人より器用なだけで……」

「まぁ、もうどうでもいいんだけれど……」

頑として認めようとしないアマナは放っておいて、撫子はあたりを見回す。

昔の貴族の邸宅に残された呪術。そして、人間の体に赤い紐を結びつける怪異。両者が同じ場所に存在している以上、無関係とはいえないだろう。

「……欲御手」

撫子は、餓鬼道の鎖を発動させた。しかし相も変わらず錘は細かく震えるだけで、方向を示す気配がない。撫子は首を振ると、鎖を袖にしまった。

「……怪異とまじない。何か関係しているのかしら？」

「なんともいえないな。絞殺に関わる化物にはいくらか心当たりはあるが……」

アマナは眉を寄せ、扇子をぱちぱちと鳴らした。

「まずは『イキ』とか『くびれおに』とか呼ばれるモノが思いつくな。『絵本百物語』や『聊斎志異』にも語られる化物で、そのまま漢字で『縊鬼』と書く。対象の首をくらせることで、自分の代わりに地獄にいかせようとする……いわば悪霊の成れの果てだな」

「陰湿ね」と、撫子は唇の端を下げた。

「しかし、こいつは人の精神に干渉することで首吊り自殺を強要するものだ。自分で首を絞めにくるわけじゃない。それに、出現の時間もおかしい……たいてい、連中が動き出すのは深夜だ。ところが、今回の怪異は昼間でも発生している」

「そうね……そこが厄介だわ。ほとんどの化物は日差しを嫌うのに……」

赤い残光が残る宵の空を、撫子は首をさすりながら見上げる。

化物は夜闇の住民だ。自らの体を焼く陽光を嫌い、夜明けとともに身を隠す。そのため、白昼堂々と動き回る化物はたいていが厄介な存在だ。

地上に少しだけ顔をのぞかせている遺構を見つめ、撫子は眉を寄せた。

「……一体、何を掘り出してしまったのかしらね」

その夜は、発掘現場の近くに張り込むことになった。

「……あなた、明日は講義とかないの？」

夕方六時——食堂で総菜を選びつつ、撫子はアマナにたずねる。

この食堂は総菜を豊富にそろえているものの、今の時間になるとあまり品が残っていない。

侘しい商品棚を物色していたアマナは、渋い顔のままうなずいた。

「ああ、大丈夫だ。今年度は、私は土曜日に講義をとっていないから。……君のところはどうなんだ？　シキ女は土曜日にも授業があっただろう」

「あるけど昼までよ。それに、わたしは学校だと幽霊みたいなものだから……」

「——ン？　君が、幽霊？」

扇子を弄ぶ手を止め、アマナは撫子に視線を向ける。

撫子は首を振ると、自分のカゴにいくつかのおにぎりを放り込んだ。

「……なんでもいいじゃない。どのみち、授業があっても帰してくれないんでしょう」

「まァ、そうだな……」

夕食は、発掘現場に一番近い校舎で食べることになった。

真新しいこの建物は、最近新設された薬学部が主に利用しているらしい。一階部分には休憩スペースが設けられ、この時間でも勉強をしている学生が見受けられる。

鉄材と石材とを組み合わせたモダンな印象の建物だが、冬場は少し冷えるのが難点だ。

しかし、撫子は逆にその寒さを楽しんでいた。

「ああ……寒いところで食べる豚汁って、どうしてこんなに美味しいのかしら」

両手で大切に包み込んだ紙コップに口をつけ、撫子は舌鼓を打つ。

撫子が堪能しているのは冬季限定の豚汁と、売れ残っていた十個の塩おにぎりだ。

学食の品とは思えないほどに、豚汁は絶品だった。コクのある味噌汁に甘く濃厚な豚の脂が溶け込み、ごろごろと入った根菜やこんにゃくが満足感を与えてくれる。

そのうえ塩おにぎりは塩加減が絶妙で、米の甘味を引き立てている。

「この少し不格好な形がまた味があっていいわね……」

撫子は至福の表情で飯を頰張り、ペットボトルの玄米茶を飲む。

一方、正面に座るアマナはまだ夕食に手をつけていない。なんともいえない顔で笑っている。

「……どうしたの？　食べないの？」

「ン、ンン……食べるさ。ただ、少し順序を考えていた」

「順序って何よ？」

撫子は首を傾げ、ぎこちなく笑うアマナの食事を見た。

寿司弁当だ。ほかの弁当よりもいくらか割高なせいで売れ残っていたらしい。なかなか豪勢な品で、透明な蓋の向こうにはイクラの軍艦巻きなども煌めいている。

そんな寿司艦隊のうちの一つを、アマナはそろりと指さした。

「……稲荷寿司がある」

「そうね。別に珍しいものじゃないでしょう」

「あまり好きじゃないんだ……」

「……まぁ、ちょっとクセのある味かもしれないわね。わたしは好きだけど」

この女にも弱点があったらしい。意外に思いつつ、撫子は豚汁にまた口をつけた。

「どうにも油揚げが苦手でな……なんだか食感が布っぽくて、いまいち食品だと思えない。あと、なんというか………ごまかされた気がしないか？」

「斬新な感想ね」

アマナは深くため息をついた。そして、ちらっと視線を撫子に向ける。

「……やるよ。好きなんだろう？」

「ええ……？　まぁ、好きだけど――」

戸惑う撫子にも構わず、アマナはずいっと弁当を押し出してきた。

有無を言わさぬ様子だ。撫子は仕方なく箸を伸ばし、稲荷寿司を受け取ってやった。

大きな稲荷寿司だ。どうにか一口齧ると、甘辛い醬油とダシの風味がじゅわっと舌の上に広がった。中の飯はただの酢飯ではなく、少しだけ山椒も効かせてある。

「…………おいしい」

「ン……稲荷寿司ひとつでずいぶんな喜びようだな」

「だって、本当に美味しいんだもの。大学って、こんなに美味しいものを食べられるのね」

「まァ、うちの大学はそこそこ名門だからな。学費は高いが」

「そう……いい場所ね。素敵だわ」

至福の表情の撫子を、アマナは物珍しげに眺めた。

「……なんなら、今度学内のレストランに連れて行ってやろうか」

「どんな場所なの？」

「三つほどあるぞ。店によってメニューが全然違うんだ。野菜たっぷりのランチプレートを出すところもあれば、牛フィレ肉なんかを出す店もあるし……」

数え上げるアマナの声を聞くだけで、さらに口の中に唾がわいてくる。

撫子は一瞬、ぱっと顔を明るくした。勢い込んで答えようとしたものの、即座に我に返る。

「………ついていってあげてもいい」

「おやまァ、可愛らしいことで。では、そのうち連れていってあげよう」

「ふん……絶対よ？　わたし、忘れないから。嘘ついたら剃刀千本吐かせるわよ」

「これはこれは……おっかないなァ」

そうして二人で飯を食っているうちに、大学の夜は更けていった。

——燃えている。

赫々とした炎が撫子の視界全てを焼いている。

肉と骨とが焼かれる音を聞いた。外界と己を隔てる輪郭が焼け落ちる。

己という存在が融解し、火中へと崩れ去る。撫子の全てが赤い焦熱の奔流へと同化していく。

——サ、ク、ラ、サ、ク、ラ……。

赤い闇の向こうに、琴を弾く女の背中を見た。

あの言葉を、言わなければ——撫子は、必死で女に向かって手を伸ばした。

撫子は、はっと目を見開く。

体を起こし、辺りを見回した。いつの間にか、休憩スペースは消灯されていた。非常灯と自動販売機の明かりだけが寒々しく辺りを照らしている。

正面では、アマナが腕組みをしたままうつむいていた。

艶(つや)やかな黒髪が顔にかぶさって、その表情は窺(うかが)い知れない。ただ肩がゆっくりと上下しているところをみると、すっかり寝入っているようだ。

「……私のせいじゃない……私は悪くない……」──ろくでもない夢を見ているようだ。

撫子(なでしこ)はぼんやりとしたまま、スマートフォンで時刻を確認する。

深夜二時。画面には、水族館で撮影したオオサンショウウオが映っている。水槽でくつろぐ特別天然記念物達を見ているうちに、頭がはっきりしてきた。

夕食後──あれから二人は、およそ三時間の間隔で辺りを巡回した。

問題の発掘現場だけでなく、近辺にあるいくつかの校舎や施設の周囲も見て回った。

大学は、冷ややかに静まり返っている。昼間の賑(にぎ)わいはもはや夢のようだ。玄米茶のボトルに口をつけつつ、撫子は周囲のにおいを嗅(か)いでみた。

──空気の質感が違う。

撫子は立ち上がると、大きな窓から外の様子をうかがった。

電灯が煌々(こうこう)と灯(とも)っている。骨ばった枯れ木の影が、地面に亀裂(きれつ)のように横たわっていた。

澄み切った闇(やみ)に、下弦の月が輝いている。

動くものの気配はない。しかし、まるで巨大魚の潜む夜の海を泳いでいるような──そんなじわじわとした不穏な緊張感が、少女の背筋をざわつかせた。

撫子はアマナに近づく。そっと肩に触れただけで、女は大きく体を震わせた。

「ンッ……！　な、なんだ……？」

「……ごめんなさい。起こそうと思って」

思った以上の反応に、撫子は赤い瞳（ひとみ）をぱちくりさせる。

緊張を解き、アマナは大きく息を吐いた。ひどく疲れた顔で、前髪を掻（か）き上げる。

「…………医者と釣り人と国家公務員に難癖をつけられる夢を見た」

「聞くだけで胡乱（うろん）な夢ね」

肩をすくめる撫子をよそに、アマナは烏龍（ウーロン）茶を飲み干す。

スマートフォンを確認すると、いつものにやけた顔で暗い休憩スペースを見回した。

「……どうやら、少し様相が変わったようだな」

「そうね。何かが起きているみたいよ」

撫子は鋭いまなざしでうなずく。アマナは黒檀（こくたん）の扇子を広げ、琥珀（こはく）の瞳を細める。

「さて、鬼が出るか蛇が出るか」

「……鬼ならもう、ここにいる」

赤い瞳から残光を引きつつ、撫子は校舎の出入り口へと向かった。

◇　◆　◇

石畳に、二人の影が円を描く。

電灯の青白い明かりは、フェンスで囲まれた発掘現場にも届いている。

冷たい夜風が、鈴鳴りの藤(ふじ)に交じった鈴を揺らした。

――シャン……シャン……と音がする。

現場が近づくにつれて、撫子(なでしこ)は自然と掌(てのひら)に六道鉄鎖(ロクドウテッサ)を握りしめていた。

「気になっていたんだけれど……あなたはここの学生なのに、どうして気づかなかったの？」

「私は寮暮らしじゃないからな。それに講義の都合、この辺りにはあまり近づかない」

「……わたしが聞くのもなんだけど、友達いないの？」

「失敬な。山ほどいるぞ。金と愛嬌(あいきょう)と器用ささえあれば、友達なんか腐るほど作れる」

「…………歪(ゆが)んでいるわね」

――シャン……シャン……と音がする。

発掘現場のフェンスを通り抜けた。途端、寒気を感じた。

撫子は無意識のうちにアマナを背後に庇(かば)いつつ、鋭い眼(め)であたりを見回す。

一見すると、特に変化が見当たらない。しかし、空気が明らかに昼間と違った。あの時に感じた異物感がいっそう存在感を強め、空間に脈打っている。

なにかがいる――撫子は周囲を警戒しつつ、餓鬼道の鎖を袖から垂らした。

透明な手が万物をすり抜け、広がる。

反応は鈍い。しかし昼間とは異なり、震える鎖がかすかに沈みこむのを撫子は感じた。

「餓鬼道――欲御手」

「下に、なにかある……？」

アマナを入り口に残し、撫子は慎重に足を進めた。

歩くにつれて、刃を噛んだ髑髏の錘が震動する。震えながら、少しずつ下に沈んでいく。

夜風が笛のような音を響かせ、耳を痛いほどに冷やした。

鎖はただただ、沈むばかりだ。撫子は警戒しつつ、一歩一歩確かめるように歩き続けた。

やがて、発掘現場の中央へと辿り着いた。

袖から伸びた餓鬼道の鎖が、こんっと土を打った。

ひるん、ひるるん、ひるるるん――異音が夜のしじまを切り裂いた。

独特な唸りをあげて、蛇の如き影が地面を奔る。

撫子は目を見開き、とっさに横に跳んだ。ミルクティー色の髪を、細長いものがかすめた。

赤い縄だ。ちょうど輪の形に結ばれたそれが、投げ縄のように宙を舞う。

「出たわね――！」

人間道の鎖を右手に握り、撫子は鋭い眼で縄の根元を辿った。

甲高い風切り音を立て、空振りした赤い縄が引き戻されていく。暗い所へ、暗い所へ――そして、高いフェンスの影へと呑み込まれる。

「消えた……？」

風切り音――そして、背後に鋭い寒気を感じた。撫子はとっさに身を翻す。

右耳をかすめて、赤い縄が飛ぶ。放たれたそれは虚空を切り裂き、一瞬にして巻き戻る。今度は撫子の背後にあった遺構の影へと消えた。

「こいつ、影の中にいる……ッ！」

「どうにか地上に引きずり出すほかないな。君の炎で、影を焼けば――！」

アマナに答える間もなく、次の赤い縄が飛んでくる。

今度の縄は正面――重機の影だ。目の前に迫るそれを、撫子はよけなかった。

「おい、撫子――！」

「もっと手っ取り早い方法があるわ」

相手の狙いが自分の首にあることさえわかれば、軌道を読むことはたやすい。

唸りをあげる輪を、撫子は利き手の左手で摑んだ。

「真係（マジか）……ッ？」――アマナの驚嘆を聞きつつ、撫子は地面を踏みしめた。

強烈な力が縄にかかる。向こう側へと、引き込もうとしている。

巨人と綱引きをしている気分だった。気を抜けば、体ごと持っていかれそうだ。

「ぎぃ、ぃ、ぃ、ぃ……！」

しかし、撫子は極度の負けず嫌いだった。

そして――獄門家で、地獄の鬼の血を特に色濃く受け継ぐ少女だった。

両手で赤い縄を握りしめた。矮躯に怪力がみなぎり、鋭い歯ががちりと噛み締められる。

鬼の血を継ぐ少女と不可視の化物――二者の狭間で、赤い縄はぎしぎしと軋む。

焦れた化物が滅茶苦茶に暴れる。撫子は死に物狂いで縄を引く。

完全な拮抗状態――そんな深夜の綱引き勝負に、不意に女の声が朗々と響き渡った。

「よォオーいイ、よォオーいイ……エェエ……」

無花果アマナ。視界の端に映った彼女は、広げた扇子を揺り動かす。

うねるように大きく回す。翻して前に二回突き出す。さらに返して、顔を隠すように――。

――本能が突き動かす。

アマナの動きが毎年七月に見るものだと理解する前に、撫子の体は動いた。

縄の持ち方を素早く変える。化物に背を向けるようにして、撫子は縄を肩に背負い込んだ。

重い――しかし、あの勇壮たる山鉾に比べれば、きっと大したことはない。

「エェエンヤァアラァアァヤァアアアアア――ッ！」

山鉾発進の咆哮とともに、ローファーが地面に亀裂を刻み込んだ。

遠い夏の祇園囃子の幻聴を聞きながら、撫子は渾身の力を以て赤い縄を引く。背負い投げの要領で縄は引き上げられ、それは影から地表へと躍り出た。

「好勁（ホウギン）！　さすがだな、撫子（なでしこ）」

「どうせなら手を貸しなさいよ……」

大きく肩で呼吸をしながら、撫子は喝采（かっさい）するアマナをぎろりと睨（にら）んだ。

そして人間道の鎖を手に、上空へと視線を移す。

「なによ、あれ……」

それは、魚のように思えた。

牛ほどの大きさの赤い魚だ。それが、ゆっくりと夜空を泳いでいる。

この魚には、鱗（うろこ）がない。それどころか皮さえもない。きらきらと光る赤い線が幾千幾万にも絡み合い、扁平（へんぺい）な魚の輪郭を精緻（せいち）に形作っている。

喩（たと）えるならば、魚の形をした水引細工。紐（ひも）の向こうには、黄色い内臓がそのまま見えた。くぼみに収まる眼球はぴかぴかと輝き、しきりに動いている。

「ア……ザ……ナ……エ……」

組み合わさった紐のどこからか、ざらついた声がした。

「ア……アザナエ……アザナエ、ェエエ……」

ひるん、ひるるん、ひるるるん——風切り音が響く。

魚の体に巻きついていた赤い縄がほどけ、蛇の如（ごと）く撫子へと襲ってくる。己の首を絞めよう

と襲ってくるそれを護法剣(ゴホウケン)で切り払い、撫子(なでしこ)は眉(まゆ)を寄せた。

「なんなの、こいつ――!」

「あざなえだ! 呪詛(じゆそ)の産物!」フェンスの陰に引っ込んだアマナが叫ぶ。

「本来、式神だの使い魔だのと呼ばれる部類の化物(ばけもの)だ。対象を絞殺するために生み出され、使役される……昔、ここで誰かが誰かを呪(のろ)ったんだろう」

「ここに残されていたまじないも、こいつが原因ってわけ――!」

ひるん、ひるるん、ひるるるん――月光に、影が舞う。

荒れ狂う縄の狭間を掻(か)い潜(くぐ)り、撫子は起伏の激しい発掘現場を駆けた。

「アザナァ……ェェ……アザナエ……エ、ェェ……」

機械的に己の名を連呼しながら、あざなえは円を描くように空を泳ぐ。

赤い水引細工の体に夜風をくぐらせながら、あざなえの巨体は急速に下降を始めた。

「気をつけろ! 影に潜(もぐ)るぞ!」

アマナに答える間もなく、撫子はとっさに炎を吐いた。

赤々とした炎が冬の闇(やみ)を焼く。目の前を遮った灼熱(しやくねつ)に、あざなえは激しくヒレを動かした。

再び高く舞い上がる巨体を見上げ、撫子は左に鎖を握る。

「炎が苦手なのね……」

「アザナエ……アザナエ……」

抑揚のない声が響く。夜風を巻き上げ、赤い巨体が翻る。

首絞めの雨が撫子へと降ってくる。己の首を狙う縄の群れを――そして、高度を下げてくるあざなえの体の動きを、撫子は鋭い眼で観察した。

護法剣を閃かせ、飛来する縄を捌く。頬や肩を縄がかすめ、擦り傷を残した。

赤い瞳を見開いたまま、撫子はタイミングを計る。

見る見るうちにあざなえは高度を下げていく。赤い体の内で、黄色い内臓が激しく脈打った。

鼻面が地面に触れる寸前、撫子は左手から餓鬼道の鎖を落とした。

「――灰掌！」

轟音とともに、地面から灰と炎とが吹きあがる。

地を裂いて現れた焦熱の手が、まさに影に逃げ込もうとしていたあざなえを捕らえた。

「アァ……ザ、ザザ、ザ……」

抑揚のない声にノイズが混じる。地響きを立て、あざなえは激しくのたうった。

しかし、地底から伸びる手の群れは決してその巨体を離さない。

もうもうと土煙を巻き上げる怪魚の前に立ちふさがり、撫子は思い切り息を吸い込んだ。

劫火――骨さえ焼き尽くす荼毘の炎が、冬の夜を染め上げた。

繊細な水引細工の体が燃え上がり、砕けていった。ぴかぴかと光る眼球も、黄色く脈打つはらわたも――全てが赤い輝きに塗りつぶされる。

爛々と目を輝かせ、撫子はさらに火勢を強める。

そんな彼女の背後で、フェンスの陰に立つアマナは扇子で口元を覆い隠した。

「…………なんだ、あのあざなえ」

炎が収束する。撫子は、ふっと息を整える。

「……案外、あっけないものだったわ」

目の前の地面は、真っ黒に焼けてしまっていた。

ところどころ焼け残ったあざなえの骨格は、壊れかけの黒い檻を思わせる。その特に大きな残骸のうちに、白く色を変えた塊が残されていた。

あざなえの内臓だ。水引細工に特に守られていた部位。こちらは多少は火に強いのか、灰燼にはならず変色するだけにとどまっている。その見た目は、まさしく――。

「あんきも……！」

撫子は両手を握りしめ、ごくりとつばを飲み込んだ。

なんともかぐわしいにおいが漂ってくる。とろりとした質感は、まさしく上質な肝のそれだ。早く然るべき処置をしなければ、すぐに傷んでしまう。化物の肉は腐敗が早いのだ。

撫子は歩き出しかけたものの、ふと振り返った。

「……妙に静かね、アマナ。どうしたの？」

「ン……いや、大したことはないんだ」

フェンスの陰から現れたアマナは、いつものにやけ面だ。

しかし、琥珀色の瞳は妙に冴えた色をしてあざなえの残骸を映している。

「どうにも、腑に落ちないというか……」

「何が？　こいつは人間を絞殺する化物なんでしょう？　標的を呪い殺すため、に――」

そこで撫子は顔色を変え、自分の口元を押さえた。

どうやら、アマナも同じことを考えていたらしい。閉じた扇子を唇に触れさせながら、彼女はいつになく鋭いまなざしをアザナエの残骸に向けた。

「そうだ――つまり、こいつは本来無差別に人を襲う化物ではない。丑の刻参りのように相手を指名し、相応の代償を支払うことで発生する……」

淡々と語るアマナの姿は、魔性のものを思わせるほどに美しい。

淡い光に肌の白さが際立ち、長いまつげが琥珀の瞳に淡い影を落とす。そんな彼女の声を聞いているうちに、撫子は徐々に落ち着かない心地になっていった。

「なら、どういうこと？　こいつが大学の怪異と関係ないのなら、一体――」

シャン――と音がした。撫子はまばたきをして、あざなえの方に向けた右手を見つめる。

手首に、赤い縄が巻きついていた。

「────ククリャンセ」

ざらついた声が空気を震わせた。理解よりも早く、縄が張る。

「ぐっ、う……！」

右手を一気に引かれ、隙(すき)をつかれた撫子(なでしこ)はバランスを崩しかけた。

黒い影が迫る。閉じられた扇子が閃(ひらめ)き、張りつめた赤い縄に叩(たた)きつけられる。

「──【断(タタレヨ)】！」

アマナの叫びが闇(やみ)を切り裂いた瞬間、縄はぶつりと切断された。

撫子は素早く態勢を整えた。人間道の鎖を握りつつ、怒りに燃える瞳(ひとみ)を闇に向ける。

「なんで……！」

視線の先で、黒く焦げた水引細工が空中へと浮かんでいった。

鮮やかな赤色を取り戻しながら、それらは再び元のような繊細な魚の形を紡いでいく。

──否。完全に元通りではない。

「大きくなってる……！」

あざなえの体は、小山のように大きく膨れ上がっていた。小さな飛行船の如(ごと)き体躯(たいく)をうねらせ、真紅の怪魚はゆったりと闇を泳ぎ始める。

「厄介ね……こいつって蘇(よみがえ)る化物(ばけもの)なの？」

「そんなはずはない。たった今こいつは破られたはずだが……さて……」

アマナは扇子で口元を覆い、空を泳ぐ大魚を睨む。

あざなえが身を震わせた。甲高い風切り音とともに、縄が赤い雨の如く降り注ぐ。自分の首を狙って繰り出されるそれを、撫子は再び護法剣で——。

——右足に、縄がかかった。

予想外の一撃に、撫子は虚を衝かれる。その隙を逃さず、右足の縄が強くひかれた。

それは、フェンスの影から伸びていた。

「こいつ——ッ！」

撫子は大きく舌打ちをしつつも、とっさに身を翻した。

右足の縄を切り払いながら、頭上から襲い来る縄めがけて炎を吐き出す。縄を悉く灰燼に変え、炎はそのままあざなえをも飲み込んだ。

「——混線しているんだ」

「混線って何よ？」

口元にまだ火を揺らめかせつつ、撫子は短くたずねた。

「推測するほかないが……このあざなえは、すでに一度破られているんだ。それも強大な無耶師に、呪詛返しという形で。多分、こいつの生みの親はそのせいで死んでいる」

「……なら、どうしてこいつは残っているの？」

炎上する飛行船の如く、あざなえが沈んでいく。

轟々と燃えさかる巨体は、そのそばから再生していくのが見てとれた。全て元通りに——そして、元よりも強い形にあざなえが編み上げられていく。

「恐らく、この場に残されていた結界の影響だ」

アマナはぱちんと扇子を閉じ、歩き出した。燃える夜空ではなく焦げた大地を睨みつつ、土の感触を確かめるように一歩一歩踏み出す。

「即ち——あざなえの呪い、呪詛返しの術、中途半端に残存した結界。これら三種の呪術が術者の死というショックで混ざり合ってしまった……その結果があの有様だ」

「あざなえに別のモノが糾われたってわけね」

撫子は地面を強く踏みしめると、勢いよく人間道の鎖を放った。それは空中でめきめきと形を変え、撃星塊となって怪魚の横っ腹に命中する。

大穴が穿たれ、焦げた破片が飛び散った。しかし、即座に新たな縄が大穴を埋めていく。

舌打ちする撫子をよそに、アマナはある場所で地面に膝をついた。

「その通り。昼も活動し、無差別に人を呪い、何度でも復活する——狂ったあざなえだ。まったく……厄介なものを目覚めさせたものだ」

「……何をしているの？」

しきりに地面を掌で確かめるアマナに、撫子はちらと視線を向ける。

「呪詛を解く。恐らくこのあたりに、奴の要となる呪具が埋められているはずだ。羅盤か式盤かがあればもっと楽なんだが仕方がない。——【顕】！」

アマナが扇子で地面を打った瞬間、地面に閃光が走った。

飛び退く撫子をよそに、光線が縦横無尽に駆け巡る。そして、発掘現場全体の地面がぼうっと輝いた。色とりどりの光が綾を成す様は、見蕩れるほどに美しい。

「うえ……」——しかし、これはあまり良い状態ではないらしい。

なにやら広東語で悪態をつきながら、アマナは肩にかけていた鞄の中を探り出した。

「……わたし、まじないは苦手なの」

五指をほぐすように動かすと、撫子はアマナの背中に視線を向ける。

「……任せていいかしら？」

「有問題……！」

承諾の声を背に、撫子は地を蹴った。

まさにその瞬間、あざなえの体から炎が消失した。

先ほどまでは水引細工のような繊細な姿をしていた。今はその体表には鱗にも似た網目が生じ、魚の形をした籠のような様相となっている。

疾駆のまま、撫子は撃星塊を繰り出す。天へと投擲された鉄球は、あっさりと鱗に弾かれた。

「堅い……ッ！」

舌打ちする撫子めがけ、反撃とばかりに頭上から赤い縄が次々に打ち込まれた。駆ける少女を追いかけて、背後の石畳がビスケットのように砕かれていく。

撫子は思いっきり跳躍すると、手近な校舎の壁に着地した。

そのまま鎖を巧みに操りつつ、超人的な身体能力を以て壁を垂直に駆けあがる。

赤い縄がそれを追いかけ、白亜の壁に亀裂を刻み込んだ。足元に落ちる影からはひっきりなしに赤い縄が飛び出し、少女の細い足を執拗に狙う。

足首を狙う縄を蹴り飛ばし、撫子は金網を飛び越えて屋上へと駆けあがる。

「アザナエ……ククリャンセ……」

ひるん、ひるるん、ひるるるん——風切り音とともに、赤い疾風が迫ってくる。

放たれた鎖は渦を巻き、撫子の周囲を幾重にも取り囲む。それは瞬く間に溶け合い、巨大な蓮華のような形の丸い防壁となった。

「人間道——蓮華揺籃!」

赤い縄が鋼の蓮華の表面を打ち、甲高い音ともに火花を散らす。

あざなえは、がばりと顎を開いた。口腔を満たす暗闇から、赤く太い綱が伸びる。それは次々に鋼の花弁に絡みつくと、あざなえめがけて引き寄せた。

待ち構える怪魚の眼前で、不意に鋼の蓮華が溶けた。絡みついていた縄が緩み、ほどける。

空中に身を躍らせ、撫子は炎の奔流を吐き出した。

それは月光さえも焼きながら、無防備に顎を開いていたあざなえの体内へと流れ込む。固く編み込まれた体表から火柱が上がり、怪魚は大きく身をよじらせた。

「アザナエ……アザ、ナ、エ、エ、エ、……」

のたうつ尾びれが校舎の側面に深々とした傷を残し、燃える体軀が石畳に亀裂を刻み込む。

軽やかに地面に降り立ち、撫子は火中に沈む怪魚を睨んだ。

「蘇るたびに強くなる。この一か月での変異を見る限り、たぶん時間経過でも強くなる……本当に厄介なアンコウだわ」

――一方、アマナの方の作業は進んでいた。

光の線には、何か所かに金の簪が突き刺さっている。いずれの簪も、先端部分に九重の円を刻んだ小さな盤と宝玉とが付いていた。

新たに見定めたポイントに、アマナは慎重に簪を打ち込む。

すると青い光の線だけが和らぎ、溶けるようにして地面から消え去った。

「……よし、これでひとまず触れるぞ」

アマナはほっと息を吐くと、扇子で地面に素早く円を描いた。円の内側に右掌を置き、力を籠める。すると、彼女の手はするりと地中に潜り込んだ。

「感触的にはそんなに深いところにはないはず………これだな」

引き抜かれたアマナの手には、汚れた縄の塊が握られている。ほとんど赤褐色に染まった縄は絡み合い、より合わさり――ちょうど魚の形を成していた。

同時に、光の線が動く。地面に広がっていた光の線は、全てが縄の塊に繋(つな)がっていた。

「よし、お前の心臓を掴(つか)んだぞ……」

その時、轟音(ごうおん)が大気を揺るがした。

アマナが振り返ると、さらに巨大化したあざなえの体が校舎の一つに沈んでいた。煉瓦(れんが)の壁を圧(お)し潰(つぶ)し、輝く目玉をぎょろぎょろと動かしている。

その横っ腹には、瞳(ひとみ)を赤く燃え上がらせた大百足(おおむかで)が食らいついていた。

不退転蟲(フタイテンコ)——畜生道によって呼び出されたそれは、あざなえの腹に毒牙(どくが)を突き立てた。

「……ちょっとした大怪獣バトルだな」

「アマナ！　まだなの？」

畜生道の鎖を手に、撫子(なでしこ)は鋭い声をあげる。

アマナは、魚形の縄を地面に横たえた。恐らく何者かの血に染まったと思わしき赤褐色の縄の間に、ひとつずつ金の簪(かんざし)を打ち込んでいく。

「日月火水木金土——羅睺(ラゴウ)並びに計都星(ケイトセイ)——」

鋭い簪が突き立てられるたび、地面に覆いかぶさっていた光の線が揺らいでいく。それは一つ、また一つと断ち切られ、風に揺れるようにして消えていった。

あざなえがのたうち、ぱくぱくと大顎(おおあご)を動かす。その顔面に、大百足が食らいついた。

シャン……と音を立てて、輝く眼球が地面へと零(こぼ)れ落ちる。

「天地万物移ろえど、星の巡りに狂いなし――【却】！」

最後の簪で、アマナは赤褐色の魚の中央を貫いた。

あざなえの体が、硬直する。布細工のヒレが痙攣し、体表の網目から黒煙が上がり始めた。

毒液を滴らせながら、大百足がその喉笛に牙を突き立てる。

静寂が訪れた。あたりには大百足が縄を引きちぎる音と、鈴の音だけが響いていた。

「これ、は……？」

珍しく、アマナが呆けたような声を漏らした。

撫子もまた目を見開き、ぼろきれのようになっていくあざなえを見つめた。

「――――再生してるけど」

撫子の言葉の通り――あざなえは、じわじわと再生しつつあった。

黒煙をあげながらも、大百足が食いちぎった部分の縄が再生していく。毒液によって溶けていた縄も、みるみるうちに再び編みあがりつつあった。

「……………どういうこと？」

「莫迦な……あの狂ったあざなえを構成する呪詛は全て解いたぞ！　何故――――！」

そこでアマナは琥珀の瞳を見開き、息をのんだ。

彼女の視線の先にあったのは、地面に零れ落ちたあざなえの眼球だった。電灯に照らされて金属的な光沢を放つそれには、瞳孔に似た黒い溝があった。

あざなえを抑え込もうと大百足(おおむかで)が動く。地響きによって、眼球がごろりと転がった。

──シャン……と涼やかな音がした。

撫子(なでしこ)は、転がってきたそれを見つめた。金色の表面に、うっすらと複雑な模様が散っている。

「これ、鈴……この模様、どこかで……？」

「──そういうことか！　撫子ッ、あざなえは──ぐッ」

アマナの叫びは、途中で苦悶(くもん)の呻(うめ)きに変わった。

振り返った撫子が目にしたのは、空中へと引き上げられるアマナの姿だった。

「アマナッ！」「が、ぐっ……！」

自分の首に指を食い込ませ、アマナが喘(あえ)ぐ。

彼女の頭上には、扁平(へんぺい)な赤い影があった。およそ大型犬ほどの大きさのそれが──二匹目のあざなえが、鼻の先から赤い縄を垂らしている。

「ア、ザ、ナ、エ、ェ……」──ざらついた声がかすかに響いた。

「二体目かッ！　この──！」

駆け寄ろうとする撫子を、アマナが震える手で制した。

大きく見開かれた琥珀(こはく)色の瞳(ひとみ)が息をのむほどの鋭さで、何かを訴えてきている。

首を締めあげられながら、アマナの手がなにかを示した。フェンスの向こう──巨大なあざなえの向こう──涼やかな鈴の音が鳴る方向を。

——瞬間、撫子は理解した。

あざなえに絡みついていた呪詛（じゅそ）はもう一つ——鈴鳴りの藤（ふじ）のジンクスだ。

迷いは、なかった。アマナに向かって駆けだしながら、撫子は畜生道の鎖を握りしめた。

「不退転蟲（フタイテンコ）——還帰！」

大百足の姿が陽炎（かげろう）のように揺らぎ、消失する。

解き放たれたあざなえが、校舎を破壊しながら躍り上がった。その地響きを背後に、撫子は走りながら畜生道の鎖を素早く揺らした。

「畜生道——火車召奔（カシャショウホン）！」

炎の輪が闇（やみ）に閃（ひらめ）く。そして、甲高い笑い声とともに新たな獣が飛び出した。

火車——地獄で死人を苛（さいな）むという猫の霊だ。

一見すると、その姿は二足歩行する白猫といったところ。片手には九叉（くまた）の鞭（むち）を握り、鋭利な刃（やいば）のついた悍（おぞ）ましい車輪の上に乗っている。

けたたましい笑い声をあげ、火車は鞭を振る。車輪が唸（うな）り、爆走を始めた。

その頭上に影が落ちた。あざなえが全身から黒煙を上げながら、大顎（おおあご）を開いて火車を追う。

そんな様には目も向けず、撫子は左目を瞑（つむ）ったまま疾駆した。

視線の先では、小さなあざなえが未（いま）だアマナを吊（つ）るしたまま浮遊している。アマナはまだ弱弱しくもがいてはいるが、その命は風前の灯火（ともしび）だ。

「せぇぇ――ッ！」

撫子は強く地を蹴りながら、渾身の力を以て餓鬼道の鎖を投げ打った。

六道鉄鎖で最も長い鎖は、寸分違わず赤い縄を打ち抜いた。

首を解放され、アマナが落下する。ほぼ同時に、撫子は驚異的な脚力でフェンスを飛び越えた。落ちる女の体を、空中でどうにか抱きとめる。

――刹那。ある事実に、撫子の思考は灼けた。

しかしアマナが激しくせき込んだことで、白熱した意識は現実へと戻ってくる。

着地した撫子は間髪容れずに空を仰いだ。

赤い瞳が光る。劫火が闇を焼く。小さな怪魚は逃れる間もなく、一瞬にして飲み込まれた。

撫子はアマナを抱えたまま、熱い吐息とともに囁いた。

「……やれ、火車」

瞑った左眼――瞼の裏には、火車の視界が映っていた。

チェーンソーの如き唸りを上げ、石畳に細い炎の轍が刻み込まれる。あざなえの追撃をかうように掻い潜り、火車はまさに藤棚へと辿り着いたところだった。

火車は鞭を振るい、飛び上がる。枯れた蔓と煌めく鈴の群れを前に、車輪が唸りをあげた。

「引き裂け」

藤がずたずたに切断された。鈴が焼けながら落ちていった。

そして――怪魚の巨影が八つ裂きになった。

◇　◆　◇

魚の形をした縄が黒煙を上げる。

地面へと崩れていくあざなえの巨影を見つめて、撫子はほうと息を吐いた。

そこで、撫子はアマナを腕に抱えたままだったことを思い出した。ひとまず、撫子は自分よりも長身な彼女の体を慎重に地面に下ろした。

「アマナ……大丈夫？」

返事はない。アマナはがっくりとうつむき、不規則に呼吸をしている。

意識を失ってしまったのだろうか。撫子は心配になり、乱れた彼女の前髪を掻き上げた。

「ねぇ、アマナ……」

その顔を見た途端、撫子は言葉を失った。

琥珀(こはく)色の瞳を大きく見開いて、アマナは血の気の失せた唇(う)を震わせていた。滲(にじ)んだ冷や汗によって、幾筋かの髪が青白い肌に張りついている。

撫子は、弾(はじ)かれたようにアマナから手を離す。

見たこともない――それどころか想像だにしなかったアマナの表情に、自分の首を絞められたような気がした。どんな言葉をかければいいのかもわからず、撫子は凍りつく。

やがて、琥珀の瞳の焦点があった。アマナは、そこではじめて撫子の顔を見た。

「わたし、は……」

かすれた声を零し、アマナはうつむく。肩を震わせながら、何度か深呼吸を繰り返した。

なにをすればいいかもわからず、撫子は両手を彷徨わせる。

「ねぇ、アマナ……ともかく、病院に……」

「――まったく、厄日だな」

何事もなかったかのような声に、撫子は目を見開いた。

アマナは顔をあげる。色褪せた唇には、にやけた微笑がよみがえっていた。

「さて――どうやら、あざなえは完全に死んだようだ」

撫子が何かを言う前に、アマナは立ち上がる。若干ふらつきつつも、彼女は黒煙を上げるあざなえの残骸を見やった。そして、焼けた内臓を白い指で示す。

「……いいのか？　早くいかないと、君が食える部分がなくなってしまうぞ」

「アマナ、でも……」

「私は現場を片づけるよ。この規模だと、ちょっと高度なやり方でごまかさないと――」

「――貴様がごまかす必要はない……」

唸るような女の声がした。撫子は目を見開き、鎖を握りしめて振り返る。

一方のアマナは、心底不愉快そうに思い切り顔を歪めた。

「……お前か。これは完全に厄日だな」

「こちらのセリフだ、夏天娜（ハーティンナ）……この女狐（めぎつね）め……」

鋭い靴音を立て、一人の女が発掘現場の出入り口に立った。

癖の強い灰髪を、肩にかかる程度まで伸ばしていた。瞳は青く、氷片を思わせて鋭い。眉間（みけん）には深いしわが刻みつけられ、冷たい美貌（びぼう）に峻厳（しゅんげん）さを添えている。

牙（きば）と珠（たま）を連ねた数珠に、黒のライダースーツ、灰色のロングコート――威圧感抜群の恰好（かっこう）だ。

しかし、特に目を引いたのはその口元だ。

「祀庁（しちょう）の大水晶盤に……香車堂（きょうしゃどう）大学で、災いの兆しがあると示された……」

女は、唸るような独特の声の出し方をしていた。

その顔面の下半分は、奇妙な面頰（めんぼお）に覆われている。獣の顎（あご）の骨を思わせる形をしたそれが口元を隠し、女の声を余計に奇妙に響かせた。

「そのうえ、霊感のある一部の市民はこの騒ぎをいくらか認識していてな……」

灰髪の女は腕を組むと、氷のような目でアマナを睨（ね）めつけた。

「『妙な地鳴りがする』と、消防にまで連絡がいったぞ……いくら常人は怪異を感知できないとはいえ、限度がある……夏（ハー）。貴様、何故（なぜ）、我々に報告しなかった……？」

「そんな義務はない。今回の件は、私が個人で請け負ったものだ」

いつになく淡々とした声で、アマナは女に答えた。

唇こそにやけているものの、琥珀の瞳は見たこともないほどに冷えていた。

「そもそも、祀庁に対する怪異報告は『努力義務』とはされているが『義務』ではない。むしろ、そんな話などおかまいなしな輩の方が多いだろう。だいたい祀庁側だって、いちいち無耶師に対して仕事内容を確認しているのか？　していないだろう？」

「しかし……ここまでの大規模な破壊だ」

流れるような口調で語るアマナを睨みつけたまま、灰髪の女は周囲の様子を示した。

校舎、石畳、藤棚――いたたまれなくなり、撫子は惨状から目をそらした。

「並みの無耶師では、もはやごまかせまい……そして、貴様は祀庁とも関わる立場……これほどのことが起きるであろうことを予期しながら……貴様は何の報告も……」

「――駄犬め。こんなもの、予測できるか」

銃声にも似た罵声に、撫子は思わず肩を震わせる。自分に向けられたものではないのにも拘わらず、いつになく荒んだアマナの言葉は彼女の精神にも衝撃をもたらした。

アマナはきつく眉を寄せ、黒焦げになった縄の塊を軽く示した。

「何度も言うが、私にはなんの義務もない。……それと、私はお前達が好きじゃない」

灰髪の女は青い瞳を細め、吐息を零した。

空気がちりちりする――アマナと灰髪の女の狭間で、透明な敵意の火花が散っている。迂闊に口を挟めば、この火花の嵐に巻き込まれてしまうだろう。

しかし——撫子は意を決して、アマナに小さくたずねた。

「……アマナ。この人、だれ」

「真神雪路。祀庁の準一等儀式官。冠さんの部下。白羽の上司」

アマナの説明はいつになく淡泊だった。

その時、灰髪の女——雪路は、初めて存在に気づいたかのように撫子を見た。アイスブルーの瞳が大きく見開かれ、首をすくめる撫子を凝視した。

「……噂の……獄門の子か？」

「……獄門撫子よ」

雪路は顎の周囲を揉みつつ、まじまじと撫子を眺めた。

頭から爪先まで無言のうちに観察され、流石に居心地の悪くなった撫子は眉をひそめる。

「あの——？」「何故、こんな奴を……？」

明らかに困惑の滲む声音とまなざしに、撫子は口をつぐむ。

顎の周囲をしきりにほぐしながら、雪路はさらになにか言葉をつづけようとした。

しかし、能天気な声が冷え切った空気を震わせた。

「——天地神明森羅万象……皆々様、大変永らくお待たせいたしました！　今年度最もかわいい儀式官即ち四月一日白羽！　ご期待に応え、ただいま臨場——！」

「阿呆……もう終わった……これから片づけだ……お前も手伝え……」

「ええ、そんなァ！　あたし、修復とか嫌いなんですけど！」

正気の沙汰とは思えぬ名乗りとともに駆け込んできた白羽は、冷え切った雪路の声に跳び上がる。見れば梓弓を手にし、胸当てをつけ、肩には矢筒を背負っていた。

そんな彼女をぎろりと睨めつけた後で、雪路はゆっくりと踵を返した。

「……現場の修復は、祀庁が行う……夏、貴様にはあとで話を聞く……」

「断る」

アマナはそっぽを向いた。

そんな彼女を心底憎々しげに睨むと、雪路は最後に撫子に一瞥をよこした。凍てついた湖の如き青い瞳には、どこか憐れむような色があった。

一体、何を言いたいのか――それを問う前に、雪路はもう背中を向けていた。

「………さらば」

「あ、ユキ先輩カッコつけた！　先輩カッコつけ――いって！　パワハラ！　暴力反対！」

儀式官達は騒々しく去っていった。撫子はそれを見送り、アマナに視線を向けた。

「……何なの、あの人たち」

「不愉快な連中さ。別にどうということはない」

言いながら、アマナは早足で歩き出した。どうやら、ただちにこの場を去りたいらしい。

撫子は深いため息をつく。そのまま歩き出しかけて、ふと足を止めた。

遠ざかっていくアマナの後ろ姿を見る。自分よりも背が高く、女性的な魅力に溢れている。
そして――撫子は、自分の両手をじっと見つめた。

◇　◆　◇

周辺では、儀式官たちがせわしなく動き回っている。

撫子は、『蜃気楼石灰』と記された袋を抱えた作業服の儀式官を見た。

真っ白な粉を、破壊された石畳にぶちまけていっている。あれに水を撒き、特殊なまじないを施せば石畳を復元できるのだとアマナが教えてくれた。

別のところでは、奇妙な投光器を設置して回っている儀式官を見た。

そこからはオーロラに似た青い光が投射されていて、闇に揺らめいている。恐らくあれは一種の目くらましなのだろうと撫子は推測した。

「……こうして、全部なかったことになるの？」

「ああ……こういう『辻褄合わせ』に関しては、やはり祀庁がトップクラスだな。なにせ政府機関だ。あらゆる方面で揉み消しができる。……まァ、だから他の無耶師の尻拭いに人員を持っていかれているんだが」

一見すると、アマナはすっかり元気を取り戻したように見えた。

しかし、艶やかな黒髪は少し乱れていて、輝くような美貌はいつもよりもやつれている。

なによりも、白い首筋には赤紫色の索条痕がくっきりと残されていた。

撫子はそれを見つめて、自分の上腕をきつく握りしめた。

やがて、二人は大学の正門を出た。電灯が煌々と闇を照らす中でアマナは大きくのびをすると、じっと黙り込んだ撫子ににやけた笑みを向ける。

「さて……君を送ってやらないといけないな」

「……一人で帰れるわ。それに、あなたは病院に行った方がいい」

「遠慮をするな。何度も言っているが、私なら大丈夫──」

「──もう、怪異に関わるのはやめなさい」

可能な限り、冷ややかな口調にしたつもりだった。

しかし、アマナのにやけた顔は変わらない。琥珀の瞳を瞬かせ、彼女は首を傾げた。

「……突然、何だ?」

「怖かったんでしょう、さっき」

あの時のアマナの顔は、完全に憔悴していた。取り繕ったつもりのようだが、あの表情はそうそう忘れられるものではない。

超然とした振る舞いをしてはいるが、アマナも所詮は人間だった。

撫子よりも、普通の人間だった。

「それは……」

「これからもこういうことがある。何回でも、死を目の前にすることになる。こんな目に遭いたくないのなら、もう怪異を蒐集（しゅうしゅう）するだなんてバカげた真似はやめるべきよ」

珍しく言葉に詰まるアマナをよそに、撫子は赤い瞳を伏せる。

自分の上腕をきつく握りしめた掌（てのひら）には、アマナを抱きとめた時の感触が鮮烈に残っていた。

柔らかかった。温かかった。柳のようにしなやかな体つきだった。

そして——撫子が思うよりも、ずっと繊細だった。

「……もう、わたしにも関わるべきじゃない」

あのぬくもりを抱きとめた時、撫子は本能で感じてしまった。

自分なら、たやすくこの命を壊せる——どんな凶器も必要ない。自分なら、この手一つでアマナを殺してしまうことができる。

自分は所詮は鬼の輩（やから）なのだと——思い知らされた。

「……獄門（ごくもん）は禍事（まがごと）の先触れ」

さっきからずっと、震えが止まらない。

たまらなく恐ろしかった。己の肉体が——本能が、途端に厭（いと）わしくてならなかった。

震えをどうにか抑え込みつつ、撫子はアマナに背中を向ける。

「おい、待て——」

「これっきりよ。……もう、わたしにも関わるべきじゃない」

「――――待てと言っているだろう！」

手首を摑まれ、歩き出しかけていた撫子は思わず息を止める。ぎこちなく振り返れば、アマナがいつになく真剣な目で自分を見つめていた。

「今更、それはないだろう。私は怪異を蒐集しなければならないんだ。君がどう思おうと関係ない。これからも付き合ってもらうぞ」

「……あなたね。最初の時と話がちが――」

「――――君と会えなくなるじゃないかッ！」

途端、心臓が跳ね上がった。撫子は、赤い瞳を見開いた。

アマナは撫子の手を離すと、代わりにそっと両肩に手を置いてきた。電灯に背を向けて立つ彼女の瞳は、いつになく真摯に撫子の顔を映している。

「怪異を探すことをやめたら……君と会えなくなるだろう。それは、なんというか……」

琥珀の瞳は一瞬、彷徨う。マンホールから、月へ、電柱へ――。

そして、再び撫子を映した。珊瑚珠色の唇が震え、ためらうようにして言葉を紡ぐ。

「イヤ、だと思う……だから、その……」

いつになく拙く感情を述べるアマナを前に、撫子は呆然と立ち尽くしていた。

爆ぜそうな鼓動が体中に轟いている。そして頭蓋には、アマナの言葉がこだましている。

思えば、それまで撫子の世界は狭く閉ざされたものだった。交流する人間は片手の指で収まるほどに少なく、それも桐比等と繋がりのある人間ばかり。

昼は学校で幽霊の如く過ごし、夜には獲物を探して彷徨う日々。

『君と会えなくなるのはイヤだ』――誰も、こんなことを撫子に言ってはくれなかった。

ここまで、誰かが傍にいてくれたことがなかった。

撫子は赤い瞳を伏せ、アマナの手を払う。そうして早まる鼓動を落ち着かせようと――嵐のような感情を鎮めようと、何度か大きく深呼吸をした。

「………仕方が、ないわね」

無理やり抑え込んだ声音で言って、撫子はじとっとした視線をアマナに向ける。いつになく自信がなさそうな琥珀色の瞳を見つめ、ぎこちなく言葉を続けた。

「付き合ってあげるわ。……わたしの知らないところで死なれたら、寝覚めが悪いもの」

「おお、撫子！　そうこなくては――」

我が意を得たりとばかりにアマナがにいっと笑い、黒檀の扇子をぱんっと広げた。

それに対して、撫子は少しだけ視線をそらす。

「――それに」「それに？」

アマナが、きょとんとした顔で首を傾げた。

どこかあどけない彼女の表情を見つめ、撫子は落ち着きなく首筋をさすった。

「……別に怪異が関わらなくても、付き合ってあげてもいい」

そうして、撫子は言葉をはねのけるように背中を向けた。華奢（きゃしゃ）な体が、わずかに沈む。その直後、撫子の姿はアマナの前から掻（か）き消えた。

アマナは目を見開き、広げた黒檀の扇子で口元を覆う。血の気の戻った唇が、弧を描いた。

「…………素直でなにより」

撫子は、駆けた。

一陣の風の如く——衝動に突き動かされるまま、古都の闇（やみ）を走る。さらさらと流れる鴨川（かもがわ）をひとっ飛びで渡り切ると、興奮を叩（たた）きつけるように強く地を蹴（け）った。

手近な家屋へと一気に躍り上がり、瓦屋根（かわらやね）やらスレート屋根やらを疾駆する。

淡い月光に、赤い瞳は爛々（らんらん）と輝いていた。

「ひひっ……」——小さな笑い声が漏れた。

唇をひきつらせながら、撫子はひたすらに忌火山（いみびやま）へと駆けていく。そうして、ある立派な寺の瓦屋根へと着地した瞬間、こらえきれずに口元に手を当てた。

「ひひっ……ひっ……ひひ、ひひひひひひっ……！」

鬼の性によるものか——獄門（ごくもん）家の人間は、どうにも笑い声が禍々（まがまが）しい。

しかし少女の笑顔は、その名の由来となった花の如く愛らしかった。白い頬（ほお）を染め、赤い瞳を輝かせ、撫子は夜空に笑い声を響かせた。

「ああ……わたし、どうかしてしまったのかしら?」

ひとしきり笑った後で、撫子は瓦屋根の突端に立った。目元から涙をぬぐいつつ、寝静まった街を満足げに見回す。薄紅の唇は、まだほころんでいた。

夜風が吹き抜ける。冷たく澄んだそれに髪を押さえつつ、撫子は心地よさそうに目を細めた。

「……なんだか、とっても気分がいい」

ひっそりと幸福を甘受する少女を、下弦の月が静かに見守っていた。

◆

午前四時――香炉の火が、ちりちりと音を立てている。

鳥籠、ランタン、青銅鏡――さまざまな蒐集品をぎっしりと詰め込んだ自室で、アマナはぼんやりと窓の外を見つめていた。指先は、しきりに首筋をさすっている。

夜明けはまだ、遠い。暗い窓の向こうからは、微かに鴨川のせせらぎが聞こえた。

『――聞いていますか、アマナさん』

紫檀のテーブルに置いたスマートフォンから、冠の声が飛んでくる。

アマナは、目を見開いた。陶器の杯に手を伸ばし、湯で割った酒に口をつける。

「ン……ああ、聞いているとも。大学に出現したあざなえは――」

『……その話はもう終わりました』

『ン、そうか。獄門撫子についてだったな。わりと普通な子だよ。ちょっと冷めているところはあるが、今時の子はあんな――」

『……それも先ほど聞きました』

アマナは口を閉じた。そして、ややばつの悪い顔で前髪を適当にいじった。

「…………失礼。何の話だった？」

『旧正月のご予定についてお聞きしていたのですよ』

「……春節か？　気の早い話だな。さして何もしないよ」

旧正月――春節とは、旧暦における正月のことを示す。いわば日本の正月のような行事であり、東アジアの国々では親戚一同で祝う重要な祝日だが――。

『……つまり、来年も帰省するつもりはないのですね』

「またその話か。何度も言っただろう。字書きの大学生というものは忙しいのさ」

『ですが、もう何年も貴女は横浜のご実家に帰っていない。皆さん、きっと心配なさっていますよ。せめて旧正月くらいは帰ったらいかがです』

「誰も気にしないさ。学費も生活費も自分で払っている。だから、誰にも文句は――」

『……お母様ともろくにお話しをしていないでしょう』

アマナは、髪をいじる手を止めた。その静寂をどう受け止めたのか、冠は聞き分けのない幼子に言い聞かせるかのように声と口調とを和らげた。

『たまには顔を合わせて、安心させてあげた方が――』

「……今更気にしないさ、あの人は」

酒を一気に飲み切ると、アマナは紫檀(したん)のテーブルへと近づく。金木犀(きんもくせい)の華やかな香りのする酒だったが、今は妙に味気なく感じた。

『……アマナさん、貴女(あなた)は確かに複雑な立場にあります。誰一人として信用することができないでしょう。けれども、せめて自分の傍(そば)の――』『パパー……?』

突如として、幼い子供の声が電話に割り込んだ。

『わっ……ミキ！　起こしてしまいましたか……』

冠(かんむり)が、あからさまにうろたえた。

この猛禽類(もうきんるい)のような男には珍しい声だ。ちょっと面白くなってきたので、通話を切ろうとしていたアマナは手を止める。

『パパ、まだねないのー?』

『――ミキ……！　パパのお仕事の邪魔しちゃ駄目でしょう！』――ママも起きて来た。

『でも、パパが夜ふかししてるんだもんー！』

『わかりました、あとで……アマナさん、いいですか「ヤダー！　ねるの！」ちょっと待っていてくださいね！　アマナさん、笑わないでください！　聞こえていますよ！』

「ク、ククク……！　どうやら、結構な一大事が起きているようじゃないか」

アマナは肩を震わせつつ、スマートフォンへと手を伸ばす。

『待ちなさい、アマナさん！　話はまだ――！』

「話は終わりだ。もう休みたまえよ、お父さん？」

容赦なく通話を切った。胡散臭い品を詰め込んだ部屋に、静寂が戻る。

「………『お父さん』、か」

深いため息をつき、アマナは壁際に据えた寝台に身を投げ出した。東洋風のそれは精緻な細工の天蓋によって覆われ、ちょっとした小部屋のようだ。

天蓋の透かし模様をぼんやりと見上げると、アマナは左手を伸ばした。

白い指先を握りしめ、開く。すると、青い珠が掌中に転がりでた。八裂島邸の大広間で発現したものと似たものだったが、こちらには一面に亀裂が走っている。

「……あざなえ程度では、これが限界か」

アマナは呟きつつ、青い珠を指の狭間でころころと転がした。

「元々、呪詛で作られた機械のようなものだからな……まァ、いい。猫はしっかり手懐けてある。次の獲物に期待しよう」

ひびわれた群青の内部では、金の光が渦巻いている。どこか宇宙を思わせるそれをじっと見つめて、アマナは唇をうっすらと吊り上げた。

「……まったく、愛らしい猫じゃないか。犬ほど従順ではないが、飯だけであんなに――」

沈黙が落ちた。珊瑚珠色の唇から、妖美な微笑が消え去る。

能面のような無表情で、アマナは自分の首筋に手を伸ばした。そこには、あざなえに締め上げられたことによる索条痕がいまだに残されている。

「――あんなに、喜ぶのか。快楽でも財宝でもなく、たかが稲荷寿司一つで……」

静かに歓喜する少女の顔を思い出し、アマナはちりちりと痛む首に触れた。

思えば、撫子も時折同じような所作をしていた。考え込む時は首筋の傷跡を撫で、苛立っている時は首筋の傷跡を引っ掻く。

そんな癖を覚えてしまうほどに、撫子の傍にいた。

――傍に、いすぎたかもしれない。

「どうして、あんな嘘を……」

不意に、アマナは口元を強く押さえた。肉体に由来するものではない――しかし、『痛み』としか形容できない感覚がじわりと胸を抉る。

『君と会えなくなるじゃないかッ！』

あの言葉は、撫子を引き留めるための方便だったはずだった。しかし、それはどういうわけか発したアマナの脳裏で延々とこだましている。

そうして、去り際の撫子を思い出す。すました赤い瞳には隠し切れない喜びがあった。

自分は、あの透き通った瞳に嘘をついた——しかし。

「——本当に、嘘だったのか？」

指先から、紺碧の珠が零れる。床へと転がり落ちたそれは、美しい光を薄闇に躍らせた。

「嘘、嘘、嘘……どれが嘘で、どれが真だった？　どこまでが本物で、偽物なんだ……？
確かなものはどこにある……？　私は……私は、一体……」

うわごとのような問いかけの果てに、アマナは迷子のように細い声を漏らした。

『我々は生来、嘘が嫌いだ』——あの陰気な男のまなざしを思い出す。

「もう、わからないよ……」

アマナは、胎児のように体を丸めた。

肩を抱く。指を食い込ませる。痛みさえ構わずに。まるで己の肉体が一瞬後には消えてしまうことを恐れているかのように強く——強く。

そうして暗闇に閉ざされた天蓋の内で、女は震える吐息を零した。

「私の全ては、ひとときの夢に過ぎないのに……」

いちじく あまな

(ハー・ティンナ)

【好き】

酒・蝦餃(水晶海老餃子)・飲茶・映画・ゲーム

【苦手】

甘いもの・労働・奉仕・真神雪路・■■■■

香車堂大学在学中。「普通の人間」を自称しながら、様々なあやしい術を使う胡乱な美女。甘いものが苦手で、油揚げも苦手。甘党の真神雪路も苦手、というか嫌い。相当の酒飲み。小説を含め多趣味だが、様々なものに没頭することで何かから目をそらしている。

まがみ ゆきじ

【好き】

卵焼き・武術・トレーニング・甘いもの・サウナ・寺社仏閣巡り

【苦手】

悪・化物・においのきついもの・酒・無花果アマナ

祀庁所属、準一等儀式官(無耶師)。荒っぽい見た目と裏腹に、実は委員長気質で他人以上に自分に厳しい。そのため常に不真面目なアマナとは相性が非常に悪い。というか嫌い。常時面頬をつけており、その下にあるものを他人に見せることはない。実は甘党で下戸。

獄門撫子

ごくもんなでしこ

【好き】
丼物全般・落雁・演歌・ふわふわしたもの・オオサンショウウオ

【苦手】
空腹・正座・琴・自分

式部女学院高等部在学中。化物も恐れる「獄門家」本家の娘でありながら実はかわいいもの好きで、特にオオサンショウウオに妙にこだわる。見た目に似合わず趣味は多い。忌火山は娯楽が少ないので、手近にあるもので様々楽しんでいる。詩も作るが、作風が暗い。

獄門桐比等

ごくもんきりひと

【好き】
氷菓子・ウィスキー・にわとり(愛でても食っても良し)・静寂・演歌・左側

【苦手】
数えきれない

撫子の叔父。獄門本家の人間で、十人姉弟の四番目(長男)。厭世的な人間嫌いだが、多種多彩な芸術に通じた趣味人の側面も持つ。その守備範囲は書画、陶芸、料理など幅広い。そしてもちろん、強力な無耶師でもある。左側には四人いる。墓場の匂いをまとう男。

四　古今の九重、昏昏と

獄門家の根城――忌火山。

幽暗とした青黒い山影は、東山に連なる三十六峰に隠れるようにして存在している。

その霧深い山林を抜けると、獄門塚と呼ばれる場所にたどり着く。

ここは、かつて獄門家に挑んだ無耶師達の屍が野晒しにされた地だ。古びた骸骨や壊れた呪具が山を成し、あまたの祠や地蔵とともに緑に埋もれている。

四季を通じて咲く彼岸花の紅色は、かつての犠牲者が流した血の色を思わせた。

「るーるーるー……♪」

そんな場所を、白い箱を抱えた撫子は上機嫌で通り抜けた。

やがて、目の前に獄門邸の門扉が現れた。古めかしい門には、錆びた鈴や鉄風鈴が大量に吊されている。それは撫子が扉を開けると、物悲しい音を立てた。

「早く支度をしないと。新鮮なうちに……」

撫子はうきうきしながら、早速土蔵の中から必要なものをそろえた。

七輪、炭、各種調味料、調理器具、屋外用の小さなテーブルと椅子——そして、割烹着。

七輪に火を入れると、割烹着に身を包んだ撫子は箱を開いた。

「……なんて綺麗なお魚なのかしら」

氷を敷き詰めた寝床には、美しい紅色の魚が四尾横たわっていた。

アカアマダイ——京都では『グジ』と呼ばれる高級魚だ。繊細で傷つきやすい魚で、扱いには細心の注意が必要となる。味わいは上品で、ほのかに甘い。

「たくさん買っちゃった。今年最後の贅沢ね」

高等部進学以来——撫子は、桐比等なじみの業者に化物の残骸を売却することで諸々の費用を工面している。ここ最近で一番高く売れたのは、羅城門の鬼の爪や角だ。

これで小遣い分は使い果たした。当面はろくに遊べないが、撫子はそれで構わなかった。

「……絶好のお魚日和だわ」

傾きつつある陽光が、青空に金色の光を振りまいている。樹上では珍しい野鳥たちがさえずり、よくわからない生物もどこかで元気に奇妙な声で鳴いていた。

撫子は大喜びで調理を始めようとして、ふと動きを止めた。

「…………何か用？　桐比等さん」

「大した用事はない」

土蔵の壁にもたれた桐比等が答えた。相も変わらず、古びた墓石の如く陰気な佇まいだ。

「ただ、ここ最近のお前の様子があまりにも不気味だったから見物に来ただけだ。てっきり、そのへんの雑霊に取り憑かれでもしたのかと思ってな……」

「……取り憑かれたら助けてくれるの?」

「とどめを刺す。そんな未熟者が獄門家で生き残れるとは到底思えん」

「……お優しいわね、桐比等さん。優しくて泣いちゃいそう」

撫子は鼻を鳴らすと、気を取り直してグジに包丁の刃を入れようとした。

桐比等は、去る気配がない。気だるげな顔で、撫子の手元に横たわるグジを眺めている。

「……グジか。ずいぶんと買い込んだものだな」

「ええ。丹後のグジよ。ふもとの魚屋さんで買ったの。あんまり綺麗だったから」

「どう調理する?」

「それは……全部捌いて、焼くの」

「四尾全部を? ヒヒッ……芸のない奴だ。お前如きに調理される魚を心底哀れに思う」

「……へぇ、結構な物言いね。それじゃ、桐比等さんならどう調理するの?」

桐比等は、かつての獄門家で厨房を担当していた。その腕前は撫子から見ても達人級だ。フグも捌けるし、一寸の鱧に二十六筋の包丁を入れることもできる。

そんな男は撫子の問いかけに首筋をさすり、考えるようなそぶりを見せた。

「……一尾目は聖護院蕪を使ってかぶら蒸し。二尾目は鱗ごと松笠揚げ。三尾目は吸い物。

四尾目は飯に炊き込む。……西京焼きも王道か。多少時間はかかるが」

「作って」「断る」

即刻拒否する桐比等に、撫子はぷくっと頬を膨らませた。

「わざわざ人の調理法にケチをつけたんだから、作ってくれてもいいじゃない」

「断る。なんだって僕がお前のような野良猫の為に……」

「中等部卒業するまでは作ってくれたでしょう。おかげですっかり舌が肥えちゃったわ」

「あれはお前が幼かったからだ。厨房を焼かれでもしたら堪ったものではない」

「……今でもたまに『作りすぎた』って煮物とか持ってくるじゃない」

「作りすぎたからだ。それ以上の理由はない……気は済んだか？　せいぜい、魚ごと己を焼かないよう気をつけるんだな」

用事は済んだと言わんばかりに、桐比等は本邸の方へと歩き出した。下駄の音を響かせて遠ざかる背中を睨み、撫子は最後の切り札を繰り出した。

「――――嘘なんでしょう」

カンッ――下駄の音が止まる。

長い髪をなびかせ、桐比等はゆらりと振り返った。右の眼は真冬の海の如く冷たく、左の呪符からはいくつもの白い眼光が覗いてきている。

「……なんだと？」

「さっき言った料理……本当はできないんでしょう」

赤い目を細め、撫子は笑う。花弁のような薄紅の唇から、異様に鋭い歯が覗いた。

それは鬼としてのサガか、あるいは先祖である獄卒の血の影響か——。

獄門家の人間には、兎角嘘を嫌う者が多い。

全員が全員ではない。血脈を辿れば、嘘つきの子供も何人かいた。そして、それと同じ数だけ——嘘つきの子供から、舌と声帯を奪った母親も存在する。

どうやら初代の血が濃ければ濃いだけ、『嘘』というものに生理的な嫌悪感を抱くらしい。

撫子にいたっては、小さな嘘をつくだけで吐き気を催すほどだ。

——そして桐比等もまた、獄門本家の人間だ。

「……………お前、僕が嘘つきだとぬかすのか」

あたりが、にわかに薄暗くなった。

冬とは思えぬほどになまぬるい風からは、かすかに墓土と線香のにおいがした。

「できないから、作らないんでしょう。それに頻繁に作りすぎている時点で、きちんと分量通りに作れていないということ……腕が落ちたんじゃない？」

撫子は涼しい顔で腕を組む。赤い瞳が挑発的に煌めいた。

呪符がざわざわと揺れる。ぬるい風に、早口で囁く子供達の声がかすかに混ざる。

「————上等だ」

呪符のざわめきが止まった。薄闇と墓場のにおいが、ぐらりと遠ざかる。

そして、桐比等は山にこだましそうな勢いで舌打ちした。

「四尾全部、僕によこせ。下手物喰いの小娘に、料理のなんたるかを教えてやる……！」

「よろこんで！」

桐比等も嘘が嫌いだ。そして、極度の負けず嫌いだった。

「……お前如き味音痴に、京料理の妙というものが理解できるとは思えないが。まぁいい。せいぜい、自分の魚が他人に好き勝手される様をそこで――」「にいちゃ……」「がんば……」

「えら、い……」やかましいッ！　お前らも黙ってろ！」

自分の左側と言い争う桐比等をあたたかく見守りつつ、撫子は椅子に腰かけた。

素晴らしい日だ。このまま待っていれば、贅を尽くしたグジ料理の数々がテーブルに並ぶ。日向でまどろむ猫のように幸福な心地で、撫子はのびをした。

――電子音が、鳴った。

獄門家は、静まり返った。あたりには、ここがかつての鬼の領域とは思えぬほどにのどかな鳥のさえずりと――電話の呼び出し音だけが響いていた。

「…………出たらどうだ」

「なでちゃ……」「でんわ」「でない……？」

桐比等と、彼の左側が丁寧に指摘した。

撫子は呆然として、『アマナ』の三文字を画面に浮かべたスマートフォンを見つめる。

二週間ぶりの連絡だった。なにかしら怪異の噂を摑んだのだろうか。

しかし、いくらなんでも間が悪すぎる。撫子は唇を歪めつつ、手を伸ばした。

『やァ……少し久々だな。ご機嫌いかが？』

二週間前と、さして変わらない様子だ。声も玲瓏として、ハリがある。どうやら条坊喫茶の店内にいるらしく、かすかに人の声が漏れ聞こえた。

撫子は何故だか、若干安堵した。しかし、ちょっとした不満を声に滲ませて返事をする。

「忘れ去られたかと思っていたわ。……あざなえの影響で、体調でも崩したの？」

『まさか。元気なものさ。——君の方こそ、食事の方はどうなんだ？』

「……そろそろ心配ね。この前のあざなえの肝も食べ切ってしまったから」

この数日間は、巨大なあざなえの肝尽くしだった。肝の炙り焼きに始まり、肝のソテー、肝のテリーヌ、肝の和え物——延々とあざなえの肝が食卓に並んだ。

そんな滋味豊かな肝は、つい今朝尽きてしまったところだった。

『ちょうどいい。それなら、そんな君にうってつけの話がある』

「それは、ありがたいけれど……でも、今は駄目よ」

『いや、これは即座に聞くべきだぞ。なにせ、今回の獲物はあの大人気化物ツチノコだ』

「あとにして、アマナ。今はちょっと、忙しくて……」

包丁を巧みに動かす桐比等の様子を窺いつつ、撫子は言葉を濁す。

『それと、少し……話が……』

ほんの一瞬――アマナの声音が、揺れた。

「話って、何？」

問いかけた途端、電話の向こうが静かになった。急に訪れた静寂に撫子は面食らう。

耳を澄ませると、アマナの声がかすかに聞こえた。どうやら通話をミュートにすることも忘れて、誰かと言い争っているようだ。

「……アマナ、大丈夫？　どうしたの？」

『――撫子。やっぱりいい』

どこか冷然とした響きのあるアマナの声に、撫子は目を見開く。

「やっぱりいい……って、何？　どういうこと？」

『今の話は全部ナシだ。来なくていい。というか、来るな』

「…………は？」

『君が来ると厄介なことになる。とりあえず今の話は全部忘れて――』

「……アマナ。あなたは今、条坊喫茶にいるのよね？」

地の底から響くような声とともに、ぱちぱちと撫子の口元から火花が散った。

アマナが、わずかに息をのむ気配があった。

『い、いや、来なくていい。君は本当になにもする必要がない。家で大人しくして……』

「そこにいて。すぐに行くから、待っていてちょうだい」

『だから、来るなと言っているだろう！　君が来ると、余計に話がややこしく――――！』

「――――絶対に行くから待っていろ」

火花とともに脅しの文句を吐き、撫子は電話を叩き切った。

赤く瞳を輝かせ、撫子はのんびりと眠るオオサンショウウオの待ち受けを睨む。そして表示されている時間と日付を確認し――まなざしを、若干和らげた。

「……………よかった。元気そう」

少しだけ満足そうにうなずく。そして、撫子は立ち上がった。

「……………野良猫。お前、魚はどうする気だ？」

撫子はハッとして振り返った。見事に捌かれたグジの姿を、悲痛な表情で見つめる。

しかし掌をきつく握りしめると、撫子はグジから顔をそむけた。

「……………お歳暮です」

そのまま、撫子はグジを振り切るように――逃げ出すように駆けだした。

そんな姪を見送ると、桐比等は自分の左側に視線を向けた。

「……今、起きている者。何を食べたいか答えろ」

「ばぁ、があ」「フライィ……」「ケーキ」――子供達の囁きとともに、呪符がざわめく。

桐比等は深くため息をついた。そして、再び撫子の去った方向に目をやる。

「………未熟者め」

条坊喫茶(じょうぼう)――撫子を出迎えたのは、アマナだけではなかった。

「これは祀庁(しちょう)からの特命である……心して聞け……」

真神雪路(まがみゆきじ)が、正面に座っている。出会った時と変わらず、物々しい雰囲気の女だ。眉間(みけん)には深く皺(しわ)が刻まれ、顔の下半分は面頰(めんぼお)で隠されている。

「冗談じゃない……」

撫子の隣では、アマナが扇子で顔を完全に覆い隠していた。どうやら、電話の向こうで言い争っていたのは雪路のようだ。本当に彼女を嫌っているらしい。

アマナと顔を合わせるのは、二週間ぶりだ。

扇子越しではっきりしないが、特にやつれている様子はない。首の策条痕も消えている。先ほど感じた苛立(いらだ)ちを忘れ、撫子は何故(なぜ)だか少しだけ安心した。

「――すまないな……こんな、奇妙なナリで……」

どこか申し訳なさそうな声に、撫子は雪路へと視線を向ける。彼女は微妙な表情で、己の顔の半分を覆い隠す面頰を指先でいじっていた。

「少々、事情があり……顔を隠していないと、どうにも落ち着かないんだ……」

「いえ……慣れてるから大丈夫よ」

左半分が隠されている叔父の顔を思い出しつつ、撫子は首を振った。

注文を取りに来た店員も、店内の客も、奇抜な装いの雪路を特に気にしていない。恐らくはなにかしらの術によって、他者の認識を歪めているのだろう。

「――――それで？　私達は、いつツチノコを探しに行くの？」

重苦しい沈黙に支配されたテーブルで、撫子は口火を切る。

アマナは、扇子越しに少しだけ笑った。一方、雪路は大真面目な顔で小さく肩をすくめた。

「嵐山のツチノコなら祀庁の午研が受け持った……諦めろ……」

「ン、午研……未確認生物研究所のことか？　あそこは万年予算不足のはずでは？」

「今年度でＵＦＯ研が廃止になったから予算が浮いた……」

「……それはつまり、この国は宇宙人よりも丸っこい爬虫類を優先したということか？」

「宇宙人なんてアメリカに任せておけばいい……」

絶句するアマナをよそに、雪路は鞄から様々なものを取り出した。

凄惨な遺体を写した写真や、各所が黒塗りされた資料が並べられていく。そんな物々しい品々を眺めていた撫子は、ふと背後から視線を感じた。

「今回お前達に頼みたいのは……この一年、頻発している『取り換え』事案だ」

「取り換え……欧州に伝わるチェンジリングの類いか？　妖精が子供を取り換える……」

「話はあれよりも悪趣味だ……」

雪路とアマナとの会話をよそに、撫子は赤い瞳を動かす。

緑の瞳と視線がかちあう——四月一日白羽だ。三人からは、やや離れた所に座っている。

撫子と視線が合った瞬間、白羽はさっと新聞を広げた。逆さまだ。

「これは、特殊な失踪事件でな……」

雪路は囁きながら、ゆっくりと黒いファイルを広げた。

——それが発覚したのは、つい三か月前のことだった。

死に損ないの蟬がかすれた声を上げる季節に、ある兄弟から警察に通報があったのだという。

「お母さんじゃない人がずっと家にいる」——。

現場に急行した警官は、アパートの前で途方に暮れている女性を発見した。

「ああ、お巡りさん。ごめんなさい。あの子たちったらホラー映画の見過ぎで……」

平謝りする女性は、兄弟の母親だった。

本人の話、住民の話、様々な身体的特徴、各種証明書類——現代日本において個人を証明するありとあらゆるものが、それが兄弟の母親であることを示していた。

けれども兄弟は、彼女を母親と呼ぶことを拒絶した。

「違う違うッ！　あんなの母さんじゃない！」

「母さんはもうずっと帰ってないッ！　本当なんだよ！」

「信じて、信じてよ！　アレは悪いモノなんだ！」

「取り換えられたんだ……！」

「アレが……母さんを取り換えたんだ……ッ！」

少年達は狂ったように母親に怯え、彼女が近づくと泣き叫んだ。

母親は間違いなく母親本人であったため、駆けつけた警官は一旦はその場を後にした。

しかし、何か気にかかるところがあったらしい。

ある警官が少年達の様子に気を配りつつ、ひそかに調査を始めた――。


三人の注文した品が運ばれてきた。

羨ましそうな白羽のまなざしを感じつつ、撫子はもりもりと小さな桃饅頭を頬張る。

「――話を聞く限りでは、怪異ではなく事件だと思うが」

「そう急くな。大人しく話を聞け……」

アマナに答えつつ、雪路はゆっくりと自分の飲み物をかき混ぜる。

彼女の注文はグリーンティーだった。グラニュー糖と抹茶とを混ぜ合わせた、関西ではおなじみのドリンクだ。いかつい見た目のわりに甘党のようだ。

「母親はできた人間だった……町内活動も率先して行い、PTAにも積極的……通報があった日には、子供にバースデーケーキまで作っていたらしいぞ……」

「ンン、バースデーケーキか。羨ましい限りだな」

閉じた扇子を唇に触れさせて、アマナは困ったように笑った。

「私は誕生日が菊の節句で中秋節に近いから、いつも月餅だったぞ。ホールケーキサイズのやつを特注してな。困ったよ、私は甘いものがあまり得意でないのに……」

「……私は最近まで……誕生日を祝ってもらったことがなかった……」

「そもそも誕生日って祝うものなの？」

ぱち、ぱち──アマナは扇子を高く鳴らした。いつになく辛気臭い顔をしている。

「……話を戻そう」

「言われずとも戻す……」

雪路は面頬を軽くずらし、グラスに口をつけた。口元は隠され、見えなかった。

「聖人のような母親だ。虐待もなかった。……一年前から」

「……ン？　どういうことだ？」

「捜査で……何人かが奇妙なことを証言した……」

一年前まで──その家では、子供の泣き声が絶えなかった。

深夜に兄弟がコンビニに買い物に行くことも珍しくなく、寒空の下でベランダで立たされている姿も目撃されていた。兄弟は学校も休みがちで、何日も同じ服を着ていた。

児童相談所への通報記録も存在していたという。

けれども相談所の職員が訪問した時には、全てが変わっていた。職員の前で、母親は涙を流しながらそれまでの兄弟に対する行いを悔いたらしい。

「何回かの指導の末に家庭環境の改善が見られたから……児相は手を引いた」

「ンン……確かに奇妙だが、それでもまだ怪異ではないな?」

「………通報があった一か月後に、ある雑居ビルで遺体が見つかった」

遺体は、スーツケースの中に詰め込まれた形で発見された。

損壊が激しい遺体だった。骨の大部分を欠損しており、かろうじて残った部位には獣に嚙まれたような跡が無数に存在していた。遺留品もなく、特定は困難を極めた。

しかし豊胸手術で用いるシリコンが残っていたため、その製造番号から身元が判明した。

「それは兄弟の母親だった……」

「通報された後で変死か。しかし、やはり怪異ではなく事件――」

「……最低でも一年前だ」

「何だって?」

「一年前だ……死亡時期の特定は困難だったらしいが、それは間違いない。母親は……最低、でも通報される一年前にはすでに死亡していた」

「……おやまァ。これはまた胡乱な話だ」

喉の奥で笑うアマナをよそに、撫子は鋭いまなざしで雪路を見つめた。

「……その後、生きてる方の母親はどうなったの？」

「失踪した……遺体が発見されたまさにその夜、兄弟に奇妙な言葉を残してな……」

――『変ナノ。前ヨリ良クナッタダロウニ』

母親の顔をしたそれは、恐ろしい表情で笑った。

そうして震える兄弟の前から、青白い影となって姿を消したという。

「……兄弟は、祀庁が保護した。そして、調べたところ……似たような事例が関西各地で起きていることがわかった……取り換えられたモノは我々が祓ったが、いずれも倒すと瞬く間に消滅し、なにも痕跡が残らない……ただ……」

雪路はタブレットを操作して、一枚の写真を表示させる。

焼け焦げた木片が写っている。どうやら、元々は人型だったらしい。その横にはサイズがかるようにマッチ箱が並べられている。

「つい先日の任務で、ある儀式官がかろうじて破片を残すことに成功した……破片には、獣の毛が絡みついていてな……骨に残されていた歯型と照合した結果、おおむね狐のものに近いという鑑定結果がでた」

「……妖狐ね。また面倒なものが出てきたものだわ」

撫子は険しい顔で首筋をさする。アマナは黙り込んだまま、口元を扇子で隠した。

「……この怪異の厄介なところは、な」

雪路は難しい顔で顎まわりに手を伸ばし、筋肉を軽くほぐした。

「取り換えられたモノは、必ず本人よりも良く、なることだ。素行も、器量も……だから、露呈しづらい。なにせ、見た目は本人そのものだ……」

「……発覚していないだけで、かなりの人間が換えられてる可能性があるわね」

うたたねをする老人。ゲームに耽る男性。勉強会をしている女子中学生たち。豊富なメニューに目移りしている女性たち。せわしなくテーブルを回る店員……。

――――この中にも、いるかもしれない。

「えっとぉ、氷少なめタピオカ多め黒糖シロップ多めで、デザートはぁ、んーと……」

白羽が長ったらしい注文をしていた。こいつはきっと本物だろう。

「……兄弟が元の母親を望まなければ……今回の事件は発覚しなかったかもしれん……」

「確かにそれは僥倖ではあるが……わからないな」

アマナは長い前髪をいじりながら、テーブルをこつこつと指先で叩く。

「なんだって兄弟は『前より良くなった母親』を拒絶したんだ？　人間ではないとはいえ、自分達に危害を加えてきたわけでもない……理解しがたい思考だ。そう思わないか？」

「……その子達にしかわからない何かがあるんでしょうよ」

撫子には、遠い世界の話だ。撫子はじっと、ティーカップの紅茶を眺めた。

「……兄弟の本物の母親が見つかった雑居ビルだが。地域住民の話では数年前からずっと空きビルだという話だった……おおよそはな」

「おおよそ？　煮え切らない表現ね」

「ごくわずかな住民が……『そこは最近までエステサロンだった』と証言した。狐という化物は総じて幻術を得意とする。恐らく、認識を歪められたのだろう……」

眉を寄せる撫子に、雪路は渋い顔でうなずいた。

「幸運にも、住民の一人は店名を憶えていてな……それで調べたところ、ある総合リゾートグループの経営するサロンの名前がヒットした……」

雪路はタブレットを操作し、高級感の漂うウェブサイトを画面に表示させた。

「パライソココノエ……美容業を主な事業とするグループだ。新興だが、系列のホテルやスパを各地にじわじわと広げている。そして……京都は、その創業の地だ……」

パライソココノエ京――金色に煌めくホテルは、数多の系列施設のトップに据えられていた。

心底苦々しげな顔で、雪路はこつこつと液晶画面を叩いた。

「三等と四等の儀式官を数名派遣した……しかし……」

「……取り換えられたの？」

「いや……誰も、帰ってこなかった」

雪路は一瞬、青い瞳を伏せる。しかし、すぐに射るようなまなざしを二人に向けた。

「そこで、上はお前達を使うことにした……」

「おいおい……待ちたまえよ。勝手なことを言わないでほしいものだな」

扇子を閉じ、アマナは芝居がかった所作で首を振る。

「それで私達までもが取り換えられたらどうするつもりだ？」

「お前も……獄門の娘も、そう簡単に換えられるタマではないだろう……」

「そうとは限らないぞ？　なにせ儀式官殿が匙を投げた案件だ。一体、なにが起きるか……

ああ、もしかして、私達二人とも取り換えさせて厄介払いしたいのか？」

「……祀庁はそんなことをしない」

「信用ならないな。前も言っただろう、私は官憲が嫌いだ」

「……ぐ、るる、る……」

雪路が奇妙な声を漏らした。獣の唸り声に似ていた。

アマナは扇子で口元を隠した。琥珀色の瞳は、氷菓子を思わせて冷たい。

「……手持ちの犬を使いたまえよ、公僕殿」

視界の端で、白羽がはらはらした顔でわずかに腰を浮かせた。撫子も表面上は平静を装いつつ、袖の下に仕込んだ鎖に意識を向ける。

永遠の如き数秒間が過ぎた。やがて、二人の女は同時に目をそらした。

「……私とて不本意だ……何故、お前のような女狐にこのようなことを……」

「なら、とっとと犬小屋に帰りたまえよ」

視界の端で、白羽が安堵の表情で着席した。

どうやら、一触即発の危機は去ったらしい。撫子も警戒を解き、深いため息をついた。

『──断れ』

撫子は眉をぴくりと動かした。しかし表情を大きく変えずに、雪路を見た。

雪路は、相も変わらずアマナと淡々と罵詈雑言を叩き合っている。

刹那──アイスブルーの瞳が、撫子を映した。途端、先ほどよりもクリアな声が脳に響く。

『聞こえているな？　獄門撫子。私の声が』

精神感応──思念を通じて脳に直接呼びかける霊能だ。

どうやら、雪路は相当高い霊能を持っているらしい。こんな高等技能を行使できる人間に出会うのは初めてだった──少なくとも自分以外の人間では。

『聞こえているわ』

『やはりな。獄門家の人間ならばそうだろうと思った』

『獄門家でもこれを使えるのはわたしくらいよ』

精神感応で会話をするのは難しい。たいていの人間には声までは聞こえないため、ぼんやりとした暗示をかけるのが限界だ。

『口と脳とで別々に会話をするのは疲れる。だから手短に話す』

実際、頭がおかしくなりそうなほどの疲労だろう。雪路は撫子と脳で会話しながら、現在進行形でアマナと罵詈雑言の応酬を繰り広げているのだ。

「すみません、注文を……」

一方の撫子は、点心の追加注文に入った。会話しながら注文するのは本当に疲れる。

『私の要求を断れ。お前が断れば私は引き下がる』

『意味が分からないわね。自分から頼んできたのに、自分で断れというなんて』

『要請元は上層部だ。我々は、手練れの儀式官を再派遣するべきだと主張したのだが……』

『……納得がいかないのね』

『はっきり言おう——そうだ。まったくその通りだ』

脳内に響く雪路の声は、肉声よりもはるかにクリアだ。だからこそ、彼女の感情が直に伝わってくる。撫子までやるせない気持ちになってきた。

『この国で最も高潔な無耶師は、我々儀式官だ。我々には矜持も、覚悟もある。いかなる穢らわしき呪いも、悍ましき死も——我々は恐れない』

氷が割れる音に似て、冷たく澄み切った声だった。

『お前が断れば、私は引き下がろう。そうして上層部に、我々儀式官のみで事を処理するべきだと伝える。お前達にはなんの不利益も与えないと私が保証する』

『……すでにアマナが断ってるけど』

『こいつはもともと傍若無人だ。こいつの我が儘だけでは、上は納得しないだろう』

「……失礼。電話だ」

二人をよそに、アマナは誰かと通話を始めた。広東語と英語で、会話の内容はさっぱりだ。

妙に疲れた様子の横顔を窺いつつ、撫子は紅茶に口をつけた。

『冠さんも、この件にお前達をあまり関わらせたくはないらしい。こいつに加えて、お前も拒否すれば風向きは変わるだろう。……上はそれほどに、獄門家を恐れている』

『いろいろやらかしたものね、わたしの家』

『——それに、この女は邪悪だ』

脳に霜が降りたような気がした。あまりに冷然とした雪路の声に、撫子は目を見開く。

『邪悪って……誰が？』

『月下天娜。夏天娜。ティナ・ハー。シア・ティエンナ——お前が、無花果アマナと呼んでいる女狐だ。こいつは天性の卑怯者だぞ。私も可能ならばこの女の手は借りたくない』

『どうしてアマナが邪悪だと思うの……？』

こめかみを押さえつつ、撫子はついに困惑の表情を隠さずに雪路を見つめる。

氷河の如く青い目をすうっと細め、雪路は口元を隠した。

『詳細は話せない。私も多くを知っているわけではない。けれども……こいつは邪悪だ。他人を自分の駒としか思っていない。——心当たりが、あるんじゃないか?』

確かに、そうだ。アマナは言葉巧みに撫子を誘い、意のままに操っている。

『こいつは、己のために他を犠牲にすることを厭わない』

そのとおりだ。最近の災難の数々は、ほとんどアマナが呼び込んだものだ。

『無花果アマナは邪悪だ。この女は呼吸しているだけで世に仇を成す』

雪路の言葉は、正しい。

けれども——わずかに柳眉を寄せ、撫子は渇いた喉に茶を流し込んだ。

「…………いやァ、人気者は辛いな」

声なき会話を知ってか知らずか、通話を終えたアマナが困ったような顔で笑う。

「年末年始も予定でいっぱいだ。だから私は、この件に関わるつもりは——」

撫子はティーカップを置いた。なるべく音を立てないようにしたつもりだった。それでもその音にアマナは口を閉じ、雪路はわずかに目を見開いた。

琥珀と氷河——二色の視線を真っ向から受け、撫子は微笑んだ。

「いいでしょう。お受けするわ」

「ええ……」「獄門撫子……」

アマナはげんなりとした表情になり、雪路は苦々しげに眉を寄せる。

「単純なことだわ。ともかく化物を殺せばいいんでしょう？　──ねえ、アマナ。あなたは小説のネタが欲しいんでしょう？　それに、わたしもすっかり空腹よ」

「それは……そうだが……」

煮え切らないアマナの襟元を摑み、撫子はぐいと自分へと引き寄せた。

大きく見開かれた琥珀の瞳を覗き込む。ここまで近づいても微かな香のかおりがするだけで、肉体のにおいがしない。まるで煙を摑んでいるような気分になる。

「……何を躊躇うことがあるの？」

思ったよりも冷然とした自分の声にやや驚きつつ、撫子はアマナの瞳を睨めつけた。

「わたしは化物を喰えるならなんだって構わないわ」

「……ン、まァ……君がどうしても行きたいというのなら……」

「……なんだってそんなに渋るのよ？」

「なんだっていいだろう。……単に、面倒なだけだよ」

撫子の手から自分の襟をほどくと、アマナは物憂げにため息をついた。

「……獄門。本当にいいのか？」

「『撫子』と呼んで。家の名前で呼ばれるのは好きじゃないの」

むっとした表情で髪をいじる撫子を、雪路は物言いたげな表情で見つめる。やがて大きくため息を吐くと、彼女は立ち上がった。

「……夏。あとで資料を送ってやる」

「ン……仕方がないな。今だけブロックを解除してやろう」

雪路は自分の代金をテーブルに置くと、アイスブルーの瞳を撫子に向けた。

「──それでは」「ええ……」

ごく短いやり取りの間に、雪路は撫子の脳にいくらか囁いた。

撫子はその言葉に、思わず赤い目を見開く。一方の雪路は、別のテーブルへと歩いていった。

「しろ……帰るぞ」

「えっ？　……あ、知りませんねぇ！　誰ですか、あなたは！」

「茶番はやめろ……おおかた、冠さんから私が夏と乱闘にならないか見張るように言われていたんだろう……用が終わったから帰るぞ……代金は私が払う……」

「そんな！　まだこんがり黒糖バナナパフェが来てないんですよ！」

「わたしが責任をもって処理しておくわ」

「人でなしだ！　ここには人でなししかいない！」

悲鳴を叩き切り、情け容赦なく扉が閉められた。それを見送り、アマナは茶を飲み干した。

「……おおかた、雪路に頭の中でいろいろと吹き込まれていたんだろう？」

「あなたも精神感応を使えるの？」

「いや。私はうっすら感じる程度だ」

袖口のボタンを適当にいじり、アマナはため息をつく。そして、扇子をパチンと閉じた。

「……ン、そろそろ出るか」

「パフェがまだなんだけど？」

条坊喫茶を後にした撫子とアマナは、鴨川沿いを歩いていた。

「鴨川に並ぶカップルの距離が本当に等間隔なのか目測してみないか？」とアマナが奇怪な誘いをしてきたこともあるが、なにより年末の混雑に少しだけ疲れていた。

寒さのせいか、川岸にカップルの姿はなかった。浅瀬では、白いゆりかもめ達が戯れている。

「……さっきの電話、誰から？」

「ン、母親」

「……お母さんと、仲いいの？」

「仲がいいとも。さっきの電話も『次の春節には帰ってこい』という熱烈なお誘いだ」

「そう……仲がいいのは良いことだわ」

一体、どんな母親なのだろう。撫子は想像しようとしてみたが、できなかった。

「……それよりもだ。あいつ、私の悪口しか言っていなかっただろう」

「雪路さんのこと？　まぁ……そうね。一体、何をしたわけ？」

「さて、どうだろうな」

曖昧な回答に撫子は眉を寄せ、川に目をやった。冬の空をうっすらと映して、水はどこまでも流れていく。小さな中州では一羽の鷺が羽を休めていた。

「……あの時ね。雪路さんに言ってやったのよ」

「ン、なにを？」

「『わたしはそう思わない』って」

真っ白な羽を繕う鷺を見つめながら、撫子は自分の言葉に小さくうなずく。

「アマナは卑怯者だけど……まぁ、それなりにわたしのこと助けてはくれたじゃない？　だから……わたしは特段、アマナが邪悪だとは思わない」

「――撫子。もし、私が……」

羽ばたきの音が高く響く。透明な雫を陽光に煌めかせ、鷺が川から飛び立った。

「わたしが……何？」

アマナはしばらく黙っていた。琥珀の瞳は撫子ではなく、空を映していた。

「……ン、なんだったかな。忘れてしまったよ」

「ちょっと……何よ。はぐらかされた気がするんだけど？」

「そんなことはないさ」

アマナは笑った――笑ったと思う。広げられた扇子のせいで彼女の顔はほとんど隠れていて、ろくな表情が読み取れなかった。

「忘れたということは、大した話ではなかったんだろう」

「とてもそうは思えないわね……どうせ、ろくでもないことなんでしょう？」

「さて、どうだったかな……」

そうして川辺を歩いているうちに、撫子はいつしか会話を忘れてしまった。

澄み切った夜気に、上弦の月が冷え冷えと輝いている。

ガラスとコンクリートの宮殿の如き京都駅を通り過ぎた。ここからは見えないが、京都タワーはこの時間ならまさしく闇夜に燃える蠟燭のように見えるだろう。

「……予約は？」

「ン……ン？　あぁ、していないよ。いわゆるウォークインだな」

「ふぅん……部屋があるといいけれど」

妙に反応が鈍いアマナをよそに、撫子は目の前の建物を見上げた。

パライソココノエ京――化物の巣穴とは思えぬほど、優雅な佇まいだった。玄関は金色の明かりで照らされ、各所に植えられた竹が壁や石畳に繊細な線を描いている。

――視界の端で、何かがちらついた。

歩き出しかけた撫子は、反射的に視線を向ける。竹林の向こうで、白い影が――。

「撫子」――耳元で、囁かれた。

心臓が飛び上がる。とっさに振り返れば、琥珀色の瞳が自分を見つめていた。

「前を見て歩きたまえよ」

「え、ええ……そうね」

再び歩き出す撫子の背中を、アマナはじっと見つめる。そして、あたりに視線を走らせた。

「………来るべきじゃなかった」

低く呟く彼女の姿を、満ちつつある月は無情に見下ろしている。

　◆　

玄関を抜けると、甘い香りを感じた。どこかで香を焚いているようだ。

飛び込みにもかかわらず、チェックインはスムーズに進んだ。フロントスタッフは丁寧で親しみやすく、さまざまなパンフレットを用意してくれた。

間もなく二人は大きなシャンデリアの照らす広間を抜け、エレベーターへと案内された。

「……大浴場は天然温泉となっております」

金髪の女性スタッフが、にこにこと笑いながら説明する。かっちりとした制服は白と朱色の組み合わせが独特で、纏う姿は巫女のようにも見えた。

「当ホテルの水は、全てこちらの温泉水を使用しております。美肌に効能がありましてね。『まるで別人になったよう』とお客様から大評判でございます」

洒落にならない――撫子は心の中で呟きつつ、ちらっとアマナの横顔を見上げた。

両目の周囲を軽く揉みほぐしながら、アマナは周囲を見回している。

「アマナ、大丈夫？」

「…………ン？　急にどうした？」

いつになく落ち着きがないように見えたのは、気のせいだろうか。

アルカイックな微笑を浮かべたアマナを見つめると、撫子は床へと視線を落とした。

「……なんでもないわ」

やがてベルが鳴り、エレベーターは七階に到着した。

七〇九号室――スタッフは会釈して、ドアを閉めた。ずっと、にこにこと笑っていた。

「……人かしら、彼女」

「どうだかな……」

上の空といったアマナの言葉にわずかに眉を寄せつつ、撫子は部屋を見回した。見上げるほどに天井が高い。調度品もセンスのよいものが揃えられ、目移りしてしまう。

「わたしの家よりも広い……」

「おやまァ、もう目を回しているじゃないか。ひとまず、深呼吸でもしたらどうだ？　――

ああ、私が君ならそこに座らないな。全てが見た目通りとは限らない」

「……確かにそうね」

撫子は至極残念な気持ちで、人間をダメにするタイプのソファから離れた。

一方のアマナは扉のすぐ近くに佇み、部屋を見回している。唇にはいつもの笑みはない。

「どうしたの？　なんだか、いつもより余裕がないわね」

「……相手が相手だからな。ここでは、五感で受け取る情報が正しいとは限らないぞ」

扇子をぱちぱちと鳴らしつつ、アマナは眉を寄せた。

「狐狸や天狗といった手合いは幻術が得意だ。あらゆる角度から精神に攻撃を仕掛け、少しでも防御が緩んだところから侵食してくる」

「一応……幻術の類いを防ぐ仕込みをしてはいるのよ」

撫子はブラウスの上から胸を押さえる。布に隠された胸の狭間——ちょうど鳩尾のあたりには、あらかじめ小さな金属を差してあった。

しかし——玄関先でちらついた白い影を思い出し、撫子は細い眉を寄せた。

「でも、正直心もとないわ……この鎖の扱いは、もともと苦手だから」

「そうか……」小さくうなずくアマナは、しきりに両目を揉んでいる。

「……目、さっきからどうしたの？」

「いや……少し、チカチカするだけさ」

アマナは軽く肩をすくめ、微笑んだ。しかし、すぐに表情を引き締める。

「――それよりも、だ。来る時にも聞いたが、雪路の奴は本当に言っていたのか？」

「え、えぇ……これまでの話は全部繋がっているかもしれないって」

それは去り際に、雪路が脳内で伝えてきた話だった。

八裂島邸の事件。旧刀途山トンネルの殯――そして、今回の取り換え。いずれの事件も、骨が抜き取られているという共通項があると儀式官は言った。

「八裂島邸では腕以外の骨……旧刀途山トンネルでは全ての骨。この取り換えでも、遺体からは大部分の骨が抜き取られているわね」

「骨なァ……そんなものを抜き取って、一体どうするつもりなのやら」

「――骨は、朽ちない」

首をひねるアマナをよそに、撫子は赤い目を細めた。

「記憶、感情、能力……骨には、そんな魂の残り火のようなものが刻み込まれている。昔、叔父がそんなことを言っていたわ。でも、わからないわね……」

撫子は難しい表情で、首を覆い隠す包帯をなぞる。

「叔父は『骨は効率が悪い』とも言っていたの。どうして、わざわざ骨なのかしら？」

「想像もつかないが……ともかく、ここが長居するような場所じゃないことは確かだな。私だって骨は抜かれたくないし、それに……」

言いながら、アマナは口元を扇子で覆い隠した。

そうして、感情の読めない琥珀色の瞳をゆらりと部屋のドアへと向ける。

「…………ともかく狐探しと行こう、お嬢さん」

パライソココノエ京――地上八階建てのホテルだ。

パンフレットによれば、二階から撫子達が通された七階までが客室だ。二階には客室のほかに宴会場、最上階となる八階には大浴場とエステサロンがあるらしい。

いったん二人は八階に上がったものの、フロアは入浴客で全体的に混雑していた。

「……どうする？　この状態で見て回るの？」

「……何が紛れ込んでいるかわからない。ここは降りて、客室フロアから見ていこう」

館内は白と朱の二色を基調として、さりげなく金を配したカラーリングになっている。床には白い絨毯が敷き詰められ、見上げれば朱色の飾り格子の天井が広がる。

何メートルかおきに鮮やかな朱色の柱と梁とがあり、視界にアクセントを加えていた。

「まるで神社ね。とても化物の巣には思えないわ」

「ン……そうだな……」

アマナの返事は上の空だ。落ち着きなく辺りを見回す彼女に、撫子は眉をひそめた。

「……ねぇ、アマナ？　今日はどうしたの？」

「どうもしないさ。いつも通りだろう」

アマナの唇は常と変わらず、にやけている。

しかし、なにかが違う気がした。このホテルに入ってから――いや、入る前からだ。二週間前のアマナと現在のアマナは、纏っている空気がどこか異なる気がした。

「アマナ、やっぱり具合が悪いんじゃないの？」

「何度も言わせるな。なにも問題はない」

微笑は幻の如く、言葉は煙の如く――その真を捉えさせようとしない。

苛立ちに首筋の傷跡を掻きつつ、撫子はひとまず深呼吸をする。香木や麝香の甘ったるい香りを胸いっぱいに感じて、眉を寄せた。

「これじゃ、においがわからな――」

――――廃れている。

「は……？」撫子は反射的に、辺りをざっと見回した。

柔らかな照明が、白と朱に彩られた廊下を照らしている。敷き詰められた絨毯は、神域の玉砂利を思わせて清らかに白い。

しかし、刹那――撫子は、奇妙なものを見た。

壁を覆う落書きと亀裂。散乱した缶と酒瓶。床を駆け抜けていった鼠の影――。

あまりにも鮮烈な像が、今もまぶたの裏でチカチカと瞬（またた）いている。

「幻……？　それとも――」

「撫子（なでしこ）」――こめかみを押さえていた撫子は、我に返る。

アマナは少し歩いた先で立ち止まっていた。こちらを見る唇に笑みはない。感情の読めない琥珀（こはく）の瞳（ひとみ）が、戸惑う撫子の姿をじっと映している。

「……置いていくぞ」

――このアマナは、本物だろうか。

毒々しい色をした風船の如（ごと）く、胸の内に不安が膨らむ。

「撫子？　大丈夫か？」

「…………ごめんなさい。今、行くわ」

嫌な想像を振り払うようにして、撫子は歩きだした。しかし不安は澱（おり）の如く撫子の胸中に残り、両腕に絡みつく六道鉄鎖（ロクドウテッサ）の重みと冷たさを弥（いや）が上にも意識させる。

世界はこんなにも不確かで、朧気（おぼろげ）なものだったろうか。

――さっきから、目がチカチカする。

館内に特に気にかかる点はなかったため、撫子達は庭園に出た。

　小さな庭園だ。中央には池があり、月光が色とりどりの鯉と太鼓橋とを照らしていた。橋の欄干に頬杖を突き、軽く鼻に触れながら撫子はホテルを見上げる。

「ここまで、収穫なし……」

「……ン……鼻はどうだ？　悪臭は感じないのか？」

「ロクなにおいを感じないのよ。どこの階も、お香の香りが強烈で……」

　答えながら、撫子はちらと隣に立つアマナの様子をうかがった。

　妖しく美しい横顔を、上弦の月が冷ややかに照らしている。相も変わらずしきりに両目に触れながら、彼女は物憂げに池に泳ぐ鯉を見つめていた。

　撫子は目を伏せる。無意識のうちに、アマナの真贋を見極めようとしていた己が腹立たしい。

「……焦れるわね」

　撫子は深くため息を吐くと、何気なく池に目をやった。

　――――腐っている。

　撫子は目を見開き、思わず欄干から身を乗り出す。

　透明な波が月光に煌めいた。暗い水に、赤や金の鰭が振袖の如く舞い踊る。

「まただわ……」

　数秒前、撫子は確かに淀んだ池を見た。水面は枯葉と魚の死骸とに埋められていた。それだけでなく、ねばつくような腐臭までも鼻腔に感じた。

幻か、それとも――優雅に泳ぐ錦鯉の群れを、撫子は射るようなまなざしで見つめる。

「……望み薄だけど、試してみようかしら」

「ン……？　何をするつもりだ？」

首をひねるアマナをよそに、撫子は袖口から餓鬼道の鎖を振り出した。

「餓鬼道――欲御手」

透明な炎が髑髏から溢れ、手の形を成しながら波打つ。

波の如く広がるそれはアマナの体をもすり抜け、瞬く間にホテルや庭園全体へと広がった。

「……やっぱり調子が悪いわね。難儀だわ」

相変わらず小刻みに震えるばかりの錘を睨み、撫子はぎゅっと眉を寄せる。

身構えていたアマナは緊張を解き、広げた扇子で口元を隠した。

「ンン……毎回、心臓に悪いな。使う前に一言おくれよ」

「構え過ぎよ。害はないんだから安心して」

「そうは言ってもな……こちらは、君の鎖の機能なんていちいちわからないんだ。今の奴はなにかしらの痕跡から、化物の存在を探る技という認識でいいのか？」

「ええ、そうよ。微弱な霊気の波を発して、すり抜けたものの反応を見るの」

「………たとえばの話、だが」

どこかぎこちないアマナの言葉に、撫子は、錘から彼女へと視線を向けた。

アマナは扇子で口元を覆ったまま、小さく首を傾げてみせる。

「その鎖は、化物の肉体だけを探すことはできるか？」

「肉体だけ……？　どうしてそんなことを？」

「……ここは狐の巣、まやかしの城。確かなものはなにもない」

アマナは開いた扇子をぐるりと回して、ホテルと庭園とを示して見せた。

「ここまで探し回って見つからないんだ。一つ一つ、丁寧に潰していった方がいいだろう」

「まだるっこしいわね……まぁ、いいわ。試してみる価値はありそうね」

撫子はぼやきつつも、目を伏せる。ひとまず、姿形の見えない化物の骨肉を強く念じた。

「欲御手……」——透明な波が闇に広がる。

直後、撫子は今までになく強い鎖から力を感じた。

髑髏の錘が青白く光る。それは激しく揺れ動き、いびつな円を描き出した。

「……なんだか、嫌な予感がする挙動だな」

「冗談でしょう……！　この動きは——ッ！」

撫子は目を見開き、あたりに素早く視線を向ける。

夜風が吹いた。冬の冷たい風ではない。生物の息吹を思わせる、生ぬるい風だった。

「——多すぎて指し切れないのよ！」

ぎょろり、と——虚空に大量の目が開いた。

なにもない中空に、小さな眼球が星の如く瞬いている。

ついで、闇にいくつもの裂け目が浮かび上がった。尖った歯の生えたそれは、獣の口だった。

ぎゃらぎゃらぎゃら――――！　けたたましい笑い声に、撫子は眉を寄せる。

「オサキ……！　狐の眷属！」

ぐうっと口がせりあがり、青白く光るオサキが眼前へと這いずりでる。それは狐の体を奇妙に引き伸ばしたような、細長い体を持っていた。

そうして、その管状の体にはびっしりと鋭い刃が煌めいている。

ひゅん――甲高い風切り音が響いた。撫子はとっさにアマナの腰に手を回した。

「摑まって！」「うわッ!?」

驚愕するアマナの体を引っ抱え、撫子は橋から岸辺へと飛ぶ。

直後、けたたましい笑い声とともにオサキが撫子の右足をかすめた。それは橋の欄干をばっさりと切断し、勢いのままに水面へと突き刺さる。

一発では、終わらない。無数の反射光が、さながら流星群の如く闇に煌めいた。

「数が多い……っ」

「いくらなんでも分が悪い！　いったん退くぞ！」

撫子は歯嚙みしつつも、アマナとともに庭園からホテルの出口へと駆ける。

ぎゃらぎゃらぎゃらぎゃらぎゃら！　背後から、笑い声とともにいくつもの風切り音が響く。竹を両断しながらオサキが槍の如く突進し、樹木や地面やらに突き刺さった。

「ホテルの周囲に……っ、儀式官が張ってるって、話だったわよね?」

右足の痛みをこらえつつ、撫子はなんとかたずねた。

「そのはずだが……正直、救援は望み薄だな。敵はおそらく――」

二人は、パライソココノエ京の玄関から飛び出した。

「――我々を逃さない」

二人は、パライソココノエ京の玄関へと辿り着いた。

「そんなっ……!」

「やむを得ない……! ここは一旦、ホテルの中に――!」

風切り音が響いた――アマナは目を見開き、とっさに首を捻る。まさにその瞬間、彼女の頭部があった位置を一匹のオサキが狂笑とともにすり抜けた。

アマナの頬から、一筋の血が飛んだ。

――その瞬間、それまで存在していた透明ななにかが破れて消えた気がした。

「アマナ!」「……平気だ! 行くぞ!」

大きく舌打ちしつつ、アマナは撫子の肩を強く引いた。

自動扉を抜けると、すえたにおいが鼻を刺した。撫子は素早く周囲を見回した。

「……さっきと、ずいぶんと様相が違うじゃない」

非常灯の光だけが唯一の光源だった。壁は落書きに塗り潰され、床にはガラス片が散乱している。鼠の死骸に蝿がたかっているのを見て、撫子は顔を歪めた。

「まるで廃墟だわ。ひどいものね」

「これが、ホテルの真の姿だろう。……やっと目が落ち着いた」

淡々と言いながら、アマナは右頬の傷をぬぐう。一方の撫子は、背後を振り返った。

「中に入ってこない……？」

自動ドアは薄く開いているにもかかわらず、青白い群れは外で延々と渦を巻いていた。迂闊に外に出れば、たちまちひき肉にされてしまうだろう。

「……あれは目眩ましだ」

掌を濡らす血液をじっと見つめ、アマナが抑揚のない声で答えた。

「オサキをテクスチャーとして使用することで、外界と隔絶させている。たぶん、外には何も起きていないように偽装しているんだろう……妙に高等な技術を使う……」

「……『救援は望み薄』って、こういうことね」

「そうだ。私達にできることは一つ――首魁の狐を殺すほかない」

「シンプルでいいわね。力づくは嫌いじゃな――つっ、う……」

多少が気が抜けたせいだろうか。右足の痛みがさらに増した。

撫子は顔を歪めつつ、傷の具合を見る。庭園でオサキがかすった個所――足首がざっくりと裂け、だくだくと血を流している。

赤く濡れた足を目にして、アマナが息をのんだ。

「撫子……それ、大丈夫なのか？」

「……平気よ。まだ全然動けるわ」

撫子は首元の包帯をほどくと、傷口にきつく巻き付けた。

掌を濡らす赤い血を見つめ、唇をへの字にする。

「『血を流してからが本番』……」

「……物騒な家訓だな」

「違うわ。これは叔父の座右の銘。獄門(ごくもん)家の人間は、この血すらも武器となるから……それより、あなたこそどうなの？　さっきから顔色が――っ」

空気が、どろりと濁った気がした。唇を引き結び、撫子は周囲に視線を向けた。

ぼんやりとした暗闇(くらやみ)から、人影が次々に近づいてくる。

皆、にこにことしている。その皮膚の一部は裂け、奥からぞろりと獣の眼球が覗(のぞ)いていた。

「……骨が折れるわね」

ため息をついた瞬間、ばりばりと人体が裂ける音がした。

見せかけの肉を脱ぎ捨てて、哄笑(こうしょう)とともにオサキの群れが襲いかかってきた。

「なんでもありってわけ！　下がって――！」

撫子はとっさにアマナを背後に庇い、血に濡れた右手で人間道の鎖を繰り出した。

赤い雫が飛び散る。それだけで、何匹かのオサキが悲鳴とともに地面へと落ちていった。

そうして円を描くように放たれた鎖は、オサキの胴体を悉く撃ち抜いた。

しかし、哄笑に終わりはない。

オサキは、鰯の群れの如く撫子達の周囲で渦を巻きはじめた。それらは五月雨の如く不規則に襲いかかり、撫子の精神をすり減らしていく。

「やれやれ……とんだ厄日だな。よっぽど星の巡りが悪いと見える」

「違う……わたし、こんなつもりじゃ……っ」

後悔が募る。己を呪う。思考が黒く焦げていく。

「おい、落ち着け。まともに相手をしてもジリ貧だぞ、ここは――」

「これはわたしの責任よ。なんとかすると私が言った。嘘にはしない……！」

背後に庇ったアマナの言葉もろくに耳に入らない。

撫子はぎりりと歯を噛み締め、左手から一本の赤い鎖を振り出した。怒り狂う鬼神の顔面と炎とを模った錘――刻まれた文字は【修】。

「修羅――ッ！」

死角からオサキが迫った。とっさに回避した瞬間、右足に一際鋭い痛みが走った。

力が抜ける。バランスが狂う。攻防の均衡が崩壊する。

瞬間——撫子は、青白い死の影を見た。

甲高い哄笑が頭蓋骨にこだまする。びっしりと生えた歯が、撫子の視界一杯に広がった。

「——狐火！」

金色が閃いた。眼前に迫っていたオサキが、墜ちていく。

撫子は呆然と、数秒前まで自分に食らいつこうとしていたそれを見つめた。

死骸に、金色の炎が燃えている。炎が舐めた箇所は見る見るうちに歪み、結晶化していった。

「なに、これ……」

「——ぼうっとするな！」

撫子の手を引き、アマナが駆けだした。

オサキの群れは、恐慌状態に陥っていた。それまで完璧だった動きが乱れ、正面衝突するものまで現れた。そして、ところどころにあの金色の炎が揺らめいている。

青白い包囲を突破し、二人は次の奈落へと逃げ込んだ。

◇◆◇

アマナは勢いよく扉を閉め、ドアノブを扇子でカンッと打った。

ひとりでに錠のかかる音が響く。アマナは大きく息を吐き、扉を背にして座り込んだ。

「ここは……非常階段ね」

撫子は乱れた呼吸を落ち着けながら、辺りを見回した。

粗末な金属の階段が、延々と仄暗い上階へと伸びている。それは各所が錆びついているうえに、ひどいところでは段そのものが丸ごと抜けていた。

「くっ…………」

右足を突き刺す痛みに、撫子は呻く。止血はしたものの、痛みはどうしようもない。

赤く濡れた包帯を見つめて、撫子はざわめく心をなんとか鎮めようとした。

「……お互い、ひどいざまだな」

アマナも無事ではない。かすり傷を無数に負い、顔を歪めている。

傷の影響だろうか。いつもの香のにおいは薄くなり、代わりに微かな鉄錆のにおいがした。

「流石に……きついな。どうにか助けを呼びたいが……」

アマナは髪を搔き上げ、ため息を吐く。そんな彼女に、撫子は赤い瞳を揺らした。

「ねえ、アマナ」

「なんだ？　なにか妙案を思いついたのか？」

「――――どこまで、嘘なの？」

凍りついたアマナの顔を、撫子は物憂げな顔で見つめた。

疲労のせいか、あるいは『嘘をつかれた』という事象のせいか。胸の内がちりちりと熱い。

「あなた……本当は、わたしなんか必要ないくらいに強いでしょう」

「莫迦を言うな。私は、普通の人間だぞ」

「……なら、さっきのあれは何？」

不可思議な金色の火——あれがもたらしたのは、単純な燃焼ではなかった。あの時、撫子は金色の炎に焼かれるオサキの体が奇妙に変異していく様を目撃した。

ねじれるもの、結晶化するもの——その光景を思い出しつつ、撫子は腕を組む。

「あなたは、あれを『狐火』といった。狐火とは狐が用いる術全てを示す言葉で、炎に似た発光現象が伴うと聞くわ……どうして、人間のあなたが使えるの？」

「それは……少し、心得があって……」

口ごもるアマナに、撫子は足を引きずるようにして近づいた。痛みに顔をしかめつつも膝をつき、琥珀色の瞳と視線を合わせようとする。

「ねぇ……そろそろ本当のことを言って。あなたは、一体何者なの？」

「私は……私さ。私以外のなんでもない……普通の人間で……」

応じてはいるが、答えてはいない。アマナの唇は、白々しい笑みの形に引き攣っている。

「……アマナの言う『普通』って何なの？」

「普通は、普通だろう？　ありふれた、つまらない、どこにでもいるような……」

「——そんな風に、なりたかった？」

刹那——アマナの肩が震える。仮面のような微笑が崩れ去り、怯えた女の顔が露になる。

乱れていく彼女の呼吸音を聞きつつ、撫子は目を伏せた。

「……それなら、わたしも同じだと思う。わたしも、普通になりたかった」

普通の人間は撫子と違って、悍ましい肉を喰う必要がない。己の手で人間を壊すかもしれないと怯えることがない。飢餓に苛まれ、夜の闇を一人で彷徨うことがない。

そんな人々を見るたびに憧れ、羨み、望んだ。

そして、諦めた。自分にはあまりにも遠い――美しい御伽噺のような世界だったから。

「だからアマナ、本当のことを教えて。わたしにできることがあるのなら――」

「――放っておいてくれッ！」

絹を引き裂くような叫びに、撫子は肩に触れようとした手を止める。

「私と君は違うッ！」

その言葉に、撫子は錆びついた鉄の扉を想起した。それが目の前で完全に閉ざされたような心地で、撫子は頭を抱え込んだアマナを見つめる。

「君と私は違う……もう見ないで、暴かないで……私が何者だなんて、どうでもいいじゃないか……私に本当なんてないんだから……何も言えない……ただ……」

力なく首を振り、乱れ髪越しにアマナは撫子を見る。血の気の失せた唇は、薄く笑っていた。

「信じてくれ……私は本当に、普通の……ただの……どこにでもいるような……」

「そう」と、撫子は肩を落とした。

それまでじりじりと燻っていた胸の内が、急速に冷えていくのを感じた。

それが表情にまで現れたのか、アマナが目を見開く。

「撫子……？」

「『信じて』って、言うのね。あなたはわたしを信じてくれないのに」

夢から覚めたような気分だった。

あたたかな枕辺から、寒風の吹き荒ぶ凍土に引きずり出されたような心地だった。

頭はどんどん冴えていくのに、体は鉛のように重くなっていく。

自分は一体、何の為に血を流したのだろう——撫子は首を振り、重いため息をついた。

「あなたの方が、よほど狐だわ……」

「——そん、な」

聞いたこともない声に、撫子は顔を上げる。

心臓に冷たい凶器を突き立てられたなら、人はきっとこんな表情を浮かべるだろう。

そんな表情で——アマナは撫子を見つめていた。

「アマナ……？」

冷え切っていたはずの心が揺らぐ。撫子は戸惑い、アマナの名を呼ぶ。

しかし、一体何を言えばいいのか——言葉を考える余地さえも、与えられなかった。

ぎゃらぎゃらぎゃらぎゃら！　くぐもった哄笑が響き渡った。

扉が激しく叩かれ、打たれる。歪みつつあるそれを、撫子は血の気の引いた顔で見つめた。

「オサキが……！」

「上に行こう。もう、それしか手はない」

凪いだ声に、撫子は振り返る。アマナはすでに、錆びた階段に足をかけていた。

緑の非常灯が、青白い顔を幽霊画のように照らしている。

「アマナ、わたし……」

「いいから。……もう、いいんだ。ともかく、行こう」

少しだけ振り返り、アマナは薄く笑った。そのまま、言葉を拒むように階段を上がる。

遠ざかるその背中を、見る。やかましい音を立てる扉を、見る。

最後に、撫子は足下に目を落とす。金属の床に、血だまりを作っていた。

——自分はどうして、ここにいる？

もう、わからない。

確かなことは、撫子がアマナを深く傷つけてしまったことだけだ。

延々と、延々と——錆びた階段を、ひたすらに登り続ける。
沈黙だけが二人の狭間にあった。撫子は言葉が見つからず、アマナは言葉を拒んでいた。

そうして体感では五階に辿り着いたときに、異変は起きた。

「あ……アマナ。階数表示が、変だわ……九階になってる……」

撫子が指さした先——階数を表示する金属プレートには、『九』の文字が刻まれている。

ふと、嫌な予感を感じた。撫子はいくらか降り、下の階を覗いてみた。

「ここも、九階だわ……」

「……別に驚くことはない。狐は、九という数字に執着しているから」

アマナは、振り向きもせずに階段を登っていく。仕方なく、撫子も彼女の背中を追った。

「狐は……化物の中でも異質な連中だ」

琥珀の瞳をどこかに向けながら、アマナは語った。

「連中は、己を神だと思いこんでいる。中には確かに神霊になるような霊性の高いものもいるが……そんなものは稀有だ。大半は、欺瞞と虚飾で己を飾り立てている」

アマナの声には、抑揚がない。非常灯が照らす横顔は、いつにもまして人間味がなかった。

「だから、狐には耐え難いことが二つある」

「……それは何？」

語っているうちに、体感では七階に差しかかった。不規則に瞬く非常灯が壁や床に照らし出す影は、人間ではなく化物のそれのようだ。

「一つは化けの皮を剝がされること。狐にとって、正体が露呈するのは耐え難い苦痛だ」

「もう一つは……？」

アマナがその問いに答える前に、二人は次の階に辿り着いた。

八階——最上階のはずだった。しかし、階段はさらに上へと続いていた。

今更、驚くこともない。二人はそのまま八階を通り過ぎた。

やがて、扉が現れた。不規則に瞬く非常灯が、九階のプレートを照らしている。

アマナは無言で扉のノブに手をかける。撫子は鎖を握りしめた。

悲鳴のような軋み(きし)を立て、隠された階が開かれた。

◇　◆　◇

円形のホールだった。硝子(ガラス)天井越しに、満月の光が注いでいる。

違和感——撫子は眉(まゆ)を寄せ、周囲を見回す。

すぐそばには立派な作りの扉があり、どうやらこれが正面入り口にあたるらしい。

入り口の正面——一番奥の壁には、さらにもう一つの扉がある。そうして弧を描く壁に沿うように、ホール内には様々な絵画やガラスケースが並んでいた。

「……ギャラリーか？」

慎重に扉を閉めながら、アマナが首を傾(かし)げる。

撫子は手近にあった巨大なガラスケースを覗き込み、唇を思い切り歪(ゆが)めた。

「ひどいものね……」

プレートには『二等儀式官　六文院齋——一九八九』とある。

ケースの向こうには仄白く滑らかな皮が広げられ、ピンで留められていた。

『波羅蜜衆僧上　炎蓮——一九四五』『籠女大社巫女　刑部燐子——一九四二』『拝刀衆北斗影光——一九六五』『二等儀式官　四条閃——一九七五』——。

視界に入るだけでも五つ——いや、五人。人間だったものが、無機質に展示されている。

「……ここの化物は人間の皮を剝がして晒すのが趣味なのかしら?」

「不自然はない。これはトロフィーなんだから」

「トロフィー……?」

「……人間だって狩った獣の皮を剝ぐだろう。それと同じだ」

プレートの名前を見る限りは、展示されている皮はいずれも名だたる無耶師のものだ。

あまりの惨状に眉を寄せつつ、撫子は餓鬼道の鎖を垂らした。索敵をかけようとしたその瞬間、視界の端に映ったものが妙に気を引いた。

側面の壁——そこにかかる一枚の絵だ。

この一枚だけ、どういうわけか黒い布で覆われている。撫子は近づき、プレートを見た。

『Kの肖像——八裂島陰実　一九二六』

「八裂島……?」つい先日見た名前に、撫子は目を見開く。

意識を集中しても、絵画そのものからは霊気を感じない。呪いが仕込まれている心配はなさそうだ。撫子は黒い布に手をかけ、取り払った。

――怖気が走った。

撫子は反射的に数歩下がりかけたが、なんとか踏みとどまった。

女の絵だ。どうやらペン画らしい。

暗い色の髪を伸ばした和装の女が、流し目でこちらを見つめていた。彼岸花と思わしき花を腕いっぱいに抱いている。このうえなく美しい女だった。

竜巻のような乱雑な筆致だ。画面いっぱいに線が乱舞し、首だの手だのに散っている。

こちらを退屈そうに見る女の顔は、誰かに似ていて――。

「悪趣味な……」

アマナの声に、女に魅入られていた撫子は我に返った。

見れば、奥の大扉が開いていた。どうやら、アマナは隣の部屋へと移ったらしい。

撫子は大扉へと歩きだそうとしたものの、すぐに踵を返した。そして女の絵を再び黒い布で覆い隠し、ほっと安堵の息を吐く。

――この女には、どうも背中を晒したくない。

◇　◆　◇

隣部屋は、最初のホールと同じような造りをしていた。

しかし、ここに置かれたガラスケースはすべてが空だった。

展示品といえるものは、大きな金屏風しかない。満月の光が、屏風をぼうっと薄闇に浮き上がらせている。

アマナは、その前に立っていた。

「この屏風が気になるの？」

撫子は右足を意識しつつも金屏風へと近づき、それを見る。

六曲一隻——六枚の画面で構成された屏風だ。撫子はざっと確認して、赤い瞳を細めた。

「……ああ、例の狐をモチーフにしているのね」

それは、ある狐の悪逆非道の図だった。

殷王朝の崩壊。天竺の摩訶陀国の堕落。平安京の戦慄——中央上部の画面には、全ての画面に尾を伸ばす金毛白面の妖狐の姿が輝いていた。

「千年狐狸精、鉑——あるいは金毛白面九尾の狐」

それは、三国を震撼させたあまりにも有名な大妖狐だ。

無耶師の間では、『金』と『白』の字を合わせて『鉑』の通称で呼ばれている。

「……狐が九に執着する理由って、これでしょう？」

首をさすりながら、撫子は金屏風に描かれた狐を見上げる。

爛々と光る黄金の瞳。真っ赤に裂けた口――そして、蠢く九つの尾。

「何度も人を惑わし、国を傾けた……狐にとっては神みたいな存在じゃないかしら」

「………気持ち悪い」

抑揚のないアマナの言葉に、撫子は彼女へと視線を向ける。

アマナは口元を押さえ、金屏風を見上げていた。満月が照らす瞳の色は、常よりも暗い。

奇妙なまなざしで屏風を見るアマナに、撫子はおずおずと声をかけようとした。

「アマナ――？」

ぎぃ――と、蝶番の軋む音が聞こえた。撫子は口を噤み、振り返る。

扉がひとりでに閉まった。錠のかかる音に、扇子で口元を隠したアマナが眉を寄せる。

「……どうやら、コレクションの自慢は終わったようだな」

ぽぉん……と奇妙な音を立て、薄闇に色とりどりの光が灯った。

赤、青、黄――三色の光球が次々に視界へと浮かび上がる。強烈な熱を漲らせたそれが弾幕と化し、波の如く二人へと押し寄せてきた。

とっさに撫子はアマナの前に出ようとしたものの、床に崩れ落ちた。

「う、ぐ……！」入り乱れる三色の光彩が、脳髄を揺らす。

迫る光球の熱が肌を炙った。撫子は歯を食いしばり、なんとか鎖を繰り出そうとした。

「――【護】ッ！」

足元を、金の閃光が駆け抜ける。同時に、眼前に迫っていた光球が一気に打ち消された。

「……今の私では二分も保たない」

振り返れば、アマナが床に膝をついていた。

床に置いた掌から金の光が走り、羅盤に似た奇妙な図形を床に描いている。それが淡い光の壁を成し、かろうじて光球を防いでいた。

「私が防いでいる間に狐を探せ。その鎖なら、ホール内のどこにでも届くだろう」

色彩が繚乱する。それは結界や壁面にぶつかるたびに弾け、色鮮やかな爆炎を散らした。

光、音、熱——すべてが、脳をぐちゃぐちゃにかき混ぜる。

たまらず撫子は地面に崩れ落ち、吐いた。飢餓の証の透明な液が床に広がる。

「踏ん張れ！　相手は必ず私達をどこかで見ているぞ！」

「気安く言ってくれるわね……ッ！」

口元を拭いつつ、撫子は生理的な涙の滲む目でホールに視線を走らせる。狐火、ガラスケース、狐火、ベルベットの敷き布、狐火、扉、狐火、満月——金屏風。

嘲笑する九尾の狐に、撫子は鎖を向ける。しかし、放つ寸前で動きを止める。

——何故、この部屋には展示品が一つしかないのだろう？

思えば、最初のホールには違和感があった。それは人間の皮が展示されているという異常な状況や、隠されていた絵がもたらしたものだと思っていた。

──しかし、撫子はこの部屋でも違和感を覚えている。

「撫子ッ！　急げ──ッ！」

じわりと熱を感じた。結界が薄れているようだ。

薄闇に弾ける狐火はまるで花火のようだ。敵から見れば、さぞかし愉快な光景だろう。

この景色が一番美しく見える場所は──瞬間、撫子は勢いよく顔を上げる。

「──見切った！」

火花を散らして、餓鬼道の鎖が放たれた。それは光球の間を掻い潜り、硝子天井を砕く。

そのまま止まらず、鎖は銀の竜の如く天を駆け──。

「今日の月は上弦──ッ！」

寸分違わず、満月に命中した。

偽りの月影が揺れる。そして、視界が白く染まった。

◇　◆　◇

ほほほ──女の笑い声が、ホール中に響き渡る。

撫子は、ふっと息を吐く。周囲には鈍く光る人間道の鎖が張り巡らされ、アマナと撫子自身とを守っていた。結界が消えた瞬間、間一髪で展開したものだ。

周囲には硝子の破片や、建材のかけらが散っている。

遥か頭上には、上弦の月。真の月は、無情な光を割れた硝子天井越しに注いでいる。

「ようも見抜いたわ……」

そして――中空に、見覚えのある女が一人。

案内役の女と、同じ顔をしていた。二人の眼前で、その姿は三色の炎に包まれた。

そうして、女は真の姿を現した。肌は滑らかで、唇は艶やかに赤い。腰に届くほどまでに伸ばした髪は眩いほどの黄金色で、女の周囲さえも照らしているように見える。

肌には三色の紋様が躍り、雪のようなそれを艶めかしく彩った。

眼球は全体が黒く、虹彩は白い。そして、女の背中には九つの尾が揺らめいている。

「しかし、可哀想にのう……。あのまま焼かれておれば、安らかに死ねたものを。狐の正体を見抜くことがどのような惨禍を招くか、知らぬと見える」

「九尾の狐、ね……」

「いかにも、いかにも……妾は眞九」

三色の紋様が喜悦に歪む。くすくすと笑いながら、眞九は九つの尾を緩やかに広げた。

――さながら、金屏風に描かれた大妖狐の如く。

「こんじきの秘術を極めし真なる九尾――すなわち、当代の鉑である」

「――嘘をつくな」

冷え切った声に、撫子は思わず振り返る。

アマナが、扇子を眞九に向けていた。琥珀をそのまま嵌めたように、無機質な眼をしていた。

「虫唾が走る。よくもそんな虚言を吐けたものだな」

「ホホホ……何をほざくと思えば」

金扇子で口元を隠し、眞九が笑う。九つの尾が、金色の大蛇の如く蠢いた。

「見よ、この九尾を……妾こそが鉑の魂を引き継ぐ大化生よ」

「鉑は消滅した」

「鉑は不滅じゃ」

感情のないアマナの言葉を、眞九は一笑に付した。

「九尾を会得した大妖狐は、たとえ肉体が滅びようとも蘇る。何百何千もの輪廻を繰り返してでも、一天四海を大魔界とすべく舞い戻ってくる……この通り、な」

「三文芝居もいい加減にしろ。……そんな絵空事はとうに終わった」

アマナの手に力が籠められ、扇子が小さく軋みを立てる。

普段の胡乱な言動が嘘のように、鋭く研ぎ澄まされた言葉だった。

「三文芝居か。ほほほ……確かに」

九つの尾を揺らしながら、眞九は笑う。その真珠色の瞳が、妖しい輝きを放った。

「……では、大根役者にはご退場願おうかえ」

背筋に寒気が走った。撫子は目を見開き、振り返る。

――視線が、合った。金屏風に、びっしりと眼球が浮かび上がっている。

直後、金屏風からどっとオサキの群れが溢れ出す。けたたましい笑い声を響かせる青白い奔流に、アマナは逃げる間もなく五体を絡めとられた。

「ままならないな……ッ！」

低い声で唸るアマナに、撫子はとっさに右手を伸ばす。

青白い光が流動した。獣の群れが収束し、アマナは一気に金屏風へと引きずり込まれる。

そうして、あとにはいにしえの悪女と嘲笑する悪狐の肖像だけが残った。

「そんな……っ！」

「――これでふたりきりじゃのう、獄門の娘」

撫子は目を見開き、振り返りざまに炎を吐く。

間近に迫っていた眞九は素早く扇子を翻した。荼毘の炎は大きく揺らぎ、四散する。

「あの女は妾の馳走じゃ。妾は美しい女しか喰わぬ故……」

眞九は笑いつつ、金扇子を揺らめかせた。怪しい光が次々に浮かび上がった。

「このっ……！」

光球を躱しながら、撫子は六道鉄鎖を必死で手繰る。

「そなたも喰ろうてやりたいのじゃがのう……しかし、それはならぬのだ」

九尾が蠢く。金扇子が翻る。狐火が燃え上がる。

中空で、眞九が緩やかに舞う。その動きに合わせて、三色の光球が弾幕を形成する。

「その首を見ればわかる……おぬし、獄卒の血を引く者じゃろう?」

ぽぉん、ぽぉん——奇怪な音が脳を揺さぶり、撫子の視界を回転させる。

「獄卒の血肉は我らにとっては劇物じゃが、宿した霊性は格別のものと聞く。そのうえ獄卒の骨は赤く、宝玉の如く美しいとか……」

ふらついた拍子に、右足首に負担がかかった。

「ぐ、うぅ……っ!」

鋭い痛みが走る。それでも、激痛によって視界が明瞭になった。

「それ故か、あのお方は獄卒の血筋に特にご執心じゃ。おぬしの骨を捧げれば、あのお方も大いにお喜びになるじゃろうて。ほほ、ほほほ……!」

哄笑が響く中で、撫子はあの赤い鎖を選び取った。

憤怒する鬼神と炎——刺々しい錘を握りしめ、撫子は浮遊する眞九を睨み上げた。

「——修羅道ッ!」

瞬間——ホールは爆発的な光に塗り潰された。

衝撃が周囲に亀裂を走らせる。建物全体がぐらりと大きく震動したように思えた。

「やってられないわ……!」

悪態とともに、撫子は爆炎から飛び出す。

左袖は完全に焼け、絡みついた鎖が完全に露出している。

その中に、赤熱している鎖があった。それは撫子の肩から指先にまで延び、そうして左手に握りしめた無骨な剣と半ば一体化している。

剣もまた真っ赤に灼け、絶えず白煙を細くたなびかせていた。

修羅道の鎖の一態――非天剣。

鎖がぎりりと肉を抉る。剣がひとりでに動き、襲い来る光球を打ち消した。

止まることなく、撫子の体はそのまま強く踏み込む。

右足に激痛が走った。悲鳴とともに振り抜かれた剣の軌跡に、ぼうっと炎が燃え上がる。それはたちまち業火の弧と化して、中空を浮遊する眞九へと迫った。

「ほう……面妖な」

眞九は眉を寄せると、金扇子をひらめかせた。

そこから三色の狐火が打ち出され、紅蓮の炎を打ち消した。

黒煙が広がり――揺らぐ。眞九がはっと目をあげると、眼前に迫る赤い瞳と目が合った。

眞九は息をのむと、焦げつく金扇子を思い切り振るった。

「下郎ッ！　去ね――ッ！」

風が渦を巻き、撫子の矮軀を吹き飛ばす。

瞬間、非天剣が炎を噴き出した。紅蓮の奔流は背後の壁へとぶち当たり、その勢いで激突寸前だった撫子の体を一気に浮き上がらせる。

「ぎ、ぃ、ぃ、ぃ――――！」

苦痛に呻きつつも撫子は剣を再び構え、眞九の首めがけてまっしぐらに飛んだ。

眞九は目を見開き――そして、笑った。

「見せよう！ 『こんじき』の秘術を――ッ！」

九つの尾が旋風の如く蠢いた。金粉を散らしたように光が散り、視界がにわかに明るくなる。

――そして気がつけば、撫子は上空から京都を見下ろしていた。

「なっ……！」

落下が始まった瞬間、鳩尾の針がキンと冷えた。

天道の鎖の一態――虚空針が乱れた霊気を整え、迫りくる街の像を打ち払う。そうして眼前に浮かび上がった眞九の狂笑めがけ、撫子はとっさに剣を振るった。

眞九は目を剝き、身を翻す。しかし、三色の隈取りに彩られた頬から血の雫が散った。

「おのれ、よくも妾の顔を……！」

ヒステリックな咆哮とともに、九尾が妖光を放った。

撫子はとっさに目を閉じた。しかし、それでも幻覚が迫りくる。

腕が腐敗する像を見た。巨大な狐が牙をむき出して襲ってくる。四肢から蟲が湧いた。毒蛇の海に落とされる。肋骨を一本ずつ切り取られた。焼けた銅の柱に磔にされる――。

幻影が脳を苛むたび、虚空針が現実へと引き戻す。

絶えず襲いくる幻影を撫子はひたすらに斬り、燃やし続けた。

それでも、霊魂への打撃は完全には防げない。さっきから、幻聴が聞こえる。

ざあざあ、ざあざあ――雨の音のようだ。

撫子は幻聴に首を振り、乱れた呼吸に肩を揺らしながら非天剣を握り直した。

「撫子」――知らない声がした。背筋が震えた。

女の声だった。覚えのない声だった。

眼を閉じていても、わかる。背後に見知らぬ誰かが立っている。

振り返ってはいけない――――。

「撫子」――雨の音が遠のく。衣擦れの音が聞こえた。

虚空針が、鳩尾で震えている。左手を焼き尽くす熱が、遠ざかっていく。

「撫子」――知っている声がした。よく覚えている声だった。

撫子は眼を開けた。振り返った。

白髪の女が、立っている。友禅の衣の、細かな文様までもがよく見える。長い髪が簾のようにかぶさって、顔はあまり見えない。それでも、瞳の色ははっきりと見えた。

赤い瞳――獄門家で稀に現れる色。

始祖と同じその色は、この百年では三人しか生まれていないという。

撫子と、高祖母と、そして──。

「あ、ああ……おか、あ……」

虚空針の感触が消えた。焼けた手から、剣の形を失った鎖がじゃらりと零れ落ちた。

赤い瞳を見開いて、撫子は女に近づく。ふらふらと──嬰児の如く。

──わたしが初めて見たものは、荼毘の炎でありました。

──骸燃やす火の色を、わたしは何故だか覚えてる。

「おかあ、さ……」

──どうして忘れられましょう。

──わたしとあなたを燃やした火。

──今も肺腑に焦げついて、息をするたび蘇る。

「おかあさん……」

言わなければならない言葉があった。彼女の存在を知ってから、ずっと言いたかった。

撫子は、笑った。赤い瞳から、血が涙の如く頬を伝った。

「生まれて、ごめんなさい」

瞬間──撫子は、爆ぜた。

赤い花が咲くかの如く、闇に赤い飛沫が散る。

白い指先は虚しく空を切り、血だまりへと沈んでいった。

――あなたは覚えておりますか。

――あなたを殺した鬼子のこと。

◇　◆　◇

眞九は、ゆらりと撫子の傍に舞い降りた。

「ほう……ほんに赤い骨じゃ。まるで紅珊瑚のようじゃ」

扇子を口元に当て、眞九は撫子の腕をしげしげと眺める。焼け焦げた肉からわずかに覗く彼女の骨は、確かに眼にも鮮やかな紅色だった。

「惜しいのう。この美しい骨も、我が蒐集品に加えたいものじゃ……しかし、地獄の鬼の血を引くとは言え、中身はほぼ人かえ……『こんじき』の秘術も通用した」

眞九は金扇子を撫子の顎に当て、押し上げた。

うつろな赤い瞳が眞九を映す。花びら色の唇が、かすれた声を漏らした。

「おか、あ、さ……」

「かつて九尾が編み出した秘術――『こんじき』とは、幻術の極致。幻を現とし、心の傷を体の傷とする我が奥義……まさしく、その名にふさわしかろう」

耳元まで口を裂かせて笑うと、眞九は容赦なく撫子の頭を床へと落した。

「しかし……そんなに母が恋しいかえ？　涙無き獄卒の末裔が、まったくいじらしい――」

ちり、り——かすかな音に、眞九は口を噤む。

月影が揺らめいた。月光を蝕むように、幾筋かの細い煙が漂っている。

「……なんじゃ？」

空気が震えているようだった。巨大な気配が急速に膨れ上がり、眞九の背中を圧している。

冷や汗をにじませつつ、眞九はゆっくりと振り返った。

「は、鉑様の屏風が……！」

金屏風から、炎が上がっていた。ちょうど狐の顔面のあたりを、ちろちろと金色の炎が舐めている。はじめは燻る程度だったそれは、みるみるうちに火勢を増していった。

黄金の炎が、渦を巻いた。揺らめく火の向こうに、影が揺れる。

「き、狐火ィ……ッ！」

ぽぉん——奇怪な音を響かせて、三色の光球が屏風へと飛ぶ。

そして、呆気なく消えた。眞九は真珠色の瞳を見開き、屏風から現れた影を呆然と見つめた。

「——結局、浅き夢か」

玲瓏とした声——そうして、無花果アマナは火中より現れた。

傷一つない五体を宙に浮かせて、アマナは倒れ伏した撫子を物憂げに一瞥した。

「……もう少し、普通でいたかったのにな」

「貴様……どうやって抜け出たッ！　あれは数多の秘術を用いた結界ぞ！　只人はおろか、

如何な無耶師とて破ることは――！」

「できるさ、私には」

ふわりと着地したアマナは、自らの左掌を晒して見せた。

【鍵】――掌中に光っていた金色の文字は、やがて薄闇に溶けるように消え去った。

「……私の術は、狐狸の用いる変化の術の応用だ」

黄金の炎が、月光を舐める。触れたものは時に輝石となり、時に灰燼として崩れ去った。

そんな不可思議な炎を指先に戯れさせて、アマナは硝子天井を見上げた。

「万象には霊魂が宿る。私のこれは霊魂を改竄し、万象の性質を一時的――あるいは恒久的に変異させる。己ではなく他を化けさせる。転用すれば、妖術の改竄も可能だ」

前髪を掻き上げ、アマナは物憂げにその御業の名を囁いた。

「偽り、騙す。変化の極致――これを『神騙』という」

「思い上がるなァ！」

咆哮とともに、眞九は金扇子を跳ね躍らせた。

三色の光珠が繚乱する。それは憤怒を表すかの如く、薄闇に複雑な陣を描きだす。

「如何な術師とて霊魂の改竄は不可能！　それはもはや神の御業ぞ！」

「……そうだ。だから、かつての私は己を神だと思い上がった。……愚かにも、な」

「戯言を……ッ。もはや骨すらも残さぬ！」

咆哮とともに、精密に構成された三色の弾幕が端からゆっくりと崩れる。それはなにかにぶつかるたびに弾け、見る見るうちに数を増やしていった。

「──狐火・大三幻ッ！」

一切の空隙すらも存在しない。津波のごとく迫る彩光を前に、アマナは目を伏せた。

重いため息をつく。そして、顔をあげた。

漆黒の眼球に浮かぶ金の虹彩が──刻まれた九つの円環が、眞九を睨んだ。

「……吠えるな、野狐」

瞬間、全ての狐火が一瞬にして弾けた。

ホールが、静まり返った。あたりには、熱のない黄金の炎だけがちらちらと揺れていた。

眞九は、凍りついた。口を開いたまま、わなわなと震えだす。

「……真なる九、か。たいそうな名だ。これこそが思い上がりだろう。私の筆名を見習ったらどうだ──無花果アマナ。これほど端的に性質を示した名前もない」

瞳を炎に煌めかせ、アマナは歩きだす。そして間もなく、立ち尽くす眞九の眼前に立った。

「一字にて九──九」

眞九を映す黄金の瞳には、九重の円を思わせる奇妙な紋が浮かんでいる。

「……よくも私の名を騙ったな」

アマナの囁きに、眞九は唇をひきつらせた。

極限まで見開かれた瞳には、ただただ九尾を背負うアマナの姿だけが映っていた。

「お、お戻りに、なられていたのですか……」

喘ぐように言葉を絞り出す眞九の瞳から、涙が滂沱として流れる。

「……戻るつもりはなかったがな」

「何故です！　妲己、褒姒、華陽夫人、玉藻前！　九つの星の秘術を極め、一天四海を支配するべく幾度もの転生を繰り返したあなたが、何故獄卒に味方する――ッ！」

「褒姒は違う。あれも私を騙った愚か者だ。それに、その質問にはさっき答えたはずだろう」

アマナは眞九の頬に手を這わせ、涙に濡れた真珠色の瞳を覗き込んだ。

「――そんな絵空事は、とうに終わった」

アマナの手が、眞九の喉を摑んだ。

次の瞬間、眞九の体は黄金の炎に包み込まれた。

凄絶な絶叫が空気を震わせた。骨肉を軋ませて、燃え盛る眞九の体が変異していく。眼球が溶け、次の瞬間には結晶化し、鱗と化した皮膚がついには砂礫と化し――。

六本の尾が溶けた。奇怪な形に変貌していく三本の尾を見つめ、アマナは嘆息する。

「三尾如きが九尾を騙るとは……お前のせいで隠形の術が切れた。そのうえ、私の名を騙ったんだ。だから、その身に味わわせてやろう。――召魂」

骨肉が変異する音よりも高く、鐘に似た音が響いた。

金色の炎に、青い光が散った。それは変異していく眞九の体から漏れていた。

「これは神騙の応用でな……霊魂から全ての情報を消すのさ。そして凝縮し、そのまま純粋な霊気の結晶へと変換する……」

言いながら、アマナは握りしめた左手を眞九の胸だった部分に突き入れた。

粘着質な音とともに、青く光る肉が突き破られる。

「カッ、カ、アァ……」――喉らしき部分が、声にならない音を漏らす。

「――これを『魂喰』という」

囁きとともに、アマナの手が勢いよく引き抜かれた。

黒ずんだ血に濡れた左手に握られていたのは、あの紺碧の珠だった。

「こうして作った霊気の結晶を『耀』と呼ぶ。いわば霊気の電池だ。これを使えば自分の霊気を消費せず――そして、一切の痕跡を残さずに妖術を使える」

アマナは、右手を開いた。もはや原型を残していない狐の屍が床に落ちた。

「……私が、私でなかった頃に身につけた小細工だ」

アマナは耀を握りしめた。再び開いた左手には、もう紺碧の珠はない。

ふっと息を吐くと、アマナは撫子へと駆け寄った。素早く呼吸と脈拍を確認する。

「………生きている」

安堵のため息をつくアマナの眼は、人間のそれに戻っていた。

「しかし、さすがに傷が重いな。神騙で一時的に……」

アマナは撫子を慎重に仰向けにすると、彼女の襟元に手を伸ばした。

瞬間――瞳が再び、黒と金に変じる。狐の眼を細め、アマナは素早く振り返った。

「……なにか、いるな？」

空気が濁っていく。アマナは息をひそめると、慎重に撫子を引き寄せようとした。

ぼこり、と。

泥水に泡が浮かぶように――アマナの影に、眼球が一つ浮かび上がった。

「ひ……ッ」アマナの顔が恐怖に染まる。

それでも、体は動いた。とっさに撫子の体を左手で抱き寄せ、跳ぶ。

彼女の足が地から離れた瞬間、影が空中へと伸び上がった。アマナを取り逃がした瞬間、そこにぼこぼこと大量の目玉と口とが浮かび上がる。

ひ、ぃ、ぃ、ぃ――笛の音色にもた奇妙な叫びが、影から迸った。

「鵺か！　よりにもよって――ッ！」

顔を歪めるアマナの眼前で、影が渦を巻く。

そうして黴が菌糸を伸ばすように、爆発的に多量の触手を迸らせた。

床、壁、天井――それは、一気に薄暗い平面を駆け抜けた。渦を巻くような不気味な模様を描きながら、青ざめた顔のアマナへと触手が迫ってくる。

「汚泥如きが……ッ！」

悪態とともに、アマナは掌に扇子を現した。広げたそれを、勢いよく天へと跳ね上げた。

「この私に近づくんじゃないッ！　――狐火・九天！」

轟音とともに、金色の光が壁となって立ち上がる。

硝子を突き破り、鋼鉄の針を切断し、光の壁は一気に夜空にまで聳え立った。壁を這う鵺の触手は光に触れた瞬間に燃え上がり、黒煙を上げて炎上する。

「ぐ、う、う……莫迦、莫迦め……ッ！」

奥歯を噛み締め、撫子を抱えたアマナは降り注ぐ瓦礫をかいくぐった。

だらりと垂れた右手は指先まで焼け、煙を上げている。

「どうして……こんなッ、小娘一人の為に――ッ！」

泣き声を響かせながら、アマナは必死で正面の大扉へ――。

――その体が、がくんと揺れた。

左足に嫌なあたたかさを感じた。アマナは目を見開き、動かなくなった左足を見下ろした。

ごく小さな黒点が床にある。そこから細い触手が伸び、足首に絡みついている。

泡の如く――小さな眼球がぷつぷつと、影に浮かび上がった。

「いやっ……！」

瞬間、辺りが影に塗りつぶされた。

一気に左足が沈む。そして、右足からも地面の感触が消えた。

「離せ！　離せ離せ離せ――ッ！」

影は柔らかく、そうして生物の内臓を思わせて生温かい。それはもがけばもがくほどに深さを増し、ずぶずぶとアマナの体を飲み込んでいく。

もがけばもがくほど――さながら真綿の鎖の如く、影は常闇(とこやみ)の底へと彼女を誘おうとする。

「そんな、冗談じゃない、死にたくない、嫌、嫌、嫌……！」

アマナは死に物狂いでもがき、右手をどうにか高く伸ばした。

割れた天井から注ぐ月光が、焼けた手を照らす。そこから、青く光る耀(ヨウ)が一つ零(こぼ)れ出た。

「もう喰(く)われたくない……ッ！」

影から伸びる触手は、すでにアマナの肩にまで達していた。触れた箇所から急速に感覚を失わせていくそれが、徐々に耀を握る右手を萎(な)えさせていく。

「今生こそ静かに、安らかに……その為に……その為に、私は……ッ！　なのに……ッ！」

指の狭間から落ちそうになる耀を、アマナはどうにか口元へと運んだ。

影はホール全体に触手を伸ばし、壁面を不気味な渦巻き模様で彩っている。そこに次々に浮かび上がる目玉と口とを、アマナは睨(にら)みつけた。

「どうする、どうしよう、どうすれば、どうしようも……」

「う……」耳元に響いた声に、アマナは動きを止めた。

狐の瞳を見開いて、アマナは左手に抱えた撫子の横顔を見つめる。悪い夢を見ているのだろうか。美貌はひどく青ざめ、細い眉は苦しげに寄っている。

それでもまだ、生きていた。

アマナは、九重の円の浮かぶ瞳を伏せる。再び開かれたそれは、人間の眼に戻っていた。琥珀色の瞳を揺らして、アマナは茫漠としたまなざしで月を見上げた。

「………ままならないな」

生ぬるい感触に、背筋が粟立つ。首筋にひたりと触手が触れたのがわかった。

アマナはどうにか渾身の力を振り絞ると、自らと共に沈みつつある撫子に向き直った。がくりとうつむき、彼女の肩口に顔を埋める。

「おい、撫子……」

かすれた声で囁いて、アマナは飴玉を舐めるように口中の耀を転がす。

そして、がちりと嚙みしめた。一瞬だけ月下に晒された玉に浮かんだのは――【還】。

「……いいものをやろう」

影は、そんな囁きごと二人を深淵へと飲み込んだ。

◇　◆　◇

パライソココノエ京周辺――。

漆黒の車の運転席から、雪路は優雅なホテルの姿を睨みつけていた。

「……白無垢の準備は？」

助手席に座る冠の問いかけに、雪路はうなずいた。

「万全です……現在も、軽度な認識改竄を行っております……」

「なるほど。できれば、白無垢を使う事態にはならないで欲しいですね」

「レインコート必要になりますもんねぇ」

後部座席から呑気な声が上がる。寝そべり、タブレットでゲームをしている白羽だ。

「はー……あたし、ちょっと寝ちゃダメですかね？　どうも眠気がとれなくて」

「自業自得だろう……仮眠時間中にアニメをワンクール分みたド阿呆はどこのどいつだ……？」

「わ、わかんないにゃあ……？」

「……構いませんよ、四月一日さん。少しお休みなさい」

やんわりとした冠の言葉に雪路は目を瞠り、一方の白羽は歓声をあげた。

「やった！　さすがは冠さんですねぇ！」

「……あまり甘やかさないでやってください。こいつには自覚が足りない」

「息抜きは大切ですよ、真神さん」

冠はガムのボトルを取り出すと、それを雪路に差し出した。

「貴女は少し、気を張りすぎているところがある。無耶師にとって、精神は要です。時にはリラックスをすることも大切ですよ」

「そう、でしょうか……？　以後、気をつけます……」

雪路は少し困ったような顔で、冠からガムを一つ受け取った。

小さな電子音が響いた。白羽のタブレットの音だ。さっそく蒸気のアイマスクを開封しようとしていた白羽は首を傾げ、液晶をタップした。

「——冠さん。例の文書、呪解院の方で解読完了したようです」

「例の文書……？」

「八裂島邸で発見された文書です」

眉をひそめる雪路に、冠はスマートフォンを取り出しつつ答えた。

「いずれも汚損が激しく、断片的でしてね。そのうえ高度に暗号化されておりましたので、呪解院の職員と仲の良い四月一日さんに任せていたんです」

「……お前、妙に他部署と仲がいいな」

「ユキ先輩が友達少ないだけですよ——ああっ、おやめください！　共有しますから！」

座席越しに白羽の足を引っ摑んでいた雪路は、しぶしぶその手を離した。

冠は苦笑しつつ、共有されたファイルに眼を走らせた。

「ふむ……見た限りでは、どうやら他の無耶筋との交流の記録が中心のようですね」

「虚村、朽宮、咬月院……いずれも、戦前の大家ばかりですね……しかし、この文書に骨抜きの怪異のヒントが隠されているのでしょうか……？」

「それはまだ。しかし、現時点では羅城門の鬼は八裂島家が召喚したことはほぼ確定していま
す。そして羅城門の鬼は殯と同じく、骨を集めていた……」

「なんらかの繋がりがある、と……それは、一体……？」

雪路はぐしゃりと髪を掻くと、チルドカップのカフェラテに手を伸ばした。冠は画面を見つ
めたまま、難しい顔で自分のコーヒーを飲む。

「そもそも、八裂島家はどうやって羅城門の鬼を呼んだのでしょう？　あれほどの大物を召喚
するには相当の技量か、強力な触媒が必要となるはず……」

「――あのぉ、『剃刀』って誰かわかります？」

途端、車内が水を打ったように静まり返った。

ごろりと転がって姿勢を正すと、白羽は難しい顔で上司二人を見た。

「あたしが見てる部分に、やたらと『剃刀』って単語が出てくるんですよ。『剃刀から虚村を
受け取る』とか『剃刀から予言を受ける』とか。これ、多分人の名前ですよね？」

「……四月一日さん。『御前』で検索をかけてみてください」

やや緊張のにじむ冠の囁きに、白羽はきょとんとしながらも従った。

「うわわ、いっぱいヒットしましたよ！」

黄色く浮かび上がった結果の数に、白羽は目を丸くする。しかし、首を傾げた。

「あれぇ？　でも、この辺りからは『剃刀』の言葉が消えてますね。それまでは毎月やりとりしてたのに。どうしたんでしょう、絶交しちゃったのかにゃー？」

「それは恐らく、御前を襲名し――」

冠が答えかけた瞬間、轟音が辺りを揺るがした。

同時に走る霊気のざわめきに、車内は一瞬にして臨戦態勢に入る。素早く外の様子をうかがった雪路は、ホテルから立ち上がる光の壁を目の当たりにした。

「何が起きている……！」

「なんですか、アレ！　ヤババのバババじゃねーですか！　……とりあえず撮りますね」

「撮らんでいい……！　お前はとっとと装備車両で弓取ってこい……！」

「あわわわわ……！」

雪路に窓を叩かれ、白羽は慌てて飛び出す。

冠は静かに車から出ると、耳元に着けた通信機を指で押さえた。

「……白無垢起動。それから、油小路から鴨川までの圏内に三式結界を展開してください。何が起きるかわかりません、待機班は警戒を怠らないように」

天上へと立ち上がっていた光の壁は、闇に溶けるようにして消滅しつつあった。

太刀の柄に手をかけ、冠は銀縁眼鏡の奥で眉を寄せる。

「――早まった真似を、していなければ良いのですが」

◆

――呪詛の声が響いている。

散乱する白骨の中央で、死装束を纏った女が叫んでいた。

「忘れぬッ、忘れぬぞ……ッ！」

女の眼窩から、錆びた剃刀が零れ落ちる。それは音を立て、白骨の上に飛び散った。

「私は何も忘れていない……！」

血と刃とを飛び散らせ、女は金切り声を響かせた。

闇が震える。鬼火が揺れる。塔をなす白骨の狭間から、どろりと影が滲んでくる。

「私はまだ覚えているぞ、獄門……ッ！」

そして――闇。ひたすらに――闇。

五　獄楽天地

——宴の席は屍山血河と化した。

居並ぶ客人は黙ったまま、さながら許しを請うように頭を垂れている。

「——あんさんは、忘れる。まっくらやみで、迷子になる」

鬼は優しく囁いた。その赫い瞳を見上げ、女は憎悪の叫びをあげる。

「嚇怒は心を焼き、憎悪は記憶を蝕む……そうして、あんさんは全てを失う」

みちりと眼窩の奥で何かが蠢いた。直後、女の眼球を内側から冷たい刃が突き破る。

女が最後に見たのは、自分を嘲笑う瞳の赫色だった。

「可哀そうになぁ——せめて、うちのことだけは忘れんといてなぁ」

そして——闇。ひたすらに——闇。

————冥い、冥い、冥い。

これは、夢なのだろうか。わからないままに、ひたすら暗いところへと沈んでいく。

ひ、い、い、い……どこかで、寂しい笛の音が響いている。

「――――撫子(なでしこ)」

彼方から、名前を呼ばれた。

そして気がつけば、撫子は条坊(じょうぼう)喫茶にいた。真昼の白い光が差し込む店内は静けさに包まれていて、窓から見える京の街にも人影はない。

正面では、いつものようにアマナが曖昧(あいまい)に笑っている。

鈍い頭痛を覚え、撫子はこめかみを押さえた。体は重く、口を動かすことさえ億劫(おっくう)だった。

「痛むのか？」

「……別に、平気よ」

――甘く、芳醇(ほうじゅん)なにおいがした。

唾液(だえき)が湧(わ)き、脳髄がくらりとする。『酔う』とは、きっとこんな風なのだろうと思った。

「……強情だな。いつものことか」

アマナは、いつも通りのにやけ顔だ。けれども、撫子は赤い目を細めた。

「……何を隠してるの？」

途端、アマナは丸く目を見開いた。完全に虚を衝(つ)かれた表情だ。

「どうせまた、ろくでもない話なんでしょう。……話だけなら聞いてやらないこともないわ」

「……大したお嬢さんだな」

けだるげな笑みを見せるアマナに、撫子は文句を言ってやろうとした。しかし――。

「つっ……う……！　なに、これ……ッ！」

頭が鋭く痛んだ。それを引き金に、全身に痛みが走った。

一体、何があったのか――思い出そうとするたびに、痛みの炎が脳を灼く。

「……痛むんだろう、本当は」

「これくらい、我慢しなくちゃいけないの……」

撫子は膝をきつく握りしめ、うつむいた。痛みの燃える両手を見下ろし、声を引き絞る。

「――今生は、罰だから」

アマナが、息を呑んだ。撫子はぐらりと頭を揺らし、深く吐息する。

「わたしの、母は……獄門櫻子は……」

意識が朦朧としているせいだろうか。それとも、この奇妙な甘い芳香のせいか。

常は決して人に言わないようなことまで、唇から零れ落ちてしまう。

「……わたしとともに焼かれた」

嗚呼――冥い、冥い、冥い。

まぶたの裏に、炎がないのが落ち着かない。それは撫子が物心つく前から――生まれる前に母とともに火葬炉で焼かれた日から、常にそこで燃え盛っていたものだから。

「姉に……わたしの伯母に、妬まれて……腹を何度も刺されて、生きたまま焼かれた……」

撫子はかくりと首を傾げ、窓に視線を向ける。

ガラスにうっすらと映る顔は青ざめ、常よりも人形じみて見えた。櫻子を知るわずかな人々は皆、撫子の顔を見るたびに『母に瓜二つだ』と褒めそやす。

「父は知らない……人かどうかもわからない。幽閉されていた母は秋の彼岸に姿を消して、二年目の春の彼岸に家のものに捕らえられた……身重の状態で……」

撫子は、額を押さえた。瞼の裏は暗いのに、脳はまるで燃えているかのようだった。

「……それで、焼かれた。わたしのせいで、あの人は殺された」

「……焼かれたのなら、君はどうして生きている？」

「知らない……わたしは、七つくらいの頃に叔父に拾われた。母を焼いた火葬炉で……」

――九年前の、三月二十日のことだった。

櫻子の命日に、彼女が焼かれた炉から煙が上がった。それを見た桐比等は奇妙な胸騒ぎを感じて、火葬場へと駆け――そして、撫子を見つけたという。

開け放たれた炉の前で、少女は呆然と座り込んでいた。

白い肢体に纏っていたのは、花模様を散らした黒い友禅のみ――櫻子の衣だった。

「わたしは、悪い子……母を殺した邪悪な子……」

撫子は、震える両手を顔の前にかざす。母とともに焼かれたはずの体はどこもかしこも滑らかに綺麗で、それがまた恨めしかった。どこまでも、厭わしかった。

――もっと痛くなればいいと、思った。

「だから……わたしは、この無間の地獄で生きている。悍ましい肉を喰らい、いくつもの痛みを積んで……そうすれば、いつか赦されるかもしれない……」

不意に眼球が熱くなった。両手の像が陽炎のように揺らぐ。

「赦されて……死ぬ時くらいは、普通の人間みたいに死ねるかもしれないって……」

そうして、赤い瞳からはらはらと透明な雫が零れ落ちた。

流れる涙を拭うことさえせず、撫子は己の両手を見つめ続けていた。

「……君には、なんの咎もないだろう」

しなやかな手が、撫子の手に触れた。

その手が涙に濡れることもいとわずに、アマナは撫子の両手を柔く包む。揺らぐ視界に、青く塗られた爪は瑠璃の薄片のように見えた。

琥珀色の瞳はいつになく静謐に、じっと撫子の姿を見据えている。

「こう言っても、君はきっと納得しないだろうな。それでも、私は君に咎はないと思う」

「……あなたに……わたしの、何が……」

「一方――私は邪悪だ。この霊魂はどうしようもなく穢れている」

か細い撫子の声を断ち切って、アマナは言い切った。

「私はもう、生まれたくなかった。けれども宿世の悪行は救い難く、この霊魂は何処にも行けなかった。結局、今もこうして塵界を這いずっている」

自分の心臓のあたりに触れて、アマナは薄く笑う。いつものにやけた笑みだった。

けれども、撫子は不意にアマナの笑みの意味を理解した。

「……有為の奥山は越えられず。私は浅き夢ばかりを見ている」

もはや笑うしかない――そんな表情で、アマナは再び撫子へと手を伸べた。

「……君如きが邪悪だなんて笑わせる」

滑らかな手で撫子の頬を撫で、アマナは囁いた。

蠱惑的な香りとともに、たしかな人間のぬくもりが肌に伝わってきた。

「生まれる前の赤子に、大した罪が犯せるものか。もし君のことを邪悪だという者がいるのなら……その時には、私がそいつに本当の邪悪というものを教えてやる」

一瞬だけ――アマナの瞳が、黒と金に煌めいてみえた。

「……まさか……それで、慰めてるつもりなの？」

「どうだかな」

わからない。わからない。無花果アマナが何者か、獄門撫子にはまるでわからない。

けれども――撫子は目を伏せ、アマナの掌にそっと頬をすり寄せた。

「…………ありがとう」

「……いいのさ。別に」

アマナは琥珀の瞳を少し伏せ、笑った。今にも、陽光に滲んで消えそうな微笑だった。

「アマナ……どうしたの？」

「……時に、撫子。喉が渇いているんじゃないか？」

撫子からの質問ははぐらかされた形だ。しかし今の撫子には、それを指摘する気力もない。

痛い。重い。怠い。――冥い。

そのうえ、陽光に漂う香りが思考を徐々に鈍らせていく。

撫子はがっくりと席に体を預けた。そして首をどうにか動かし、わずかにうなずいた。

甘い香りが、一気に強まる。そして、気づけばアマナが傍に立っていた。

「……いいものをやろう」

アマナの手には、錫の杯がある。そこには、赤い葡萄の果汁が満たされていた。

思考が茫漠とする中で、撫子はアマナに従った。

白い手が促すままに重い頭を彼女に預け、彼女の杯に口をつける。

すると、とろりとした液体が渇いた口に流れ落ちた。舌触りは絹の如く滑らかで、一片の臭みも渋みもない。ほのかな熱を宿したそれを、撫子は本能的に嚥下した。

葡萄ではない。果汁ではない。――けれども多分、それは撫子の体が欲しているものだった。

こくりこくりと喉を鳴らしながら、撫子は必死で液体を飲んだ。

「……うまいだろう？　時の王も欲したものだ」

唇の雫を指先で拭うアマナの顔を、撫子はぼうっと見上げる。

臈長けた横顔に黒髪がかかり、琥珀の瞳が暗翳に光る。襟から覗く首筋は砂糖菓子のように白い。齧りつけばきっと、杯を満たすものよりもたくさん――。


「――アマナ？」


条坊喫茶の景色は消え失せた。光のない深海の如き世界に、撫子は漂っていた。

そして――手。上から伸びる女の手が、唇に触れている。

玉のような肌が赤い血に濡れている。その雫が、撫子の唇へと滴り落ちていた。

「アマナでしょう？」

ほのかなぬくもり、かすかな香気、指先の細さ――全てが、彼女のそれだった。

女は、無言だった。その静寂が、何故だかとても恐ろしかった。

「なにか言いなさいよ、ねぇ……」

小さく笑うような声がした。あるいは、泣き声だったような気がした。

「………ぜんぶ、あげる」

囁きとともに、手が離れた。それは最後に撫子の頰を一撫でして、無明の闇へと消えた。

「さよなら」

視界の端でなにかが煌めいた。流星が九つ——遥かな高みから、落ちてくる。

——そして、もうなにもわからなくなった。

気づけば撫子は、雨に煙る月を見上げていた。

木々の間から月光が注いでいる。しかし、天からはざあざあと冷たい雨が注いでいた。

「なに、が……？」

撫子は体を起こす。そして、傷一つない手を驚愕の目で見つめた。ホテルで負ったはずの傷が、全て治っている。衣服こそひどいものだったが、その下の肌は滑らかだ。

「一体、どうして……？」

「——なにかと思えば、野良猫か」

かん、かん、かん——下駄の音ともに、低い声が響いた。

振り返れば、番傘を差した桐比等が立っていた。雨中に佇む姿は、死神のようにも見える。

「こんなところで何をしている？」

桐比等の言葉に、撫子は初めてあたりを見回した。

暗い山林。苔むした石畳。古びた火葬炉——撫子の起点たる、獄門家の火葬場だった。

「……桐比等さんこそ、こんなところで何をしているの？」

「質問に質問で返すな、無作法者。……竹斗が騒がしくするから、ここに来た」

言いながら、桐比等は自分の左側に視線を向けた。

「……な、で……ちゃ……」——かすれた子供の声が、雨の音に混じる。

「再度問うぞ、撫子。——何故、こんな場所にいる？」

「わたしは……確か、狐が潜むホテルにいて、それで……戦って……影、が……」

撫子は立ち上がりかけたものの、ふらついて地面に尻餅をつく。

桐比等はため息をつき、羽織っていたインバネスコートを姪へと放った。そうして下駄を鳴らして歩み寄り、無造作に手を突き出す。

「……どうした」

灰色の右目は、常と変わらず冷ややかだった。しかし、まっすぐに撫子を見つめていた。

「——狐につままれたような顔をしているぞ」

◆

「ふん……連中が白無垢を動かしているのはそういうことか」
「白無垢って何？」
撫子と桐比等は、獄門邸の土蔵に場所を移していた。どうにか立って動けるようになった撫子は二階で着替えをし、桐比等は一階の玄関に腰を下ろしている。

「祀庁の連中が使う結界の一種だ。あの雨が降っている間は霊能のない人間は当該の場所を避け、そこでなにが起ころうと記憶に残らない。強力な目くらましだな」

「妙に詳しいわね。祀庁の人と関わったことが？」

「……一度だけ、尻尾を摑まれそうになった」

撫子は手早く着替えを終えた。スマートフォンを取り出し、アマナの電話番号にかける。

「ホテルに戻らないと……」

「やめておけ。恐らく戻ってもなにもない」

「……何故、そう言い切れるのよ？」

「これは推測するほかないが……恐らく、お前達は鵺に出くわしたんだ」

「……猿の頭に狢の胴体、手足が虎で尾が蛇なんて派手な化物を見た覚えはないわ」

「それは鵺が便宜上取った姿の一つに過ぎない」

留守番電話の機械音声が撫子に答える。撫子は、懲りずにかけ直した。

「獄門家の資料では……鵺は形を持たない化物らしい。姿は霧や煙に喩えられ、絵巻物には渦を巻く影としても描かれている。声は口笛や鳥の声に似ているようだ」

口笛に似た声——あの白い夢で聞いた笛の音を思い出し、撫子は眉を寄せた。

「形を持たない……？　それは肉体がないということ？」

「それどころか、通常は意思さえも持たない……ただ強大な霊気のみを宿した化物だ」

留守番電話――撫子は、画面を見もせずに再コールする。

「だから他の化物が、己の力を高めるために鵺を用いることもある……お前達が見た狐も、恐らくはその類いだろう。鵺を自らに憑依させ、力を底上げしていたんだ」

「……そんな曖昧な存在を化物といえるの？」

「ああ……化物に恐れられる化物だ」

ぎし、ぎし、ぎし――階段の軋む音が聞こえた。桐比等が、上がってきている。

「鵺は、形あるものを妬んでいる……」

薄暗い部屋に、背の高い影が差し込んだ。

延々と電話をかけ続ける撫子をよそに、桐比等は出入り口にもたれかかる。

「ひとたび意識が目覚めれば宿主の肉体を乗っ取り、己の器とする。そうして己の欲の赴くまま――形あるものを、ひたすらに貪るのだ」

「……化物以外も？」

「言っただろう。――『形あるもの』だと」

撫子は、ちらと桐比等の顔を見る。

叔父の顔に表情はない。灰色の瞳は、物思いに耽るように中空を見上げていた。

「それにお前のお友達……完全な人間ではないだろう」

「……どうして、わかるの？」

「先日、顔を合わせた時にわかった。なにかしらの術で化物としての性質を隠しているようだったが……『味』と『形』が、およそ人間のそれではなかった」

桐比等は思案顔のまま、蛇の如く舌を揺らす。顔の左を覆う呪符がかさかさと音を立てた。

一方の撫子は、動きを止めた。

「………何故、そんなことを？」

「最近、お前の周りが喧しかったからな。面倒が起こる前に手を打った」

「余計な真似を……ッ！」

押し殺した怒号とともに、火花が弾けた。瞳を赤く燃やして、撫子はスマートフォンを思いっきり叔父めがけて投げつける。しかし、桐比等は見もせずに受け止めた。

「──愚か者め」

そして次の瞬間には、桐比等は撫子の眼前に立っていた。

構える間もなかった。彼はあっさりと、左手一つで撫子の襟首を掴み上げた。

「離して……ッ」

「お前がどうなろうと知ったことじゃない……知ったことじゃないが、聞いてやる。お前はあれがどういう存在なのかわかっているのか？　あれが何か──かつて何をしたか知ったうえで、それでも僕に憤ることができるか？　さぁ──答えてみろ、獄門撫子！」

「アマナ、は……」

ぞろりと開かれた左眼(ひだりめ)――北の海の如く苛烈(かれつ)に冷ややかな右眼(みぎめ)。

異様な叔父の双眸(そうぼう)に間近に覗(のぞ)き込まれ、撫子の赤い瞳が揺らぐ。

思えば、餓鬼道の索敵が狂いだしたのは八裂島邸(やつざきじま)からだ。どこに行っても反応は鈍かったものの、パライソココノエ京(みやこ)の庭園では本来の機能を発揮した。

それは『化物の肉体だけを探す』というアマナの助言に従った結果。

つまり――強大な化物の霊魂を持つ人間が傍(そば)にいたから、鎖は狂っていた。

「……いいか。狐(きつね)にとっての耐えがたきは二つ」

黙り込む撫子に構わず、桐比等は指を二本立てた。

「一つは変化を看破されること――もう一つは、己に化けられることだ」

『嘘(うそ)をつくな』――アマナの冷え切った声を思い出す。

たしかに大国を傾けた妖狐(ようこ)のわりに、眞九(シンク)には威圧感がなかった。そのうえ彼女の幻術の大半は、撫子が苦手としていた天道の鎖である程度は防ぐことができた。

だが、どうしてアマナは眞九が九尾でないと見抜いた？

「極めつけは、お前が夢幻のうちに飲んだという血だ。……『山海経(せんがいきょう)』に、こんな行(くだり)がある」

――青丘山(せいきゆうざん)に獣がいる。狐に似ていて、尾は九つ。

――嬰児(えいじ)の如き声で鳴き、人を喰(く)う。

――これを喰らった者は、邪を退けることができる。

「お前が口にしたのは九尾の血だ。だから、お前の傷は完治した……もうわかっただろう」

桐比等が左手を開く。撫子が床に落下する。

うつむいたままの姪を見下ろし、桐比等は冷然と腕を組んだ。

「お前のお友達は鉑――生まれながらに九尾を備えた邪悪の狐。殷を崩し、天竺を脅かし、この日本で息の根を止められた。……あんなモノに、身近でうろちょろされてみろ。お前どころか僕までも厄災に巻き込まれかねない。面倒は御免だ」

「そんなこと、は……」

「――第一、お前はずっと騙されていたんだろう?」

嘘、嘘、嘘――胸の内がじりじりと焼ける。こびりついた鬼としての本能が、嘘をつかれたことに拒絶反応を示している。せりあがる吐き気に、口元を押さえた。

「瑞獣とも魔獣とも語られる九尾の血肉は滋養に満ち、喰えば不老不死になるとも噂されている――わからないか？　お前は、あれの為に体よく利用されただけだ」

『――化物が私のことを好きなんだよ』

月明かりに照らされたアマナの顔を思い出す。

正体が露見すれば、化物だけでなく人間からも狙われるかもしれない。

だからアマナは気配を消し、普通の人間のふりをしていたのだろう。

――だから、撫子を必要としたのだろう。

「今でなくとも、いずれ必ず露呈した……それも、きっと今よりも最悪な形で。命があるだけありがたいと思えよ。お前のそばにいたのは、太古の凶災そのものだ」

桐比等との会話は、真剣での斬りあいに似ている。

彼はいつも一切の慈悲も、容赦もなく――そして誰より真摯に、撫子に対峙する。

「あれは人を籠絡する化物だ。己の命を護るために人を使い、そして捨てる。そうして人だけでなく国家をも蝕んだ。エゴイズムが形になったような存在だ。お前も――」

「なら……なんで助けてくれたの……？」

か細い声に、桐比等は灰色の瞳を見開く。

「わたしなんか、置き去りにすればよかったのよ……なのに……どうして、あんな……」

――君には、なんの咎もないだろう。

優しい声を思い出す。白い日差しに消えそうな微笑を思い出す。

ぽた、ぽた、と――震える手に、熱い雫が滴り落ちた。喉から迸りそうな叫びをかろうじて噛み殺し、撫子は強引に手の甲で涙をぬぐう。

「わからない……あの女のこと、わたしは何もわかってないわ……でも……」

桐比等の言う通り、伝承に語られる鉑は邪悪そのものだ。

――けれども、アマナは？

さんざん撫子を振り回し、利用した。しかし、そればかりではなかった。時には撫子を遠回しに導き、婉曲的に励まし、そして不器用に慰めた。

彼女に、たくさんの嘘をつかれた。けれども、彼女のすべてが嘘だったとは思えない。

あの非常階段で見せた顔が、偽りだったとは思えない。

「わたし……ひどいことを言ったの……」

『あなたの方が、よほど狐だわ』

冷たい刃で心臓を刺し貫かれたようなあの表情――今も脳裏に焼きついて離れないあの顔は、間違いなく真実のものだった。

「なにも知らないで、きっと本当にひどいことを……なのに、アマナは……」

あの光景が――条坊喫茶でアマナと過ごした刹那が、夢か現かもわからない。ただあの白い夢のうちで、アマナは撫子を慰めた。それどころか、己の血を分け与えた。

――君如きが邪悪だなんて笑わせる。

涙に濡れた手を、きつく握りしめる。呼吸を整えると、撫子はきっと顔を上げた。

「……わたしは、アマナのことを理解していない。できるとも、思っていない。でも――返さなければならない借りがあるの」

己を睨み上げる赤い瞳に対し、桐比等は灰色の右眼を細めた。

「だから、わたしはなにがなんでもアマナを奪い返す……止めても無駄よ、桐比等さん」

「ふん……一丁前の口を利く。あれがとうに死んでいたらどうするつもりだ？」

「――死が、なんだっていうのよ？」

撫子は、優雅に微笑んだ。細い指先が、首筋の傷跡をするりとなぞる。

「獄門は地獄から来た一族。わたしもかつては彼岸の子……今更、何を恐れるというの？黄泉にでも地獄にでも行ってやろうじゃないの」

超然とした面持ちの撫子を見つめ、桐比等は大きく舌打ちした。

「甘い、甘い、甘い……軽挙妄動とはこのことよ。まったく、お前は――！」

ざあ、ざあ、ざあ――桐比等の声を、激しいざわめきが掻き消した。

嵐にかき乱される木の葉の如く、桐比等の左で呪符が揺れる。わずかに晒された暗がりからいくつもの瞳が煌めき、囁きが空気を震わせた。

右の眉をひきつらせ、桐比等はざわめく己の左を睨んだ。

「うるさい……無責任なことを……僕は長男だぞ……松比等、お前、こんな時だけ……」

「……みんな、なんて言っているの？」

「やかましい……ッ！　どいつもこいつも――人の気も知らないで……」

鬱陶しそうに首を振ると、桐比等は己の左側を呪符の上からそっと押さえた。そして反対側の手で首筋を掻きつつ、姪に射貫くような目を向ける。

「………鵺が九尾を喰えば何が起きるのか、予想もできない」

苛立ちを紛らわすように首筋に爪を立て、桐比等は唸り声をあげた。

「少なくとも世界はこんなにも静かではないだろうし、これほど悠長に会話をすることはできないはずだ。……だからまだ、お前にとって最悪な事態は起きていない」

「なら、アマナはどこに——？」

「知るか。探せ。たとえ獲物が地の果てに逃げようと捕える……それが獄門だ。お前もその端くれだというのなら、忌ま忌ましい先祖どもに倣ってみろ」

「……上等よ」

赤い瞳を光らせ、唇を引き攣らせるようにして撫子は笑う。

自分そっくりの表情で笑う姪に、桐比等は舌打ちした。そして、足音も荒く踵を返した。

しかし、足を止める。彼はわずかに振り返り、人差し指を撫子に向けた。

「————その、命」

表情は、見えない。声音はいつになく静かで、霧深い森に横たわる湖を思い起こさせた。

「誰が望み、誰が繋いだか……奈落へと投げ打つ前に、よくよく考えることだな」

答える間もなく、桐比等は今度こそ出ていった。

階段の軋む音が遠ざかっていく。撫子はしばらく、桐比等の立っていた場所を見つめた。

「…………冷たいんだか、優しいんだか」

雨はいつのまにかあがっていた。暗闇が和らぎつつあるように思えた。

◇　◆　◇

朝——パライソココノエ京だった場所。

そこにそびえていたのは、今にも崩れ落ちそうな廃墟だった。立入禁止のテープがくまなく渡され、チラシや新聞に交ざって密かに人避けの呪符が仕込まれている。

雪路を筆頭とした儀式官達は、その最上階にいた。

禍々しい収蔵品の並ぶ最初のホールだ。割れた天井から、陽光が差し込んでいる。

煌めくガラス片に交ざって、赤字で名前が刻まれた漆黒の名札が散らばっていた。そんな儀式官独特の名札とともに、他に比べればやや新しい人間の——。

白羽が、無言でブルーシートを被せた。

「…………黙禱」

雪路の低い声とともに、儀式官達は全員が目を伏せた。

しばらくの沈黙——まぶたを伏せたまま、雪路は面頰の下で小さく鼻を鳴らす。そして薄青い瞳を開くと、彼女は険しい視線を非常口へと向ける。

小さな扉が、薄く開いている。その縁に、白い少女の手がかかっていた。

それは雪路の視線に気づいたのか、さっと奥の薄闇へと消える。

雪路はしばらくそちらに視線を向けていたが、すぐに儀式官たちへと向き直った。

「……探せ……事前の班分けの通りに、全階を調査する。鵺の残滓のほか、オサキの生き残りがいる可能性もある。なにもないような場所にこそ注意しろ……」

儀式官達は即座に散開した。呪具や呪符を手にし、整然とした動きで持ち場へと向かう。

雪路はそれを見送った後、ゆっくりと腕を組んだ。

「……何か見つけたら、すぐお前に伝える。今は大人しくしていろ」

「なんかいいましたかにゃー？」

じーっと壁を眺めていた白羽が振り返る。金髪は寝グセがあり、ネクタイの結び方はぐちゃぐちゃだ。直前まで寝こけていたことは明らかだった。

「なんでもない。ただの独り言だ……それよりも……その額縁、妙だな」

「あー……先輩もそう思います？」

二人の前には、黒ずんだ額縁の枠のみが引っかかっていた。絵を収めていた中央の部分はすっぽりと抜け、露わになった壁には黒い渦巻き模様がかすかに焼きついている。

「鵺の残滓ですかね？　でも、なんでここだけ……」

「待て……！　迂闊に触るな……！」

壁に触れようとする白羽に慌てて駆けより、雪路は彼女の手首を掴んだ。

「ぐる、る……嫌なにおいがする。鵺の影響が残っているかもしれん。浄化班が来るまでは様子見だ……とりあえずお前は少し寝てこい、注意散漫だ……」

「あ、はい……それじゃお言葉に甘えて……」

おずおずとうなずく白羽の手を離すと、雪路は険しい顔のまま面頬に触れた。

「……ここに……なにがあったんだ？」

◇◆◇

街は、すでに正月を迎え入れる装いだ。

初売りの予告をするポスターや、八坂神社の『をけら詣り』を告げるポスター。道行く人々は年末セールの品々とともに、鏡餅や根引き松の飾りを買い求めている。

そんな街を、撫子は一人で歩く。

数多の顔を見た。数多の声がした。数多のにおいがした。

けれども、どこにも無花果アマナはいない。

パライソココノエ京跡では、収穫はなかった。アマナの香のにおいさえ残っておらず、そこにはただ鵺のものと思われる嫌なにおいだけがこびりついていた。

「寒いわね……」

冬の太陽は気が早く、空はもう柔らかな金色に染まりつつある。

橋から鴨川の流れをぼんやりと見下ろして、撫子は先日ここで交わした会話を思い出した。

――わたしは特段、アマナが邪悪だとは思わない。

確かに撫子は、アマナにそう言った。彼女がもし、本当に鉑であるならば——。

「……何を思っていたの?」

アマナの背は撫子よりも高く、そして歩幅は撫子よりも広い。

だから、あの時のアマナがどんな表情をしていたのかがわからない。

「どんなこと、考えていたの……?」

国を傾け、国を滅ぼした。歴史と伝承に語られる鉑の所業は、悪辣非道だ。

けれども、それと撫子の知るアマナの姿が符合しない。

八裂島邸での胡散臭い言動。殯を浄化した時の戸惑い。あざなえの後の憔悴。非常階段で見せたあの表情。

——君如きが邪悪だなんて笑わせる。——そして、いつものにやけた顔。

夢の中で聞いた声が、今も鼓膜に残っている。そして、彼女の手の感触も覚えている。

アマナの掌に重ねるように、撫子はそっと自分の頰に触れた。

「——撫子さん」

凛とした男の声に、欄干にもたれた撫子はそのままの姿勢で視線を向ける。

冠鷹史——銀縁眼鏡の儀式官が、撫子の前に立っていた。

「こんにちは。お加減はいかがですか」

「……それなり」

「そうですか。……ここは冷えるでしょう。お茶にしませんか？」

冠の声音は淡々としていたが、レンズの奥の瞳はどこか気遣わしげな光を帯びていた。

撫子は無言でうなずき、欄干から離れた。

いつもの条坊喫茶も、アマナがいなければ景色が違って見える。

砂糖も加えていないセイロンティーを、撫子は延々とティースプーンでかき混ぜる。

「……アマナさんから、なにか連絡は？」

「なにもないわ」

冠は正面に座っている。アマナの定位置に座る彼に、撫子はちらと赤い瞳を向けた。

「祀庁は、アマナを監視しているの？」

「……警戒してはおります」

直球の問いかけに、冠はさして表情を変えなかった。緑茶を少しだけ飲むと、彼は黒い革手袋を嵌めた手をテーブルの上で組んだ。

「もう、彼女が何者かご存じのことでしょう。……鉑の存在は、国家を脅かしかねない」

「……アマナにそんな意思があるようには思えないけど」

「ええ。私も個人的にはそう考えております。ですが――」

冠は眼鏡を押さえ、わずかに目を伏せた。鷹を思わせる凛々しい相貌に、物憂げな影が差す。

「……彼女は、貴女にどこまでご自身の話を?」

「そんなに。……あの女、けっこうな秘密主義のようだから」

虚しく紅茶をかき混ぜながら、撫子は首を振る。

「香車堂大学に通ってること。字書きだってこと。あちこちを転々としたこと……あと横浜に母親がいて、仲がいいって……」

「——彼女はこの数年、お母様と顔を合わせていません」

思いもよらない言葉に、ティースプーンの動きが止まる。撫子は目を見開き、冠を見た。

「……仲が悪いの?」

「いえ、悪いというよりは……アマナさんが、お母様をずっと避けているのです」

「どうして?」

「これは本来、私が話すべきことではありませんが……事態が事態です」

一瞬瞳を揺らしたものの、冠は意を決したように口を開いた。

「貴女が『無花果アマナ』と呼ぶ存在について、よく知っておいた方がいいでしょう。……彼女は、いわゆる魅饌血と呼ばれる体質に分類されます」

「……化物にとって美味な血肉を持つ存在。そのせいで、化物を誘引してしまう体質ね」

嫌なことに、その感情には覚えがあった。

あの白い夢の中で、自分もまたアマナの喉に喰らいつきたいと一瞬感じた。その時のことを思い出し、撫子は自分の肘をきつく握りしめた。

「ええ……なかでも、鉑の霊魂を持つアマナさんは別格の存在です」

相対する冠の無表情は、全ての感情が凍てついてしまったかのように見える。

「アマナさんは、肉体こそ完全な人間です。しかし、ご存じの通り肉体と霊魂は相互に影響しあうもの。九尾の霊魂を宿した彼女の血肉は、時には人間さえも誘引してしまう」

「人間さえ、って……」

「……彼女が、九歳の頃のことです。アマナさんとお父様は偶然、ある無耶師の陰謀に巻き込まれてしまった。錯乱した人々に追われ、襲われ……そして、彼女のお父様は——」

己の拳を潰してしまいそうなほどの強さで、冠は拳を握りしめた。

「——喰い殺されてしまった。アマナさんの、目の前で」

それから、アマナは母親を避けるようになった。

横浜、神戸、香港、ロンドン——はじめのうちは各地の親族を頼った。けれども、彼女はいつしか親族からも身を隠すようになった。

誰も彼女を咎めていない。親族はみな心を痛め、惨禍に襲われた少女に手を差し伸べた。

けれども——アマナは彼らの手から自らを遠ざけ、彷徨を繰り返した。

「…………私が、間に合っていれば…………」

冠の声は、どこまでも静かだった。それは却って、極限まで抑え込んだ心の悲鳴を思わせた。

撫子は、目を伏せた。瞼の裏に燃える炎をじっと見つめる。

「…………夏天娜」

戸籍上では、これが現在のアマナの本名にあたるらしい。

それから撫子は次々に、幾夜もの時をともに過ごした女を示す名前を口に乗せていった。

「月下天娜、ティナ・ハー、シア・ティエンナ……」

いくつもの名前とともに、いくつもの面影が瞼の裏に浮ぶ。それらは意味ありげな笑みだけを撫子によこして、揺らめく炎に消えていく。

「妲己、華陽夫人、玉藻前……鉑――」

めまぐるしく移り変わる幻影を呼び止めるように、撫子は最後の名前を口にした。

「――無花果アマナ」

明け方の夢――あるいは、香炉の青い煙のような存在だった。胡乱で、朧気で、妖しく、美しい。残り香だけを夜明けに残し、夜とともに去っていく。

彼女は全てが朧気だ。いくら問いかけても答えはなく、曖昧な薄闇に消えていくだけ。

けれども――瞼の裏に揺れる面影を見つめて、撫子は目を開いた。

「アマナが何者でも、わたしには全て些事」

静かな声音には、埋火の如く確かな熱が秘められている。

冷たい紅茶を一気に飲み干す。そして一呼吸置くと、撫子は冠に鋭いまなざしを向けた。

「問題は、彼女がどこにいるかということ――ホテルには、何もなかったの？」

「……ええ。鵺の痕跡さえもほとんど残っておりませんでした」

冠の顔には、もう悔恨の色はない。撫子を映す瞳は、どこか穏やかな光を湛えていた。

「――ですが、奇妙な痕跡を発見しました」

冠は、一枚の写真を撫子の前に置いた。

荒れ果てたギャラリーの写真だ。ひび割れた壁の一角は、奇妙に黒ずんでいる。

「どうやら、鵺がここにあった絵を消失させたようなのですが――なにか、心当たりは？」

「そこは……確か『Kの肖像』って絵がかかっていたわ」

位置関係を見ても間違いない。消失したのは、あの八裂島陰実の描いたペン画だった。

撫子が絵の概要を説明すると、冠は眼鏡の位置を直した。

「八裂島陰実の絵……ですか。ここで彼の名前が出てくるとは」

「ええ。でも、わからないわね。どうして、これだけ消されたのかしら……」

「――その『K』という人物ですが、少し心当たりがあります」

冠は鞄から何枚かの書類を取り出すと、撫子の前に広げた。いずれの紙にもびっしりと文字が印刷されているが、二つの単語がハイライトされている。

「こちらは八裂島家で発見された文書を解読したものです。……『K』とは剃刀、あるいは

『華珠沙』の頭文字を示しているのではないでしょうか？」

眼鏡を押さえると、冠はまさしく鷹の如く鋭い目で撫子を見つめた。

「ご存じですね？　――獄門華珠沙を」

「……高祖母よ」

『Kの肖像』――あの禍々しい絵に、撫子は恐怖と同時に妙な既視感を覚えた。

なんのことはない。描かれた女の顔は、玄孫である自分の顔によく似ていたのだろう。

「八裂島家が、どうやって羅城門の鬼という大物を喚んだのか――それがわからなかった。ですが、獄門家からなんらかの助力を得たのなら……」

思えば、八裂島家から獄門家に招待状が届いたのがすべての始まりだった。

「念のためお伺いしますが、獄門華珠沙は……？」

「とっくの昔に亡くなっているわ。……まぁ、見た目はずっと若いままだったそうだけど」

昭和の大鬼女は、一族からも恐れられた。

娘は母の復活を恐れた。棺には何重にも鎖を掛け、迷宮の如き霊廟に封じ込めたという。

それでも母への恐怖に終生囚われた娘は、早々にこの世を去ってしまった。

「墓の場所もわからない。だから、もし高祖母が今回の件に関わっていたとしても……」

撫子は落ち着きなく首筋の傷をさすりつつ、文書を睨んだ。

八裂島家。羅城門の鬼。殯。偽九尾。鵺。――強烈な何かが、全ての事象に絡みついている。

脳裏に浮かぶ高祖母の肖像が、いびつに笑っているような気がした。

撫子はぐしゃりと髪を掻き——ふと、動きを止める。

「……どうして、鵺はあの絵だけ消失させたのかしら？」

壁の写真を見る。黒く塗り潰された壁からは、強烈な憎悪のようなものさえ感じる。

「あの絵に一体、なにが……？」

「落ち着いて。一つ一つ丁寧に思い出してみましょう」

冠の穏やかな声音に促され、撫子はまずは『Kの肖像』を思い起こす。乱れ舞うような筆致のせいで、首に刻まれていたであろう傷跡が一目ではわからなかった。

額縁、覆い布、プレート——絵に関係のなさそうなところも、思い出していく。

「描いたのは八裂島陰実……年号は一九二六年……それで……」

一九二六年——撫子は、そこでふと目を見開いた。

「……冠さん。一九二六年って、和暦に直すと何年になるの？」

「そうですね、確か……大正十五年でしょうか。ただ、途中で改元したはずです」

「つまり大正の終わりで、昭和の始まり……」

そういえば、自分はこの『一九二六年』にかかわる話を何度か耳にした。

——開通当時の大正十五年にいろいろ……。

旧刀途山トンネルでの白羽の話だ。たしかあのトンネルは、一九二六年開通だった。

それだけではない。かつて、桐比等からも同じ年の話を聞いたことがある。

——昭和元年。獄門華珠沙は、虚村の当主に……。

待て、待て、待て——鼓動が早まるのを感じて、撫子は首筋の傷にがりりと爪を立てる。

自分は最近、別の人間から同じ話の違う結末を耳にしなかったか。

そうだ。この条坊喫茶で、アマナが話したのだ。

——失踪した虚村の当主をどうしたかも気になるし……。

赤い瞳が、丸く見開かれた。撫子は傷跡に指をかけたまま、大きく呼吸した。

「冠さん——虚村の撫で斬りって、あなた達の記録では何が起きたことになっているの？」

◇◆◇

——一九二六年。

虚村玻璃子は、刀途山の悪霊退治に成功した。

この功績により、難航していたトンネル掘削工事の全工程がついに完了する。

これを記念して、虚村家では宴席が設けられた。

それは、日本霊能界でも屈指の規模の宴となるはずだった。

『——虚村ちゃあん、うちも混ぜてぇな』

けれども——宴に鬼が来た。

予報では、深夜にかけて雪が降るという。

冬でもなお彼岸花が鮮やかな獄門塚を、セーラー服に身を包んだ撫子は足早に進む。持っているうちで最も丈夫で、汚れてもなんとかなる服だった。

居並ぶ灯籠には灯火が燃え、あたりには赤い光を灯した蛍が飛び交っている。

赤く彩られた闇の向こうに、撫子は見慣れた影を見出した。

うず高く積まれた祠の群れ――その端に、冷然とした面持ちの桐比等が腕を組んでいる。

「行くのか」叔父は短く問いかけた。

「ええ」姪は短く答えた。

かん、と下駄が音を立てる。桐比等は気だるげな所作で腕をほどいた。

「……くれてやる。持っていけ」

風が迫るのを感じた。とっさに受け止め、撫子は掌中を見る。

古びた小さな鏡だった。裏面には、彼岸花を抽象化した紋様が刻み込まれている。

「……なにこれ？」

「景紅という。鵺儺――即ち、鵺退治に使っていた道具の一つだ。先祖どもは、こういった鵺儺の道具や呪術をいくつか編み出していたようでな。……そのうち蔵に現物があり、使用法が明瞭なものを持ってきた」

「……これ、彼岸花の花押よね？　つまり、この鏡は――」

「ああ。獄門家の悍ましき天下に生涯心血を注いだ女――九十五代目の製作だ」

九十五代目――それは即ち、獄門華珠沙を示す。

あの禍々しい女の像が脳裏に蘇り、撫子は背筋に冷や汗が滲むのを感じた。

「九十五代目は、遺産の保存や復元に熱心だったようでな……」

忌ま忌ましげな顔で景紅を睨み、桐比等はがりりと首筋の傷跡に爪を立てた。

「彼女が復元した文献によると……鵺は光と熱、弓矢、そして鏡を嫌うらしい。鏡は顔のないうちは覿面に効くが、そうでない時は効力が落ちるようだがな」

「なるほどね……それで？　これの使い方は？」

「握りつぶせ。鏡の破片と、獄卒の血とが鵺に作用する」

「わかりやすくて助かるわ」

撫子はじっと景紅を――景紅の模様を見つめた後、ポケットに収めた。そして、このうえなく不機嫌そうな桐比等に視線を向ける。

「夜明けまでには帰るつもりよ。もし、帰ってこなかったら……」

「……二度と帰ってくるな、野良猫」

いつも通りの罵倒とともに、桐比等はそっぽを向いた。

撫子は、ふっと笑った。そして足に力を込めると、一陣の風の如く闇へと姿を消した。

◇

◆

◇

道順は、覚えていた。

寂しい辻を、撫子は足早に四回通り過ぎる。すると空気が変わり、『はざま』に入ったことがわかる。寂しげな電灯に照らされた道を、撫子はひたすらに突き進んだ。

やがて、朽ち果てた門が目の前に現れる。

八裂島邸——あの威容が嘘のように、邸宅は朽ち果てていた。

しかし、撫子はそんな廃れた邸内から強烈な憎悪を感じた。獣の大顎の如く開かれた門の向こう側に、奈落が広がっているような気がする。

撫子は、躊躇なく敷居を跨いだ。玉砂利を踏んだ瞬間、にわかに景色が陰った。

ひ、ぃ、ぃ、ぃ——物寂しい夜に、怪音が響き渡る。

黴が菌糸を伸ばすかの如く、荒れ果てた白い石庭が黒い影に染まっていく。

「……今度は歓迎してくれるのね」

地上へとせり上がる影に、六道鉄鎖を構えた撫子は笑う。唇こそ笑みの形を作っているものの声音は鋭く、赤い瞳は烈火の如く光っていた。

「でも、おあいにくさま。——後始末の時間よ！」

ひょ、ぉ、ぉ、ぉ——墨色に染まった地面から、飛沫が上がった。

墨の如き波濤から、猿の手に似た形の大腕が生じた。鋭い爪をもつそれが自分めがけて振り上げられるのを睨み、撫子は餓鬼道の鎖を――。

「――――ル、オ、オ、ォ……！」

咆哮とともに、撫子の前に一つの影が躍り出た。

真神雪路。青い瞳から残光を引きながら、面頰の儀式官は猿の腕に己の拳をぶち当てる。

爆音にも似た音とともに、異形の拳が千切り飛ばされた。

「とおぼえ、おおぐち、ここにこいィ……！」

独特の声で唸りながら、雪路が地面に膝をつく。

氷河のような瞳が睨む先には、再び影が飛沫を散らしている。黒く染まった地面に次々に波紋が広がり、そこから細い手が地上へと伸びあがりつつあった。

「のかけ、やまかけ……！」

硬く握られた両手には、枷を思わせる鋼の籠手が嵌められている。そうして、それには獣の牙と念珠とを組み合わせた数珠が絡みついていた。

その数珠が、ぽっと燃え上がる。青白い焔に、無数のけだものの顔がよぎった。

「か、り、た、て、よォ――ッ！」

影に染まった地面に、燃える拳が振り下ろされた。

背筋を震わせる咆哮とともに、けだものの霊が野火の如く駆ける。それらは牙を以て影の手に食らいつき、爪を持って影の床を引き裂いた。

甲高い悲鳴が夜気を震わせる。焔から逃れようとばかりに、影が大きく波打った。

ピィイイッ――一陣の矢風が闇を貫いた。

途端、鳴動していた影が凍りついたかのように静止する。それは瞬く間にざらざらと崩れ、黒い砂が風に攫われるように夜の帳に流れていった。

「……あなたが来るとは思わなかった。アマナのこと、嫌いなんでしょう」

構えを解き、撫子は立ち上がる雪路の背中に声をかけた。

一本の鏑矢がくるくると回転しながら落ちてきて、地面に突き刺さる。それをちらと見ながら、雪路は両腕に巻いた数珠をいじくった。

「ああ、奴は邪悪だ……顔すら見たくないと思う。しかし、任務は果たす……それと……」

雪路は身を屈めると、鏑矢を引き抜いた。それを手に、撫子をじろっと見る。

「…………嫌いだが、死ねとまでは思わん」

「そう……それはよかったわ」

撫子が微笑むと、雪路は顎をもみながらそっぽを向いた。

「――撫子さん」

静かな声に視線を向けると、冠が門の前に立っていた。背後には、白羽が控えている。

銀縁眼鏡を軽く押し上げ、冠は半ば崩壊している邸宅を見上げた。

「ここで、間違いないのですか?」

「恐らくは。あれから、叔父に確認をとってみたのよ。――一九二六年の記録をね。事の発端は虚村の撫で切り……この話は、その時から始まっていたの」

一九二六年――虚村玻璃子は、獄門華珠沙に無礼を働いた。

華珠沙にだけ違う形の招待状を送りつけ、宴に現れた彼女を門前で追い払ったのだ。

「……性格悪いですね」白羽が簡潔に感想を述べた。

「でも、高祖母はそれ以前から虚村家の非礼に憤っていたの」

かつて刀途山トンネルの建設工事では、悪霊騒動が起きていた。

しかし、虚村家の除霊は思うように進まなかった。焦りを感じていた玻璃子はついに獄門家に書状を出し、謎掛けという体を装ってアドバイスを求めた。

華珠沙は、丁寧な回答を虚村家に与えた。

――返すこと、応えること、報いること。これらこそが、獄門家の真義と考えていた為に。

玻璃子は華珠沙の回答に従い、ついに悪霊を鎮めることができた。

しかし玻璃子は華珠沙の名は出さず、全てが虚村家の実力であると大々的に喧伝した。

「マジで性格悪いですね」白羽が簡潔に感想を述べた。

「……しかし、怒らせた相手が悪すぎた」

「ええ……歴代で最も苛烈だった祖母の怒りは、地獄すら生ぬるいほどだった」

苦々しげな雪路の言葉にうなずいて、撫子は目の前にそびえる廃墟を見上げた。

「……虚村家の残党は、なんとか高祖母を呪い殺そうとしたわ。けれども、次々に刈り取られていった。最後の一人は家伝の呪術さえ知らず――あざなえを使った」

「それって……まさか、香車堂大学のアレですか？」

「ええ。あざなえの鈴に刻まれていた模様に、見覚えがあったの……あれは、この鏡に刻まれたものと同じ。九十五代目の彼岸花よ」

撫子はポケットから景紅を取り出し、裏面に散らばる花弁の模様を見つめた。

「……全ては、獄門華珠沙と虚村玻璃子の呪い合いから始まったの」

おんおんと唸るような音がする。風の音だろうか――あるいは、亡者の声か。

「多分、本当はもっと多くの犠牲が出ていたのではないかしら。誰にも知られずに……」

羅城門の鬼、殯、あざなえ、偽九尾――これらは氷山の一角に過ぎない。

その事実に、儀式官達は沈黙した。三人とも表情こそ平静だったが、その内で冷たく烈しい怒りが形を成していくのを撫子は気配で感じとった。

「やってくれたもんですねぇ……」

弓の弦に指を這わせつつ、白羽が唇を吊り上げる。緑の瞳は、深い沼の如く底知れない。

「……あなた達は、これからどうするの？」

「白無垢を展開し、この周辺で待機します」

「えっ？　あたしらも鵺退治に行くんじゃないんですか？」

淡々とした冠の返答に、白羽が素っ頓狂な声を上げた。

「鵺は精神に干渉するうえに、相手の肉体を奪い取る化物だ……そのうえ、我々は鵺との戦いに慣れているとは言い難い……最悪の場合、敵がより強大化する可能性がある……」

しきりに面頬の上から鼻を擦りつつ、雪路が唸った。

「祀庁は現在、多くの儀式官を『取り換え』の収拾につかせております。そのため、戦力は十分とは言い難い。そのうえ、敵が撫子さんの推測通りなら——」

「……ねぐらの瘴気が濃すぎて、人間には耐えられない可能性がある」

撫子は淡々と言いながら、洞穴のような玄関へと進む。荒れ果てた邸宅の敷居を躊躇なくまたぐその背中に、冠は静かな声をかけた。

「じきに鳴弦を執り行います。——他になにか手伝えることは？」

「……今のところはないわ」

「承知しました。状況を見て、適宜援護いたします。——アマナさんを、どうかよろしく」

敬礼する冠に振り返らず、撫子は廃墟へと足を踏み入れた。

——外の音が、一気に遠ざかる。朽ちた邸宅には、もはや生命の気配すらなかった。

爛々と光る赤い瞳は、墨のような暗闇を苦としない。進むうちに、やがて視界が一気に開けた。ほのかに和らいだ闇から、細雪がさらさらと舞い降りてくる。

大広間——もはや鬼の巣食う花天井はなく、頭上には夜空が広がっていた。

撫子は餓鬼道の鎖を垂らし、廃れた空間を慎重に歩いていく。

広間の中央にたどり着いた途端、撫子は髑髏の錘がわずかに下へと沈むのを感じた。注意深く確認しなければわからないほど、微細な挙動だった。

においを嗅ぐと、かすかな香気を感じた。なんとも芳醇で——蠱惑的な香気。

「アマナの血のにおい……！」

撫子は赤い目を見開くと、積み重なった瓦礫を素早くどけた。

やがて撫子の前に、大きな観音開きの扉が姿を表した。取っ手も隙間も見当たらない。恐らくは、二度と開けるつもりがなかったのだろう。

——昭和元年。獄門華珠沙は、虚村の当主に無礼を受けた。

桐比等から聞いた言葉を思い出しながら、撫子は人間道の鎖を撃星塊へと変形させる。

——華珠沙は怒り狂い、虚村家を根絶やしにした。

撫子は力を込め、撃星塊を思い切り目の前の扉へと叩きつけた。

——それでも怒り冷めやらぬ華珠沙は、当主の四肢を鋸で切り落とし……。

めきめきと木地が裂け、金具が砕け散った。

「……虚村玻璃子は、失踪なんかしていない」

撫子は、壊れた扉の向こうを見下ろす。およそ一世紀ぶりに開放されたその場所には、古び

そして――闇。ひたすらに――闇。

撫子は息を整え、墨を満たしたような井戸を睨む。そして、音もなく飛び込んだ。

「客人全員の前で、生贄として八裂島家に引き渡された……」

た井戸があった。底は見えず、奈落めいた闇が撫子に対峙した。

――宴の席は、屍山血河と化した。

大人も子供も男も女も――虚村家の血族は、鋭い剃刀を吐き出して死んでいく。

『――動くな』

甘く冷ややかな女の声が響く。

『見るな、聞くな、喋るな……ほしたら、息するくらいは堪忍したります』

顎のラインで揃えた黒髪。鋭く赫い瞳。たおやかな体には曼珠沙華を刺繍した訪問着――。

彼女は、他の一族とは違って首の傷跡を終生晒していたと伝えられている。

炎を思わせる独特な傷跡は、首飾りのように見えたらしい。

獄門華珠沙――獄門家当主である『御前』の内でも、特に苛烈さで知られた存在だった。

『坊や、坊ゃァ……！』

虚村玻璃子は、華珠沙の足元に倒れ伏していた。

床には彼女が吐き出した剃刀と――血と刃にまみれた、柔らかな包みが一つ。

赤く染まった包みに手を伸ばし、玻璃子は凄絶な悲鳴をあげる。

『……うちなぁ、いけずと泥棒と無礼者が嫌いや』

華珠沙は赫い瞳を細めた。艶やかな唇の端に、異様に鋭い歯が光る。そんな口元を思い出したように隠しつつ、彼女はわずかに身をかがめた。

『それ以上に、雑な仕事が大嫌いなんよ。――見ましたえ、刀途山。ひどいもんやわ』

赤い扇を揺らめかせ、華珠沙は心底不愉快そうな顔で玻璃子を見下ろした。

三つの髑髏と咲き誇る花――獄門家の家紋が、揺れる。

『なにを言うか……！　私は貴様の言う通りに、霊を鎮めた――！』

『不十分や。刀途山はあのやり方じゃあきまへん。そのうち、殯のたぐいが湧きますえ』

『黙れ、黙れ、黙れェ……！』

怨嗟の叫びをあげ、玻璃子は血に濡れた手を突き出した。

骨を連ねた数珠が袖口に揺れる。乾いた音とともに、見えない霊気が渦を巻く。

華珠沙はただ、目を細めた。瞬間――玻璃子の手は剃刀によって畳に縫い留められていた。

『ひ、ぎぃ、あぁあああ……！』

華珠沙は、音を立てて扇を閉じる。くるりと返せば、扇はたちまちに鋸へと変貌した。

『目障り、耳障り……もうええわ。去んどくれやす』

鈍く輝くそれを、華珠沙は玻璃子の首筋にひたりと添え――。

『……にせん、にじゅう……ふぅん』

華珠沙は赫い瞳を見開き、首を傾げた。そして鋸をくるくると弄ぶと、宴席を見回す。

『八裂島ちゃん、ちょいと』

『は、はい……なんでしょう……』

客人全員が見て見ぬふりをする宴席で、八裂島陰実が震えながら立ち上がった。

『前に「鬼呼びたい」言うてはりましたな。……これ、使うたらええ』

『こ、これとは……？』

『見てわからへんの？　虚村ちゃんに決まっとるやん。――うれしいなぁ。八裂島ちゃん。

鬼が呼べるんよぉ、念願かなったなぁ。うれしいよなぁ……？』

鈍色の刃に手を這わせ、華珠沙は微笑む。しかし、その目にはひとかけらの笑みもなかった。

血の池地獄を思わせる赫い瞳を前に、陰実は息をのんだ。

『え……ええ！　うれしい！　うれしいです、獄門様……！』

『そうやんなぁ』

引き攣った笑みを浮かべる陰実に、華珠沙はくすくすと笑い声を立てた。

『ほな、ちょいと待っててな。今、さぱっと持ち運べるようにしたるからなぁ……』

『き、さま……！　何をッ……うぐッ、ぇ……！』

華珠沙は玻璃子の肩を蹴(け)り飛ばすと、そのまま彼女の喉(のど)を躊躇(ちゅうちょ)なく踏みつけた。

『うちなぁ、すこぉしだけ未来が視(み)えるんよぉ』

華珠沙はにこにこと笑いつつ、軽く目配せした。

それを合図に、死にものぐるいで暴れる玻璃子の体を二人の従者が押さえつける。

『八裂島は二百年は安泰や。――客を、二階にさえ上げんかったらな』

華珠沙は軽やかに袖(そで)を舞わせて、鋸を動かした。

◇◆◇

――冥(くら)い、冥い、冥い。

夢で見た闇(やみ)だった。空気はどろりとして重く、四肢の端々から力が奪われていく気がした。

重力は感じない。ただただ、底へと沈んでいく。

一呼吸すれば、埃(ほこり)や黴(かび)のにおいとともに独特な化物(ばけもの)のにおいが鼻腔(びくう)を刺す。

夜露、墓土、鉄錆(てつさび)――今までに感じたことのないほどに濃厚だ。

――そして、あの蠱惑(こわく)的な血のにおいも。

「……瘴気(しょうき)が濃いわね」

化物の放つ瘴気は、人間には有害だ。

あまりに濃度が濃ければ、無耶師(むやし)であっても精神や身体に異常をきたす。

発狂、昏睡（こんすい）、死亡——最悪の場合は人間ではなくなる。

ここはすでに鵺（ヌエ）の領域——いや、体内だ。

大量の目に凝視されているのを感じた。人間ではありえない速度の囁き（ささや）が聞こえる。

闇（やみ）が蠢（うごめ）く。影が渦を巻く。声なき声が絶叫している。

歯、髪、爪（つめ）、瞳（ひとみ）、筋、皮、骨、血、腸——形を！　形を！　形を！

「——うるさい」

抑えきれぬ怒気が、口元に火花を散らす。撫子（なでしこ）は景紅（カゲベニ）を取り出すと、五指に力を込めた。

「ぎゃあぎゃあ鬱陶（うっとう）しいのよ！　散れッ！」

怒りに滾（たぎ）る鬼の膂力（りょりょく）に、鏡はたやすく砕かれた。

冷ややかな破片とともに、地獄の名残を秘めた血がぱっと闇に散る。ゆっくりと飛散する破片に一瞬、奇妙な形の影が映るのを撫子は見た。

甲高い悲鳴が響き渡った。闇が震え、急速に夜が明けていくように収束していく。

重力を感じた。撫子はとっさに身を翻（ひるがえ）し、手近にあった足場へ——分厚い板へと着地する。

景紅の破片が周囲に浮遊し、あたりを柔らかな光で照らしだす。

「これはまた……胡乱（うろん）な空間だわ」

一面に赤い鍾乳石（しょうにゅうせき）が垂れ下がり、雫（しずく）を落としている。

流れる血液を思わせるそれらの間を縫うように、大量の板や鎖が張り巡らされていた。そして、あらゆる呪符が縦横無尽に貼り付けられている。

ぽたり——と。撫子の頬を、雫がかすめた。

あの蠱惑的なにおいを強く感じた。撫子は目を見開き、ばっと頭上を見上げる。

「アマナ——ッ！」

さながら糸の絡まったマリオネットのような有様だった。

女は撫子よりもずっと高い位置で、黒い鎖に四肢を拘束されていた。一部はその美しい肢体を貫通しており、それが次々に血を零れさせている。

血は鎖を伝い、闇へと滴り落ちる。そのたびに、得も言われぬ香気が周囲に立ち込める。

顔は伏せられ、ほどけた黒髪が簾の如くかぶさっている。

血の気の引く音を聞きながら撫子は跳び、ものの数秒で女の元へと到着した。

「アマナ、わたしよ、わかる？」

撫子は手を伸ばし、女の顔を隠している髪をそっとかきあげる。

早い呼吸音が聞こえた。うつむいた顔は青白いものの、ひとまず生きてはいる。

一瞬安心したものの、撫子はすぐに異変に気づいた。血の気の失せた唇が動いている。アマナは、恐ろしいほどの早口で何かを囁いていた。

日本語ではない。広東語とも響きが違う。英語には思えない。

「アマナ、ねぇ。一体、なにを——？」

女の肩に触れた途端、それまでうつむいていた顔がぐりんっと動いた。

瞼が一気に開かれた。黒い眼球の中央で、異様な瞳孔を持つ金の瞳が撫子を映す。

「――ダ、レ、ダ?」

撫子は、反射的に人間道の鎖を握りしめていた。

アマナだ。アマナではない――矛盾した感情が錯綜する中で、女がゆっくりと瞬きした。

「……ン、ああ……なんだ……これは、夢じゃないのかな……」

かすれた声で囁いたのは、アマナだった。

撫子を映す瞳は、琥珀色に戻っている。それを細めて、アマナは血の気の失せた唇をわずかに吊り上げた。まぶしいものを見るような笑顔だった。

「なんで来てくれたんだ、撫子……?」

「……この、バカ。『なんで』って何よ。『なんで』じゃないわよ、このっ……」

言いたいことが、山ほどあったはずだった。

なのに、ろくに言葉がでない。目頭が急に熱くなって、声が震える。撫子はわけもわからずに拳をきつく握りしめ、潤んだ瞳でアマナをきっと睨みつけた。

「悪いな……真剣に戸惑っているんだ」

なのに、アマナはいつもの薄ら笑いだ。にやけた顔で、アマナは首を傾げる。

「君に、助けてもらえるようなことをした覚えがない」

「……バカバカしい。どうでもいいわよ。せいぜい大人しく感謝していなさい」

なんとか感情を抑え込みつつ、撫子は手早くアマナの傷を確かめた。

あまり思わしくはない。数本の鎖が肉体を貫通し、シャツを血に染めている。絡め取られた右腕は、どういうわけか肩口から指先までがひどく焼かれていた。

特にひどいのは——撫子は眉(まゆ)を寄せ、アマナの左の脇腹(わきばら)を見る。

「……これ、どうしたの?」

「ン、ああ……たぶん、味見だろうなァ……」

力なく笑うアマナの脇腹は、ざっくりと削られていた。赤々と艶(つや)やかな肉に埋もれるようにして、仄白(ほのじろ)い肋骨(ろっこつ)の下部がわずかに露出していた。

「どうやら、私の肉体が人間だったのがご不満だったようだ。完全に化物(ばけもの)になるまで、こうして嬲(なぶ)ることにしたらしい……」

「……九尾の狐(きつね)になるまで?」

撫子の問いかけに、アマナはしばらく沈黙した。

やがて彼女は重いため息とともに、小さくうなずく。——肯定の意思を、見せた。

「……鉑(ハク)の力を使えば、この拘束を振り切れたんじゃないの?」

たずねながら、撫子は人間道の鎖を護法剣(ゴホウケン)へと変異させた。

可能な限り慎重に——しかし、躊躇(ちゅうちょ)なくアマナを拘束する鎖を切断していく。

「……使いたくない」

「どうして？」

「力を使えば……私が私でなくなる気がする……私が、いなくなるかもしれない……」

「アマナは、アマナ以外の何者でもないでしょう」

「……わからないんだ」

か細い声に、撫子は思わず鎖を断つ手を止めた。

「夏王朝の頃、青丘山に星が落ちた……そして、生まれながらに九尾を持つ狐が生まれた……」

伝承とは異なる話だった。囁くアマナの瞳は、虚空を彷徨っている。

それはどこか、彼方の星を探しているかのように見えた。

「星が私だったのか……あるいは星が落ちた時に死んだ運の悪い獣が私だったのか。それはもう、わからない。ともかく私の存在は数多のものを狂わせ、惹きつけた……」

アマナは、深く息を吐く。うつむいた顔を隠すように、黒髪が流れ落ちた。

「だから、私はともかく身を守ろうとした……なんだってしたさ、なんだって……」

「……それが、鉑の始まりなの」

九尾の狐は三国の闇を駆け、悪逆三昧によって人々の心に恐怖を刻みつけた。

けれども今、目の前で呪縛されている女の姿は――。

「…………こわかった。死にたくなかった」

かつて大国を惑わせた女は、長い夜を彷徨い続けた子供のように震えていた。

「だから、私は恐ろしいものになった……もう、何者にも脅かされることのないように……」

大望など、なかった。一天四海のどこかで、安らかに暮らしたいだけだった。

三国を駆け抜けたのは孤独な獣で、怯える女に過ぎなかった。

「……二度と生まれるつもりはなかったのにな」

ため息を吐くアマナは、笑ってはいる。

けれども、撫子にはアマナが今にも泣き出しそうな気がした。

「今の私には、およそ四千年分の輪廻の記憶があるんだ……そのうえ、私が『私』であることを自覚したのは九歳の頃。以前の『私』達よりも、ずっと遅かった……」

九歳の頃――それはアマナが、父親を目の前で失った時だ。その時に、彼女は自分が何者であるかを思い出してしまったのだろう。

そして、それからずっと逃げ続けていたのだ――化物からも、人間からも。

「……そういうことね」

赤い目を細めると、撫子はアマナの頰にそっと掌を滑らせた。

「あなた――自分が人か、狐なのかもわかっていないんでしょう。人間としての自我が確立した後に、九尾としての自覚を得てしまった……自我が曖昧なんだわ」

「御明察……私の存在なんて、夢のようなものさ」

唇をひきつらせて笑う彼女の肌は、冷たかった。

「前の『私』達の方が強烈なんだ。いつも、干渉してきて――さっきも、見ただろう？　私という存在は、所詮は鉑の見ているひとときの夢にすぎない……」

「弱気にならないで。――ほら、わたしに摑まって。鎖を全部切ったら、応急処置するから」

「………もう、いいんだ」

か細い声に、撫子は表情を変えなかった。しかし、手を止めた。

「……いいって、何が？」

「正直、意識も曖昧だ……常人なら、私はとっくに死んでいる。ここまで保ったのも、私の霊魂が化物だったからだ。霊魂に、肉体が影響を……」

「霊魂に肉体が影響を受けているのなら、回復だってできるでしょう」

「言っただろう。鉑の力を使えば、たぶん私は私でなくなる……それに……」

ぐらりと首を揺らし、アマナは撫子の肩に力なく額を寄せてきた。

「もう、いやなんだ……」

泣き声だった。撫子は呆然として、早まっていく彼女の呼吸音を聞く。

「ずっと……なにもかも嫌だった……半端な人間の自分が浅ましくて嫌い……半端な化物の自分が穢らわしくて嫌い……自分にも他人にも嘘をついて……でも、どうしようもない……仕方がない……私は……私はこんな風にしか生きられない……ッ！」

鏡の破片が散らばる闇に――撫子の耳元に、身を引き裂くような悲嘆の声が響き渡る。

「本当に……本当に、嫌だった……ッ！」

それは確かに慟哭だった。にも拘わらず、アマナは笑っていた。

彼女の表情は、痛々しい矛盾に歪んでいた。血の気の失せた唇は優美な弧を描いたまま。しかし、琥珀の瞳からは透明な雫が零れ落ちる。

それは、九尾としての魂の名残か。己への呪いと嘆きさえ、虚飾の笑いに彩られていた。

「私はもう、どこにもいたくなかったのに……ッ！」

――ずっと余裕に満ちた女だと思っていた。

撫子の思うアマナは、常に泰然と構えていた。胡散臭いものの、その飄々とした振る舞いには尊大なほどの自信と悠然とした気品さえも感じた。

けれども、違った。彼女の心は、九歳の時点でとっくに限界だったのだ。

自分にも嘘をつくことで、彼女は今にも崩れそうな己の心を必死で取り繕っていたのだ。

『あなたの方が、よほど狐だわ』

そんなアマナに、あの言葉はどれほどの絶望を与えたのだろう。

胸を引き裂かれるような痛みを感じながら、撫子はアマナの髪に触れようとした。

「…………だから、あげるよ」

吐息混じりの声に、撫子は動きを止める。

涙に濡れたアマナの顔は、あの白い夢で見た微笑を浮かべていた。それまでの激情は影を潜め、ただただ穏やかな静けさがそこにはあった。

「君は、私と違う……私よりよほどきれいだから……だから、私の全てを君にあげるよ」

――その瞬間、撫子は今になってあの言葉の意味を理解した。

『ぜんぶ、あげる』――それは、つまり。

アマナに触れようとした手が、震えだした。得体のしれない感情が野火の如く撫子の胸に燃え上がり、思考をもちりちりと焼いていく。

「本当はここで自爆してやろうと思ったんだ……でも、前の『私』達が干渉してきてな……君が来てくれてよかった。一番ましな命の使い方ができる……」

こんなにも震えているのに、撫子の体はどんどん熱くなっていく。もはや言葉は灼けた鉄のように溶け去り、絶えず爆発する衝動を形にすることができない。

撫子はきつく拳を握りしめ、燃え盛る情動をなんとか抑え込もうとした。

「………ちょっとは、君を満たすことができればいいな」

己が爆ぜた――そんな気がした。

気づけば撫子は、アマナの脇腹に指を食い込ませていた。

「ぐっ……っ、あぁ……ッ！」

「――――願い下げよ、ろくでなし」

触れた傷口は熱く、骨の感触さえ感じた。絹を裂くような悲鳴を耳元に聞きつつも、それでも撫子はアマナの血肉に指を食い込ませていた。

「言ったでしょう。わたしは、人間は食べない」

「ぐっ、う……ッ、はっ……お優しいことだな……君はまだ、私が人間だと……ッ」

「…………よくも、そんなことを」

地獄から響くような撫子の声に、苦悶に喘いでいたアマナは肩を震わせた。

赤い瞳が、溶鉱炉の火の如く光る。鋭い犬歯を剝き出して、撫子は火花とともに囁いた。

「余計なことを……人間みたいなことばかりを、わたしに教えて……！」

獄門家は地獄の鬼の末裔だ。人を忌み、鬼を崇める家だ。

一人で戦う。一人で喰う。一人で歩く。——どこまでも、人を厭う家だ。

そんな獄門家で、撫子は最も鬼に近い存在だった。

「全然平気だった！　今までなんとも思わなかった！　わたしは一人で歩けたのに！　あなたがっ、あなたなんかに——あなたのせいで、わたしは変わってしまった……ッ！」

なのに、この女はそんな獄門撫子を決定的に変えてしまった。

一人で戦うのは面倒だ。一人の食事はどうも味気ない。一人で歩くのは寂しい。

そんな風に、なってしまった。

「あなたさえいなければ、わたしは鬼でいられたのに……ッ！」

――鬼は執着するものだと聞いた。

不意に、初めて出会った夜にアマナが口にした言葉を思い出す。

そうだ。鬼は、執着する。心を寄せたものを傷つけられれば、仇が消滅するまで許さない。

けれども、それは――人間も同じではないだろうか。

「わたしは、自分が人か鬼かさえもわからなくなってしまった……ッ！」

脇腹の傷から、手が離れる。荒く呼吸するアマナの肩に、撫子は震える両手を置いた。

縋りつくように――縛りつけるように、指を食い込ませた。

「だから……絶対に許さない。あなたの感情なんてどうでもいい。人間であろうと九尾であろうと、わたしの知ったことじゃない」

血を吐くような囁きに、アマナは目を見開く。

撫子はしゃくりあげながら、まっすぐに彼女を睨む。赤く輝く瞳から、雫が一筋零れた。

「もう手遅れよ――たとえ地獄に堕ちようと、わたしはあなたを逃がさない」

「……どうかしているぞ」

アマナは、かすれた声で笑った。

いつもの曖昧な笑みとも、あの儚い微笑とも違う。琥珀の瞳は潤んでいたが、それが生理的な涙か、それとも別の要因によるものかも撫子にはわからない。

「私が何者か知ってなお……それでも、私を求めるのか？」

「くどい。どうでもいいって言ったでしょう」

濡れた目元を荒っぽく拭うと、撫子は足元の暗闇を睨んだ。

「………鬱陶しい」

ひ、ぃ、ぃ、ぃ――足元の暗闇から、奇妙な声が響いてくる。気づけば泥の如き闇はその嵩を増し、先ほどまで撫子がいた梁を飲み込んでいた。

周辺を漂っていた鏡片は、その数を減らしている。景紅の効果が切れつつあるのだろう。

「……おい。本気で、あれと戦うつもりか？」

「そうよ。どのみち、出入り口がどこにもないんだもの。戦わなきゃ出られない。……あなたにも手を貸してもらうわよ」

「莫迦、勝てるわけがないだろう！　お前はともかく、私は――っ、ぅ……」

突如として、アマナはがくりと頭を垂らした。

肩が不規則に上下する。かっと見開かれた眼球が、急速に黒く染まっていった。

「撫子……何を、した？」

「……あなた、さっき『鉑の力を使えばどうにかなる』ってことは否定しなかったでしょう」

『使いたくない』――アマナは、鉑の力を行使することは拒絶した。

しかし、『できない』とは言っていない。

「……わたしね、あなたに謝りたかった。それと、借りを返したかったの」

言いながら、撫子は自分の左手をかざしてみせる。

白い手は、真っ赤に染まっていた。先ほど傷口からだくだくと零れたアマナの血と——景紅を砕いた際に迸った、撫子自身の血だ。

「血には血を。——獄卒の血を以て、九尾の血の返礼とするわ」

「コッ、のッ——莫迦……ッ！」

「まぁ、多少荒療治なのは否めないわね。獄卒の血で拒絶反応を起こさせて、あなたの化物としての側面を強制的に引きずりだすんだから」

痙攣を繰り返すアマナをよそに、撫子は思い切り息を吸い込む。

じわじわと食指を伸ばしつつあった影に向かって、荼毘の炎を吹きつける。細く甲高い悲鳴が幾重にも響きわたった。渦巻く影は、灼熱から逃げるように鳴動した。

「私が、呑まれたら……鉑になったらッ、どうする気だッ！」

「心配しなくても引きずり戻してやるわよ。——さっきも言ったでしょう」

六道鉄鎖をひとつひとつ確認すると、撫子はアマナを見た。

獄卒の血は、効力を発揮しているらしい。彼女の左眼は、完全に狐の眼と化していた。

見開かれた黄金の虹彩を見つめて、撫子は優雅に微笑んだ。

「今更後悔しても無駄————もう、逃がしてあげない」

「…………熱烈だな」

アマナは不規則に体を震わせつつ、引きつった顔で笑う。

撫子は微笑んだまま、ゆらりと空中に身を躍らせる。躊躇いなく、闇へと飛びおりた。

獄門、獄門、獄門――呪詛の声が響いている。

鳴動する影を抜けると、ぼんやりとした明かりが侵入者を出迎えた。ぱきぱきと音を立てながら撫子は着地し、無表情であたりを見回した。

骨、骨、骨――見渡す限り白骨の山だ。床には冷たい水が流れ、青い火の玉が周囲を漂う。

「待ちわびたぞ……獄門……」

女の声とともに、ひーひーと奇妙な音が空気を震わせた。

音の正体は、浮遊する火の玉が女の姿を照らした時にわかった。白い死装束を纏った女は体中がずたずたに裂け、喉元には無数の剃刀が突き刺さっている。

全ての裂傷は、黒く染まっていた。傷口を埋めるように、黒い泥のようなものが蠢いている。

「久しいなぁ……ようやく私に気づいたのか」

くすくすと笑う女は、かつては美しい容姿をしていたのだろう。

しかし長年の呪詛によるものか顔は歪み、伸び放題の髪の色はすっかり褪せている。眼球はなく、眼窩には錆びた剃刀がみっしりと突き刺さっていた。

「……虚村玻璃子」

「昭和元年の冬だったな……」

女が、立ち上がった。それだけで、肌から錆びた剃刀が無数に零れ落ちた。

四肢を切り落とされたと聞いた。死に装束から覗くのは、奇妙な黒白のマーブル模様の手足だ。どうやら、影と骨とが絡み合って形成されているらしい。

「あれからどれだけ経った……？　もはや、わからぬ……時も、風も、光さえも私から遠ざかった……しかし、しかし……私はずっと覚えていたぞ、獄門華珠沙……ッ！」

「わたしは獄門華珠沙じゃない」

玻璃子の叫びに静かに答えながら、撫子は人間道の鎖を握りしめた。

「獄門華珠沙はとっくに死んだ。わたしは――」

「虚村の呪いの真髄を、貴様はまだ見ていない……見よ、全て貴様の為に集めたのだ……」

会話が通じていない。憤怒の形相から一転して、玻璃子は笑った。

撫子の背後で、ひとりでに白骨の群れが崩れ落ちた。

そこから、ゆっくりと骸骨が這い出してくる。古い骨が震え、新しい骨が蠢く。褪せた衣が翻り、こびりついた腐肉が艶めく。

いずれも、あばらの中に黒々とした影を秘めていた。

「骨は、永遠だ……」

眼窩に青白い火を燃やし、あぎとを開いた骸骨たちが撫子めがけて襲いかかってきた。

撫子は護法剣を握り締め、表情も変えずに骨の群れを迎え撃った。

「骨は朽ちぬ……骨は忘れぬ……骨は失われぬ……虚ろなる骨を、幽かなる霊魂の永劫の揺り籠と成す……これぞ、虚村の呪詛の真髄よ……」

玻璃子の笑い声をかき消すように、刃が翻る。

一気に数体の頭蓋骨を撥ね飛ばし、撫子は玻璃子に切っ先を向ける。

「さぁ、宴だ……望み通りの宴だぞ、獄門……！」

笛のような音を立てて玻璃子は笑い、両手の指を素早く組み合わせた。

途端、薄闇に漂っていた火の玉が骨の群れへと落下する。

かたり、かたり、かたり――冷たい炎が燃え上がる中で、夥しい数の骸骨の群れが起き上がった。撫子が倒したものもまた、逆再生のように復元されていく。

カスタネットのように顎を慣らす髑髏を前に、撫子はやや眉を寄せた。

「貴様には感謝しておるのだ、獄門……」

甘い声で玻璃子は囁き、剃刀で埋め尽くされた己の眼窩に触れた。

「貴様が私の目を潰してくれたおかげで、私は闇に鵺を見出した……貴様が時間を私に与えてくれたおかげで、私は己に鵺を依り憑かせた……黒闇に有耶無耶を問い、形なきものを見透かすのが無耶師であるならば――」

玻璃子は、満面の笑みを見せた。切り開かれた唇が、音を立てて耳元まで裂けた。

「今の私は、澄み切っているッ！」

撫子は玻璃子に答えもせず、骸骨の包囲網から飛び出した。

空気の震動を感じた。同時に、撫子のすぐ近くにいた骸骨が砕ける。

見れば、虚無僧姿の骸骨が撫子へと錫杖を向けていた。がちがちとリズミカルに響く歯の音に混じり、かすかに奇怪な経文らしき囁きが聞こえた。

空気の震動——とっさに撫子は、手近に迫っていた大柄な骸骨を人間道の鎖で絡め取った。盾にした骸骨が砕け散るのをよそに、鎖を強く握りしめる。

「人間道——転輪！」

虚無僧が錫杖を掲げ、さらに念を放った。

見えざる衝撃波は、人間道の鎖が変貌したチャクラムによって真っ向からぶち破られた。そのまま虚無僧を破砕するだけにとどまらず、転輪は玻璃子へと飛ぶ。

「こうでなくてはな……」

玻璃子は笑い、黒白の腕を突き出した。黒い蜘蛛の巣状の防壁が放たれ、転輪を弾き返す。自分めがけて飛来するそれを、撫子はなんとか引っ掴んだ。

骸骨の群れをかいくぐり、空中へと身を躍らせる。そして撫子は、再度転輪を投擲する。

「馬鹿の一つ覚えか、獄門！」

哄笑とともに、再び影が複雑な防壁を紡ぎ上げた。

転輪が見当違いの方向に弾かれる――しかし、撫子はすでに次の鎖を発動させていた。

火花を散らして吹き飛ぶ転輪の影から、猛火が迸った。

「修羅道――殲輪」

撫子の囁きとともに、赤熱するチャクラムは狂奔する。

修羅道の凶器は防壁をあっさりと喰い千切り、玻璃子の腕へとその牙を突き立てる。

黒白の腕が宙を舞う。火花とともに、黒い血が飛沫を散らした。

「ぐ、ううう……おのれ……！」

玻璃子は恐ろしい唸り声を上げ、残る片腕を振り払った。

影が怒濤の如く広がる。撫子はとっさに餓鬼道の鎖を壁へと投げ、壁面へと逃れた。

骸骨の群れが、瞬く間に影に呑み込まれる。

浮遊する玻璃子が、憤怒の形相で片手を広げた。たちまち焼き切られた側の腕から白骨が伸び、影が絡みついて、再び黒白の腕の形をなす。

「獄門、獄門……ッ！」

両腕を組み合わせ、玻璃子は立て続けに複数の印を結んだ。

影が、二つに割れた。そして、白亜の塔の如き指がゆっくりと現れる。

白く滑らかな巨影が――大骸骨が影から這い出て、重々しく頭を振った。眼窩には青白い炎がごうごうと燃え盛り、肋骨の間は墨を塗り込めたように黒い。

「獄門、獄門、獄門……獄門獄門獄門ッ……獄門獄門獄門獄門……ッ！」

玻璃子の呪詛に応えるように、大骸骨が大顎を開いた。

声帯などない。なのに、洞穴のようなそこから咆哮が響き渡った。数多の群衆の叫びが空気を震わせ、震動で数多の鍾乳石を落下させる。

餓鬼道の鎖で壁面に張り付いた撫子は表情を変えず、ちらと上方を見上げた。

「ごぉくぅううもぉおおおおおんッ！」

女の絶叫とともに、大骸骨が高々と片手を振り上げる。

軋みを上げてその指先が握りしめられるのを睨み、撫子は新たな鎖を握りしめた。

大骸骨の拳が、唸りを上げた。

ごうっと風を巻き上げ、壁面に張り付いた少女めがけて破城槌の如きそれが――。

「天道――迦陵頻伽」

りぃー……ん。涼やかな音色が、薄闇を震わせた。

静寂が訪れる。破砕の音は、いつまでも訪れることがなかった。

「……やっぱり、天道は難しいわ」

撫子はぼやく。右手には、小さな金の持鈴が握られていた。

大骸骨の拳は、彼女の眼前で静止していた。眼窩の炎が、ぼっぼっと不規則に揺れている。

「ふざけるな、何をしている！　動けッ、殺せ――ッ！」

「死を錯覚させて、滅ぼすつもりだったけど……この大きさじゃ、一時停止が精一杯ね」

「おのれぇぇぇぇぇ――ッ！」

絶叫とともに、玻璃子が黒白の腕を振り下ろした。

その手から――そして、足元から次々に黒い影が伸び、大骸骨へと絡みついていく。そうして殺意を張らせた大骸骨は、玻璃子の動きに合わせて動いた。

ぱきぱきと細かな骨が砕ける音を立て、大骸骨が大きく右手を振りかぶる。

咆哮とともに迫る拳に、撫子は赤い瞳を細めた。

「できるわね？」

「――有問題」

軽い返事――次の瞬間、金色の火球が流星雨の如く大骸骨へと降り注いだ。

「なにっ……！」

驚愕の表情を浮かべつつ、玻璃子はとっさに黒い防壁で自らを包んだ。

大骸骨が崩れ落ちる。砕けた顎から凄絶な悲鳴が響き渡り、さらに数多の鍾乳石を落とした。

降り注ぐ破片と火球とを防壁で防ぎきり、憤怒の形相で玻璃子が顔を上げる。

「おのれ、女狐――ッ！」

ふぅわりと――漆黒の髪をなびかせて、女は撫子のすぐ前に降り立った。

深紅の小袿。漆黒の道服。煌めくのは金の装身具。眞九とは違って、九尾を晒していない。

それでも、思わず呼吸をひそめるほどの存在感が彼女にはあった。

「……あなたのこと、なんて呼べばいい？」

撫子は、天道の鎖を元の形に戻す。そうして人間道の鎖を選び取り、首を傾げた。

女は、撫子を流し見た。揺らめく髪の向こうで、黒と金の眼が光っている。

「鉑？　妲己？　玉藻前？　それとも――」

「……とりあえず、無花果アマナということにしておこう」

九重の円が刻まれた瞳を細めて、女がにいと笑った。

曖昧で、胡散臭く、にやけている。――要するに、いつもの無花果アマナの微笑だった。

「『とりあえず』ね……」

撫子は人間道の鎖を掌中で転がしながら、唇を吊り上げた。

アマナは空中で優美に足を組むと、壁に張り付いた撫子を心底面白そうに眺めた。

「それで、君は獄門撫子だ。……今はまるでヤモリのようだが」

「はっ倒すわよ、三文文士」

「ン、元気そうでなによりだ」

「――――な、に？」

その時、玻璃子の顔に震えが走った。

黒白の手を自分の頭へと伸ばし、彼女は呆然とある一言を繰り返した。

「ごくもん……なでしこ……？」

肌から、また一つ錆びた剃刀が抜け落ち、深奥で甲高い音を響かせた。

きぃ――……ん。そして、玻璃子は思い出した。


『――こんなに先のことまで視えたんはな、初めてなんやわ』

『正直ここで殺してもええんやけど……それやと、教育にならんさかい』

『ほやからな、虚村ちゃん。どうせ忘れるやろうけど、うちの玄孫によろしゅうな』

『……獄門を名乗るなら、こんくらいは超えてもらわな困るんやわぁ』

『なぁ、獄門撫子……？』

その刹那――昭和の大鬼女は、確かに令和を視ていた。


凄絶な絶叫が響き渡る。

肉体が引き裂かれそうなほどの叫びに、思わず撫子とアマナは身構えた。

「ありえん……まさか……あの女、全部知っていたのか？」

頭を抱えこみ、玻璃子は激しく首を横にふる。

「私の存在を、私の呪詛を……全て知っていて、無視したのか……？　ば、馬鹿な――あ、ありえん、そんなッ、ふざけるなッ！　そ、そんなことが……ご、獄門、獄門が……！」

青白い皮膚を突き破り、新たな剃刀が血とともにぼろぼろと零れ落ちる。

そうして白髪を振り乱し、玻璃子は凄絶な悲鳴を響かせた。

「獄門華珠沙が死ぬものかッ！」

「……獄門華珠沙はもういない」

とうに死んだ女の呪いに蝕まれた叫びに、撫子は静かな声音で答えた。

「華珠沙は娘に殺されて、昭和の終わりも見ずに死んだ。わたしは撫子。華珠沙の玄孫で、櫻子の娘――獄門撫子が、今あなたの前にいる」

「ふざけるな！　何故、何故……！」

黒白の腕で己の頭を掻きむしり、玻璃子は血と剃刀と絶叫とを喉から迸らせた。

「私が獄門華珠沙を殺すのだ、滅ぼすのだッ！　いまや私の全ては、獄門華珠沙を殺すためにある！　なのに、あの女が、もういないというのなら――ッ！」

不意に――ぴたりと動きを止めた玻璃子は、己の手を見つめた。

黒白の腕は、いつの間にか完全に黒く染まっていた。

「――ならば、私は何だ？」

鵺だ……声なき声の囁きに、撫子は大きく目を見開いた。

瞬間、玻璃子の体中から影が噴き出した。同時に下方にわだかまっていた闇が急速に膨れ上がり、渦巻状の触手を伸ばして玻璃子の体を包み込む。

奇怪な囁きが幾重にもこだまする。鍾乳洞全体に、大きな震えが走った。

「きゃっ――！」

餓鬼道の鎖が外れた。暗闇へと落ちかけた撫子の体を、アマナが素早く扇子で指した。

落下が止まる。水を泳ぐように、撫子は空中でなんとか態勢を整えた。

「……とっくの昔に自我を得ているのに、どうして大人しくしているのかが不思議だった」

扇子を広げ、アマナは唇の端を下げた。

視線の先では、黒と白の奇怪な獣が姿を現しつつあった。

大骸骨よりもずっと小さい。しかし、それでも小山のような大きさだ。黒い泥のような肉体に、奇妙な形をした白い骨格がまとわりついている。

そしてふらつく頭部には、青白い肌をした女の顔の皮が貼り付いていた。

「なるほど。器の素材をさんざん集めさせた後で、隙を見て肉体を奪う算段だったのか」

「鵺に完全に呑まれたのね……」

なんとか浮遊のコツを摑んだ撫子は、苦々しい顔でそれを見下ろした。

獣は――鵺は顎を開き、虎の如き声で咆哮した。

「……肉体を得た鵺はどうするの？」

「あれは満足を知らない化物だ」

ゆらりと鵺（ヌエ）の頭が揺れた。いびつな女の顔が、撫子（なでしこ）達に視線を向ける。

その背部から虫の翅（はね）に似たものがせり上がるのを見て、アマナは唇を引きつらせた。

「全ての生物を自分にするまで止まらないぞ」

「……業突張りだわ」

いびつな巨軀（きょく）が砲弾の如（ごと）く加速する。とっさに二人は身を翻（ひるがえ）し、唸（うな）りをあげて迫る黒白の影をかわした。鵺はいくつもの板や鎖を吹き飛ばし、そのまま壁面へ降り立つ。

影が蠢（うごめ）いた。鵺の着地点から、渦巻状の触手が迸（ほとばし）る。

梁（はり）、鎖、壁、鍾乳石（しょうにゅうせき）——二次元と三次元の全てから触手が迫った。触手が触れた箇所は黒く泡立ち、ずぶずぶと影の中へと沈んでいく。

浮遊に慣れないながらも撫子は俊敏に身を翻し、禍々（まがまが）しい触手から逃れた。

「あなたはどこまで戦える？」

「……今の私は、全盛期に遠く及ばない」

アマナは答えながら、撫子とともに鍾乳石の間をくぐり抜けた。

「この体はあくまで人間だ。この姿も、鉑（ハク）の力を神駆（カンガタリ）で制御できる範囲内に抑え込んでいる状態で……これ以上時間が経つと、妲己（だっき）あたりが出てくるかもしれん」

「……一番出てきてほしくない方ね」

「ああ。そのうえ私の血肉は化物（ばけもの）を惹（ひ）きつけ、強くしてしまう……」

触手を放ち続ける鵺の胴体が揺らいだ。わだかまる影が人間の双腕に似た形を成し、自らの体表から白い骨片を引きはがす。それは瞬く間に、白い槍へと変貌した。

次々に投擲される骨の槍を次々に回避しつつ、アマナは扇子をぱちんと鳴らした。

「こんな状態では正直、危ういな――狐火」

黄金の炎が炸裂し、鵺の体の一部が吹き飛んだ。

ひ、い、い、い――鵺が静止する。しかし影が揺らぎ、損傷箇所は溶けるように消え去った。

「……それで？　なにか策はあるのか？」

アマナがちらと視線を向けてくる。

撫子の顔に笑みはない。今までになく鋭いまなざしで、撫子は鵺を睨んでいた。

「……合図をしたら、鵺に攻撃を」

「それは構わんが……私は器用が取り柄だぞ。一体、どんな攻撃をご所望だ？」

「あいつをなるたけ小さくして。……それと、天井を開放して欲しい」

「ン、なるほど……ようするに、私にできるレベルで最大の攻撃をしろというわけだ」

「……あと、お願いが一つ」

漆黒の鎖――錘は飾り気のない刃。根元には、『獄』の一文字が刻まれている。

それをそっと握りしめて、撫子はアマナを見上げた。

「恐れないで」

「……努力しよう」

音もなく壁や梁を跳び、女の顔をした鵺が追ってくる。図体のわりに身のこなしは猿のように軽やかで、身を翻すたびに白骨の槍や触手が二人を襲った。

蛇の如き追撃を掻い潜り、アマナと撫子はかろうじて残された足場の板へと辿り着く。

そこに降り立つ撫子は、『獄』の鎖を静かに離した。

どこか異様な気配を放つそれに、気を引かれたのか。一瞬、女の顔が鎖に向けられた。

「お願い」――その短い一言で、アマナは動いた。

闇に黄金が閃く。現れた九尾が、不可思議な光の紋様を纏って揺らめいた。

アマナは右手で狐の頭部を象り、囁いた。

「計都星――燎星雨」

轟音――天井がぶち破られ、瓦礫とともに黄金の火の雨が降り注ぐ。

万象を変質させる力を秘めたそれの威力は、先ほどの狐火の比ではない。瓦礫によってバランスを崩した鵺の体はたちまち呑み込まれ、炎の塊と化した。

白い骨格が砕け、黒い影が飛沫を上げる。

隆々としていた上半身が削り取られ、いびつな女の顔が悲鳴を上げた。それでも鵺はよろめきつつ起き上がり、細い触手を上方へと伸ばそうとする。

――ごくかすかな弦の音が響いた。

瞬間、鵺の触手が爆裂した。甲高い悲鳴とともに、鵺は地面にどうっと倒れ込む。

「鳴弦か……！」

アマナが、やや引きつった笑みを浮かべた。

弓の弦の音は、魔除(まよ)けの力を持つ。この音色は多くの化物(ばけもの)に苦痛をもたらし、矢で射られた経験を持つものには強烈な恐怖をもたらすのだ。

再度、弦の音が頭上から降り注ぐ。破魔の力によって、痙攣(けいれん)する鵺の体がさらに弾(はじ)ける。

ずいぶん削れた――ひと回り小さくなった鵺を前に、撫子は赤い瞳(ひとみ)を見開いた。

「地獄道――」

黒い鎖が張り詰めた。

弦の音が止まる。アマナが息を呑む。鵺が硬直する。

それは、あらゆる生命が本能的に口を噤(つぐ)んだような不気味な静寂だった。

そこに、胃の腑(ふ)を震わせるような重低音が響いてくる。それは、太鼓の音のように思われた。

鵺がゆらりと頭を揺らし、自分の下を見る。

そこにはいつの間にか、漆黒(しっこく)の扉が存在していた。古めかしい扉だ。牙(きば)を剝(む)く鬼をかたどった巨大な錠が、断続的に震えている。

どぉん、どぉん……どうやら、あれは扉の向こう側から叩(たた)かれている音らしい。

「――――開門(カイモン)」

錠の中央に突き刺さっていた錘が、がちりと音を立てた。

咆哮のような軋みを上げ、扉がわずかに開いた。

そして――視界が、赤く輝いた。

扉から吹き込む熱風と業火に悲鳴を上げ、鵺が再び翅を広げる。しかし、それが羽ばたくよりも速く、扉の向こうから伸びてきた炎がその体を絡め取った。

炎は手の形をなし、死にものぐるいで逃れようとする鵺の体を締め上げた。

甲高い絶叫が迸り――途絶えた。業火の掌が鵺を握り潰し、ゆっくりと隙間へと消えていく。

「………あそこにはもう行きたくないな」

アマナの囁きに答えず、撫子は黒い鎖をきつく握りしめた。

扉は、開いたままだ。わずかな隙間からは、絶えず炎と風とが吹き上がっている。

そして――赤い闇の向こうに、無数の目が煌めいていた。

「ぐ、う、ううう……！」

亀裂にも似た赤い光が鎖に走り、傷ついた掌を焼く。

地獄道の鎖は、鬼の錠に突き刺さっている。これを起動させなければ、扉は閉まらない。

しかし、錠は重い。閉門には体力だけでなく、相当量の霊気を必要とする。

熱気に晒されながら錠に意識を集中するのは至難の業だ。

それでもなんとしてでも扉を閉じようとする撫子の手に、白い手が重なった。

「――お嬢さん、手を貸してやろうか」

はっと見上げた先で、アマナが微笑(ほほえ)んだ。

表情こそ涼しげだが、重ねた手はかすかに震えている。鵺の存在、鳴弦の音、そして目の前に迫る地獄の気配は、臆病(おくびょう)な狐(きつね)の霊に相当の恐怖を与えたはずだった。

それでも、そばにいてくれた。

「……この鎖、凶暴よ」

「冇問題(モーマンタイ)。――一つ、裏技を思いついた」

アマナは不敵な笑みを浮かべて、眼下の扉に向かって左手をかざす。

そこから、一つの耀(ヨウ)が零(こぼ)れた。金粉をちりばめた紺碧(こんぺき)の玉が、煌めきながら落ちていく。

「三尾の魂、丸ごと一つ。鮮度も純度も桁違(けたちが)いだ。さァ、私の為(ため)に散れ――！」

鬼の錠にぶつかった耀が、金の閃光(せんこう)を放つ。

瞬間、撫子は地獄道の鎖がいくらか軽くなるのを感じた。

奥歯を嚙(か)み締め、撫子は赤く輝く鎖を握り直した。アマナも、鎖を握りしめた。

――そして、錠のかかる音が天地に響き渡った。

月光とともに、雪が降り注いでいる。

八裂島(やつざきじま)邸は、完全に消失した。もはや、わずかな瓦礫(がれき)の山しか残っていない。

「……危ないものを使う」

瓦礫に腰掛けたアマナが、恨めしげに撫子(なでしこ)を睨(にら)んだ。

すでに人間の姿に戻っていた。白いシャツも黒いズボンも血に濡(ぬ)れて、ひどい有様だ。

「普通のやり方じゃ、倒せないって聞いたから……」

撫子は、その隣にぐったりと座っていた。うとうとと危なっかしく頭を揺らしながら、六道(ロクドウ)鉄鎖(テッサ)をおぼつかない手つきで手繰っている。

「形がなくても、生きているのなら……地獄道なら……」

「本当に怖かったんだぞ。私まで引きずり込まれるかと……」

アマナは不満げな顔で、右手を何度か開き閉じする。指先から肩までにひどい火傷(やけど)を負っていたはずのその腕は、鉑(ハク)の力の影響か完治していた。

「……逃げてもよかったのに」

「莫迦(ばか)を言うな。あんな局面で逃げられるか」

「………ホテルでのことよ」

撫子は顔を上げると、落ち着きなく髪をいじるアマナをじとっとした目で見つめた。

「……あの時、わたしを置いて逃げてもよかったじゃない。あなたは怖がりなのに。それに、わたしは直前にひどいことを言ったでしょう?」

「いや……あれは、私がだいぶ悪いだろう……」

「何故、ホテルでわたしだけ逃がしたの？」

撫子はなんとか背筋を伸ばすと、口ごもるアマナをまっすぐに見つめた。

琥珀の瞳が薄闇を彷徨う。アマナは扇子で口元を隠し、ふてくされたように視線をそらした。

「……………なんだっていいだろう、別に」

「なんでもよくない。はぐらかされると、なんかムカつく」

「でも、君……嘘をついたら怒るだろう」

「蹴る」「ほら」

「……まだるっこしいわね。最初から本当のことを言えばいいのよ」

「言えないから困っているんだろう。……自分でも、よくわからないんだから」「……そう」

そして、けだるい静寂が二人の間に訪れた。

いよいよ疲労をごまかしきれなくなってきた。撫子は、重い瞼となんとか戦う。

一方のアマナは、隣でじっと月を見上げている。物憂げな横顔にはなんともいえぬ色気があり、かつて国を傾けた妖狐の面影を感じさせた。

「――――ただ、なんというか」

静寂が破られた。なにか穏やかな夢を見かけていた撫子は、意識を取り戻す。

アマナは、畳んだ扇子を膝の上に置いた。しばらく躊躇うような表情でそれを見下ろしていたものの、やがてアマナは撫子に視線を向ける。

「君にはまだ、この世界にいて欲しいと思った……それだけだよ」

「迷惑」「ええ……普通、そういう反応する?」

「…………勝手に死なれると困るのよ」

目にかかった前髪を払いのけ、撫子はどうにか力を込めた赤い瞳でアマナを軽く睨んだ。

「あなたがいないと、落ち着かない」

琥珀の瞳が大きく見開かれた。アマナは口を開きかけたものの、言葉はなかった。

一方の撫子は、ぼんやりと月を見上げる。

雪が、しんしんと積もっていく。澄んだ夜に、二人の吐息だけが響いている。

「君……私のことを、どう思っているんだ?」

いよいよ眠りに沈みつつある撫子に、アマナがぽつりとたずねた。

胃が空虚を訴えてくる。睡魔が優しく囁いてくる。静けさは綿菓子のように撫子を包む。

それでも撫子はどうにか、重たい口をゆっくりと動かした。

「…………嫌いじゃ、ないわ」

そうしてあくびを一つすると、撫子はアマナの肩にもたれかかった。

瓦礫を越え、三人の儀式官達が現れる。それを見つめて、撫子は重い瞼を下ろした。

いつもの炎の影を見る間もなく、眠りについた。

終　君と巫山戯た茶飯事

人々は何一つ知らないまま、新年を迎えた。

雪を被った京都は白と黒とが際立ち、ますます碁盤のように見える。

「………また、行くのか」

土蔵から出た撫子は、気だるげな声に振り返った。たすきで袖を捲り上げた桐比等が、スコップを雪に突き立てている。露わになった地面では、鶏たちが戯れていた。

「ええ。場所は……」

「どうせ四条だろう。いちいち言わなくていい……お前がどこで誰とつるもうと興味はない」

せっせと雪かきをする叔父の背中を見つめ、撫子は小さく微笑んだ。

「……あけましておめでとう、桐比等さん」

「めでたくもあり、めでたくもなし……とりあえず、今日こそ二度と帰ってくるな」

ひねくれた見送りを背に、撫子は家を出た。

首筋の傷跡をさすりつつ、燦々と陽光の注ぐ四条大橋を渡る。

八坂神社の初詣、南座の正月公演、百貨店の初売り――賑やかな人の群れが道を行き交う。

やがて――撫子は軽やかな足取りで、条坊喫茶に辿り着く。

撫子の目の前で、軽やかなドアベルの音を立ててその扉は開いた。そうして左手にスマートフォンを、右手に白羽を担いだ雪路が足音も荒く出てくる。

「捕獲しました、冠さん。すぐ向かいます――暴れるんじゃない、とっとと行くぞ……」

「先輩はなんだってあたしの休憩を邪魔するんです！　なんか恨みでもあるんですかね！」

「お前が休憩時間を三十分オーバーしているからだッ、このド阿呆……ッ！」

すれ違いざまに、雪路は撫子に小さくうなずいた。撫子も会釈を返し、扉を開けた。

すっかり見慣れた店内は、正月でもさして空気が変わらない。

撫子はすました顔でアンティークの椅子やテーブルの狭間を通り抜け、窓際へと向かう。

「……やァ、撫子。ご機嫌いかが？」

無花果アマナはすでに、そこにいた。

黒髪をきちんとまとめている。珊瑚珠色の唇には、いつものにやけた笑みを張り付けていた。

撫子は、定位置に座った。すました顔で組んだ指に顎を載せる。

「……どうせまたロクな話じゃないんでしょう、アマナ」

琥珀の瞳と赤い瞳が見つめ合う。

そして二人は、どちらからともなく不敵に笑った。

あとがき

夢見がちな人間です。

人生の大半の時間、延々空想だの妄想だの夢想だのに耽(ふけ)っておりました。

そのうえわりと臆病者なので、毎日石橋をリズミカルに叩(たた)いては進むか退くか迷い続けるような日々を送っております。だって崩れたら怖いじゃないか……。

それでも、こうして——どうにかこうにか、スタートラインに立つことができました。

改めてはじめまして、伏見七尾(ふしみななお)と申します。

このたび、第17回小学館ライトノベル大賞にて大賞という栄誉に与ることとなりました。

冒頭でも申し上げました通り、夢見がちなうえに臆病(おくびょう)な人間です。

臆病者なもので、時々『夢じゃないか……?』と不安になったりもしています。

願わくばこの夢がずっとずっと続くよう——そして、読者の皆様も夢に誘(いざな)えるよう、さらに精進を重ねていく所存です。何卒、よろしくお願いします。

私の話はこれくらいにして、謝辞を述べさせていただきたいと思います。

まずは担当編集者の清瀬(きよせ)様。あの呟(つぶや)きがなければ私はここにいなかった……。厳しくも的確丁寧なアドバイスのおかげで、本作をいっそう磨き上げることができました。

流麗な挿絵を手掛けてくださったおしおしお先生。日々多彩な世界で活躍される先生に撫子(なでしこ)達をいきいきと彩っていただき、言い尽くせぬほどの感謝の思いでいっぱいです。

迫力ある題字をしたためてくださった蒼喬(そうきょう)先生。まさしく鬼を思わせる、おどろおどろしくも美しい筆でした。本作の空気がぎゅっと濃縮された筆使い、見事の一言です。

ゲスト審査員を務めていただいた武内崇(たけうちたかし)様……あの宝石を連ねたような講評の、『伸びしろを感じます』というお言葉が本当に嬉しかったです。これからもぐんぐん伸びます。


そして編集部の皆様、校閲様、素晴らしいデザインを手掛けてくださったアフターグロウの皆様、超クールなＰＶで本作の世界を現していただいた水田陽(みずたあきら)先生、京言葉についてアドバイスをくださった仲町六絵(なかまちろくえ)先生……家族、友人、物書きでつながった仲間達……。

本作が形となるまでに力を尽くしてくださった全ての人達に、心からの感謝を。

それではまた、胡乱(うろん)な夜更けにお会いできれば幸いです。

二〇二三年　七月

あとがきって本当にこれでいいのか心配でならない伏見七尾

GAGAGA
ガガガ文庫

獄門撫子此処ニ在リ

伏見七尾

発行　2023年8月23日　初版第1刷発行

発行人　鳥光 裕

編集人　星野博規

編集　清瀬貴央

発行所　株式会社小学館
〒101-8001 東京都千代田区一ツ橋2-3-1
[編集]03-3230-9343　[販売]03-5281-3556

カバー印刷　株式会社美松堂

印刷・製本　図書印刷株式会社

Printed in Japan　ISBN978-4-09-453142-8